TURGUÊNIEV

NINHO DE FIDALGOS

Tradução do russo de DENISE SALES

www.lpm.com.br

L&PM POCKET

Coleção **L&PM** POCKET, vol. 1297

Texto de acordo com a nova ortografia.
Título original: *Dvorianskoie Gniezdó*
Romance traduzido do original russo *Sobrániesotchiniéni i pissem v dvatsatívosmí tomákh* [*Obras e cartas reunidas em vinte e oito volumes*].
V. 7. Moscou-Leningrado: Naúka, 1964.

Primeira edição na Coleção **L&PM** POCKET: novembro de 2018

Tradução: Denise Sales
Capa: Ivan Pinheiro Machado. *Foto*: iStock
Cotejo: Elena Vasilevich
Preparação: Marianne Scholze
Revisão: Maurin de Souza

CIP-Brasil. Catalogação na publicação
Sindicato Nacional dos Editores de Livros, RJ

T636n

Turguêniev, Ivan Serguêievitch, 1818-1883
  Ninho de fidalgos / Ivan Serguêievitch Turguêniev; tradução Denise Sales. – 1. ed. – Porto Alegre [RS]: L&PM, 2018.
  240 p. ; 18 cm.   (Coleção L&PM POCKET, v. 1297)

  Tradução de: *Dvorianskoie Gniezdó*
  ISBN 978-85-254-3800-3

  1. Ficção russa. I. Sales, Denise. II. Título.

18-51820   CDD: 891.73
                            CDU: 82-3(470+571)

Meri Gleice Rodrigues de Souza - Bibliotecária CRB-7/6439

© da tradução, L&PM Editores, 2017

Todos os direitos desta edição reservados a L&PM Editores
Rua Comendador Coruja, 314, loja 9 – Floresta – 90.220-180
Porto Alegre – RS – Brasil / Fone: 51.3225.5777

Pedidos & Depto. comercial: vendas@lpm.com.br
Fale conosco: info@lpm.com.br
www.lpm.com.br

Impresso no Brasil
Primavera de 2018

Ivan Turguêniev
(1818-1883)

Ivan Serguêievitch Turguêniev nasceu em 9 de novembro de 1818 em Orel, uma província da Rússia, numa família de proprietários rurais abastados. Seu pai morreu quando ele tinha 16 anos, deixando ele e o irmão à mercê da mãe autoritária. Após concluir a escola, Turguêniev estudou durante um ano na Universidade de Moscou e, posteriormente, na de São Petersburgo, especializando-se em literatura russa e filologia. Aos dezenove anos publicou sua primeira coletânea de poemas.

Em 1838 ingressou na Universidade de Berlim para estudar História e Filosofia (especialmente Hegel, então professor e reitor da universidade). Ao voltar para a Rússia, levou consigo muitos dos valores que adquiriu no Ocidente. Começou então a trabalhar como funcionário público, cargo que abandonaria em 1843 para viver com seu grande amor, Pauline Garcia Viardot, uma cantora de ópera casada, com quem manteve um longo relacionamento e teve um filho. Nesse mesmo ano publicou *Parasha*, livro que chamou a atenção da crítica.

O primeiro sucesso de Turguêniev veio com *Relatos de um caçador*, livro de contos publicado em 1852. No mesmo ano escreveu o obituário do escritor Gogol (publicado na *Gazeta de São Petersburgo*), que se tornaria famoso e que ocasionou sua prisão e seu posterior exílio. Entre as décadas de 1840 e 1850, sob o reinado do tsar Nicolau, o clima na Rússia se tornou insustentável para alguns intelectuais, entre eles Turguêniev, que deixou o país para se estabelecer no exterior, ora na França, ora na Alemanha.

Nesse período, escreveu diversas novelas curtas nas quais expressa as ansiedades e esperanças de sua geração, como *Ninho de fidalgos* (1859) – história que aborda também como a felicidade pode ser fugaz, *A véspera* (1860), retrato do revolucionário búlgaro Dimitri, e *Primeiro amor*, do mesmo ano, uma bela evocação lírica do amor, embora pessimista. Em 1862 publicou *Pais e filhos*, considerada uma das obras-primas da ficção russa do século XIX, que o tornou célebre. O romance, que conta a história de Bazarov, estudante de Medicina que recusa tanto o conservadorismo dos mais velhos quanto o radicalismo dos mais jovens, cunhou o termo niilista. Entre outras obras, seguem-se o romance *Fumaça* (1867), que não teve boa acolhida da crítica, e *Terras virgens* (1876), seu último livro.

Turguêniev desenvolveu uma grande amizade com Gustave Flaubert, ao passo que se tornou desafeto de seus conterrâneos Tolstói e Dostoiévski, especialmente por divergências em relação ao culto do eslavismo nas suas obras.

O autor morreu no exílio, em Paris, em 3 de setembro de 1883. Atendendo a seu último desejo, foi enterrado no cemitério Volkoff, em São Petersburgo.

Livros do autor na Coleção **L**&**PM** POCKET:

Ninho de fidalgos
Primeiro amor

I

O dia luminoso de primavera encaminhava-se para a noite; nuvenzinhas cor-de-rosa, flutuando bem alto no céu claro, pareciam não passar pelo firmamento, mas sim desaparecer nas profundezas do azul.

Diante da janela aberta de uma bela casa, numa das ruas limítrofes da cidade provinciana de O... (o caso aconteceu em 1842), estavam sentadas duas mulheres – uma de uns cinquenta anos, outra já velhinha, de setenta. A primeira chamava-se Maria Dmítrievna Kalítinaia. O seu marido, ex-procurador da província, ativista conhecido em sua época, homem bem disposto e decidido, bilioso e turrão, morrera uns dez anos antes. Tinha sido muito bem educado, estudara na universidade, mas, tendo nascido de família pobre, logo compreendeu a necessidade de abrir o próprio caminho e ganhar dinheiro. Maria Dmítrievna casou-se por amor: o marido era um homem de boa aparência, inteligente e, quando queria, muito amoroso. Maria Dmítrieva (cujo sobrenome de solteira era Pestova) ainda na infância perdera os pais, passara alguns anos em um instituto de Moscou e, tendo voltado de lá, fora morar a cinquenta verstas de O., em Pokrovskoe, sua aldeia natal, com a tia e o irmão mais velho. O irmão logo se mudou para Petersburgo, a fim de servir no exército, e manteve a irmã e a tia na rédea curta, tanto em rudeza no tratamento quanto em questões de dinheiro, até que a morte súbita pôs fim a seus afazeres. Maria Dmítrievna herdou Pokrovskoe, mas não ficou lá por muito tempo; já depois do segundo ano de casamento com Kalitin, que, em poucos dias, conseguira conquistar seu coração, a família trocou Pokrovskoe por uma propriedade muito mais lucrativa, porém feia e sem casa senhorial; na mesma época, Kalitin adquiriu uma residência na cidade de O., onde passou a morar com a esposa em definitivo. Junto à casa, havia um grande jardim que, de um lado, dava diretamente para o campo e, do outro, para a cidade.

– Agora – decidiu Kalitin, que não morria de amores pelo silêncio rural –, não há por que se arrastar até o interior.

Maria Dmítrievna mais de uma vez lamentou profundamente, no fundo da alma, a perda de sua boa Pokrovskoe, com seu riacho radiante, prados amplos e arbustos viçosos, mas não contradizia o marido em nada e reverenciava sua inteligência e trato social. Quando ele morreu, após quinze anos de casamento, deixando um filho e duas filhas, Maria Dmítrievna já estava tão acostumada à casa e à vida na cidade que não queria mais sair de O...

Na juventude, Maria Dmítrievna gozava da reputação de loirinha graciosa e, aos cinquenta anos de idade, os seus traços ainda agradavam, apesar de inchados e desvanecidos. Era mais sensível do que bondosa e, na idade madura, conservara os modos de aluna de instituto; enchia-se de mimos, exasperava-se facilmente e até chorava quando contrariavam os seus costumes; em compensação, era muito carinhosa e prestativa quando satisfaziam todos os seus desejos e ninguém a contradizia. A casa pertencia ao grupo das melhores da cidade. A família gozava de uma situação privilegiada, nem tanto pelo que herdara, mas pelos bens adquiridos pelo marido. As duas filhas moravam com a mãe; o filho estava sendo educado em uma das melhores instituições militares de Petersburgo.

A velha, sentada junto à janela com Maria Dmítrievna, era aquela mesma tia, irmã do pai de Maria, com a qual ela passara outrora alguns anos solitários em Pokrovskoe. Chamava-se Marfa Timofêievna Pestova. Tinha caráter independente e fama de esquisita, dizia a todos a verdade na cara e, tendo parcíssimos recursos, comportava-se como se tivesse milhões. Não suportava o falecido Kalitin; assim que a sobrinha se casou com ele, encantoou-se em seu vilarejo, onde passou dez anos inteiros na casa de um mujique, numa isbá apertada e fumarenta. Maria Dmítrievna tinha um pouco de medo dela. Com seus cabelos negros e olhos irrequietos mesmo na velhice, a miúda Marfa Timofêievna caminhava vivamente, com seu nariz afilado, mantinha-se ereta e falava com rapidez e coerência numa vozinha fina e sonora. Costumava usar touca branca e blusa de frio também branca.

– O que você tem? – perguntou ela de repente a Maria Dmítrievna. – Por que está suspirando, mãe de Deus?

– Por nada – murmurou a outra. – Que nuvens maravilhosas!

– Tem dó delas ou o quê?

Maria Dmítrievna não respondeu nada.

– Por que esse Guedeônovski não chega logo? – perguntou Marfa Timofêievna, movimentando agilmente as agulhas de tricô (ela tricotava uma echarpe grande, de lã). – Ele daria suspiros junto com você ou então diria uma mentira qualquer.

– A senhora o julga sempre com tanto rigor! Serguêi Petróvitch é um homem respeitável.

– Respeitável! – repetiu a velha, numa censura.

– E como era leal ao meu falecido marido! – disse Maria Dmítrievna – Até hoje não consegue se lembrar dele com indiferença.

– Era o que faltava! Pois o outro o arrancou da lama, puxando-o pelas orelhas – resmungou Marfa Timofêievna, e as agulhas correram ainda mais rapidamente em suas mãos. – Parece um santinho – recomeçou ela –, a cabeça toda grisalha, mas, quando abre a boca, só faz mentir e mexericar. E, ainda por cima, conselheiro de Estado! Só podia mesmo ser filho de pope!

– E quem não tem pecados, titia? Realmente, ele tem essa fraqueza, Serguêi Petróvitch, está claro que não recebeu educação, não fala francês, mas, pense como quiser, é um homem agradável.

– É claro, sempre lambe as suas mãozinhas. Não fala francês, grande desgraça! Eu mesma não sou forte no "dialeto" francês. Seria melhor se ele não falasse em ês nenhum, assim não mentiria. A propósito, lá está ele, é só falar no diabo... – acrescentou Marfa Timofêievna, depois de olhar para a rua. – Seu homem agradável está chegando. Que comprido, como uma cegonha!

Maria Dmítrievna ajeitou as madeixas. Marfa Timofêievna olhou para ela e deu uma risadinha.

– Que modos são esses, mãe de Deus? Será que estou vendo cabelos brancos? Repreenda a sua Palachka, ela não está cuidando direito das próprias obrigações.

– Que mania, a senhora sempre... – murmurou Maria Dmítrievna, irritada, tamborilando os dedos no braço da poltrona.

– Serguêi Petróvitch Guedeônovski! – piou o criadinho de faces rosadas, saltando de detrás da porta.

II

Entrou na sala um homem alto, comum, de sobrecasaca bem-cuidada, calças justas e curtas, luvas de camurça cinzenta e dois lenços no pescoço – um preto por cima, outro branco por baixo. Tudo nele exalava decência e correção, desde o rosto bem feito e as suíças alisadas até as botas sem saltos e sem rangidos. Inclinou-se numa reverência primeiro à dona da casa, depois a Marfa Timofêievna, e então tirou as luvas lentamente e aproximou-se da mãozinha de Maria Dmítrievna. Tendo beijado a sua mão com reverência duas vezes seguidas, sentou-se sem pressa na poltrona e, com um sorriso, esfregando as pontinhas dos dedos, disse:

– Elizavieta Mikháilovna tem passado bem?

– Sim – respondeu Maria Dmítrievna –, ela está no jardim.

– E Elena Mikháilovna?

– Lénotchka também está no jardim. Alguma novidade?

– Como não, como não – respondeu o visitante, pestanejando lentamente e esticando os lábios. – Hum! Vejamos, há uma novidade, e muito surpreendente: Fiódor Ivánitch Lavriétski voltou.

– Fiédia! – exclamou Marfa Timofêievna. – Ah, você, pare com isso! Pai do céu, não está inventando, está?

– De jeito nenhum, eu o vi pessoalmente.

– Bem... isso não prova nada.

– Recobrou completamente a saúde – continuou Guedeônovski, como se não tivesse ouvido a observação de Marfa Timofêievna –, está ainda mais espadaúdo, com as faces bem coradas.

– Recobrou completamente a saúde – repetiu Maria Dmítrievna pausadamente –, mas não tinha motivo para melhorar, não é mesmo?

– Pois é – comentou Guedeônovski –, outro no lugar dele teria até vergonha de se apresentar à sociedade.

– E por quê? – interrompeu Marfa Timofêievna – Que besteira é essa? O homem voltou à pátria – onde é que devia se meter? E não teve culpa de nada!

– Quando a mulher não se comporta bem, o marido é sempre culpado, atrevo-me a lhe informar.

– O senhor diz isso, paizinho, porque nunca se casou.

Guedeônovski sorriu, constrangido.

– Permita-me perguntar – disse ele após um breve silêncio – a quem se destina essa echarpe graciosa?

Marfa Timofêievna lançou-lhe um olhar rápido.

– Destina-se a alguém que nunca faz mexericos – comunicou ela –, não usa de astúcias, nem inventa mentiras, se é que existe no mundo uma pessoa assim. Eu conheço muito bem Fiédia; a sua única culpa foi ter mimado a mulher. Além disso, casou-se por amor, e desses casamentos por amor não sai nada que preste – acrescentou a velha, olhando de soslaio para Maria Dmítrievna e levantando-se. – E você agora, meu paizinho, afie os dentes, pode falar de quem bem entender, até de mim; estou indo embora, não vou atrapalhar.

E Marfa Timofêievna saiu.

– Aí está, ela é sempre assim – disse Maria Dmítrievna, acompanhando a tia com o olhar –, sempre!

– É a idade! O que fazer? – comentou Guedeônovski. – Ela se permite dizer: quem não usa de astúcias. Sim, mas quem hoje em dia não usa de astúcias?

O nosso século é assim. Um conhecido meu, honradíssimo e, posso lhe garantir, de posição bem respeitável, diz que hoje em dia, pelo visto, até a galinha, até ela, usa de esperteza para se aproximar dos grãos, faz de tudo para chegar perto do alvo. Entretanto, é só olhar para a senhora, minha fidalga, para ver que o seu caráter é verdadeiramente angelical; queira me dar a sua mãozinha alva como a neve.

Maria Dmítrievna sorriu de leve e estendeu a Guedeônovski a mão roliça, com o mindinho erguido. Ele encostou os lábios na mão, enquanto ela aproximava dele a poltrona e, inclinando-se um pouco, perguntava a meia-voz:

— Então o senhor o viu? É verdade que ele está bem, com saúde, alegre?

— Ainda mais alegre, minha senhora — respondeu Guedeônovski num sussurro.

— O senhor não ouviu dizer onde está a esposa dele agora?

— Estava em Paris da última vez; agora, dizem, mudou-se para a Itália.

— Que terrível a situação de Fiédia, sem dúvida; não sei como ele suporta. Acontecem desgraças a todos, é claro, mas a dele, pode-se dizer, virou notícia na Europa inteira.

Guedeônovski suspirou.

— É verdade, é verdade. Pelo visto, ela travou amizade com artistas, pianistas e, como dizem por lá, com leões e outras feras. Perdeu completamente a vergonha.

— É triste, muito triste — repetiu Maria Dmítrievna. — É meu parente, Serguêi Petróvitch, o senhor sabe, meu sobrinho-neto.

— E como não, como não? Como eu não saberia tudo o que está relacionado com a sua família? Ora, ora...

– Será que ele vem nos visitar, o que o senhor acha?

– Devemos supor que sim, aliás, ouvi dizer que ele vai para a casa de campo.

Maria Dmítrievna ergueu os olhos ao céu.

– Ah, Serguêi Petróvitch, Serguêi Petróvitch, tenho pensado muito em como nós, mulheres, temos de nos comportar com cautela!

– Há mulheres e mulheres, Maria Dmítrievna. Infelizmente, algumas são daquele tipo, de caráter inconstante... além disso, a idade; de novo, regras que não foram incutidas na infância. – Serguêi Petróvitch tirou do bolso um lenço azul xadrez e pôs-se a desdobrá-lo. – Existe, é claro, esse tipo de mulher. – Levou a ponta do lenço aos olhos, alternadamente. – Mas, em geral, se pensarmos bem, então... Quanta poeira na cidade – acrescentou ele.

– Mamãe, mamãe – gritou uma menina engraçadinha, de uns onze anos de idade, ao entrar correndo pelo cômodo. – Vladímir Nikoláitch está chegando a cavalo!

Maria Dmítrievna ergueu-se; Serguêi Petróvitch também se levantou e fez uma reverência:

– Meu profundo respeito a Elena Mikháilovna – disse ele, afastando-se até o canto, de acordo com as regras do bom-tom, para assoar o nariz comprido e reto.

– Que cavalo maravilhoso! – continuou a menina. – Ele passou agora mesmo pelo portão e disse a mim e a Liza que se dirigia à entrada.

Ouviu-se o bater de cascos e um cavaleiro esbelto surgiu na rua, montado num belo cavalo, e parou diante da janela aberta.

III

— Salve, Maria Dmítrievna! — exclamou o cavaleiro, numa voz sonora e agradável. — O que acha da minha aquisição?

Maria Dmítrievna aproximou-se da janela.

— Salve, Woldemar! Ah, que cavalo garboso! De quem o comprou?

— Do cavalariço do exército... Pediu muito, um ladrão.

— Como se chama o cavalo?

— Orland... Um nome estúpido, quero trocar... *Eh bien, eh bien, mon garçon*[1]... Como é inquieto!

O cavalo fungava, remexia as patas e balançava o focinho coberto de espuma.

— Lénotchka, passe a mão nele, não tenha medo...

A menina estendeu o braço pela janela, mas, de repente, Orland empinou-se e atirou-se para o lado. O cavaleiro não se desconcertou, prendeu o cavalo nos flancos, chicoteou-lhe o pescoço e, apesar da resistência do animal, colocou-o de novo junto à janela.

— *Prenez garde, prenez garde*[2] — repetiu Maria Dmítrievna.

— Lénotchka, faça um carinho nele — disse o cavaleiro. — Não vou deixar que dê uma de atrevido.

A menina estendeu de novo o braço e, tímida, tocou as ventas trepidantes de Orland, o tempo todo sobressaltado, mordendo o arreio.

— Bravo! — exclamou Maria Dmítrievna. — Agora desmonte e venha até aqui.

---

1. Calma, calma, meu garoto. Em francês no original. (N.T.)
2. Cuidado, cuidado. (N.T.)

O cavaleiro virou o animal intrepidamente, fincou-lhe as esporas e, partindo num galope curto pela rua, entrou no pátio. Um minuto depois, o jovem caminhava impetuoso pela porta da frente, brandindo o chicote, e entrava na sala de visitas; ao mesmo tempo, no limiar da outra porta, surgia uma moça alta, esbelta, de cabelos negros – era Liza, a filha mais velha de Maria Dmítrievna.

IV

O jovem que acabamos de apresentar aos leitores chamava-se Vladímir Nikoláievitch Panchin. Servia como funcionário público em Petersburgo, no Ministério do Interior, mas se encontrava em missão especial. Estava em O. por incumbência temporária do fisco, sob as ordens do governador, general Zónnenberg, de quem era parente distante. O pai de Panchin, capitão de cavalaria aposentado, conhecido jogador, homem de olhos doces, rosto engelhado e repuxões nervosos nos lábios, passara a vida circulando entre fidalgos, frequentara os clubes ingleses das duas capitais e granjeara a reputação de ardiloso e não muito confiável, mas gentil e cordial. Apesar de toda a sua habilidade, encontrava-se quase sempre no limiar da miséria e deixara ao único filho uma herança pequena e dissipada. Em compensação, a seu modo, cuidara da educação do rebento: Vladímir Nikoláitch falava com perfeição o francês, bem o inglês e mal o alemão. E assim devia ser: pessoas honradas têm vergonha de falar bem o alemão, mas empregam palavrinhas alemãs em certas ocasiões, sobretudo em situações engraçadas, *c'est même très chic*[3], como se expressavam os parisienses de São Petersburgo. Com quinze anos de idade, Vladímir Nikoláitch já entrava em qualquer sala de visitas sem se perturbar, sabia circular por ali agradavelmente e, a propósito, retirar-se. O pai de Panchin deixou ao filho suas muitas relações; dando cartas entre dois róber ou depois de um grande *slam* bem-sucedido, ele não perdia a oportunidade de fazer breves comentários sobre seu "Volodka" a personalidades importantes

---

3. É até muito chique. (N.T.)

apaixonadas por jogos a dinheiro. De sua parte, na época da universidade, de onde saiu com o título de "estudante efetivo"[4], Vladímir Nikoláitch conheceu jovens nobres e era admitido nas melhores casas. Em toda parte, recebiam-no com prazer; tinha uma boa figura, era desenvolto, divertido, sempre bem disposto e pronto a tudo; se necessário, submisso; quando possível, atrevido; um camarada excelente, *un charmant garçon*[5]. Abria-se diante dele a esfera almejada. Panchin entendeu logo o segredo da ciência da alta sociedade; ele era capaz de penetrar-se de verdadeiro respeito por seus estatutos e sabia se ocupar de besteiras com seriedade e uma pitada de zombaria e dar a impressão de alguém que considera besteira tudo o que é importante; dançava muito bem, vestia-se à inglesa. Em pouco tempo, tornou-se um dos jovens mais amados e habilidosos de Petersburgo. Panchin era realmente muito hábil, em nada pior do que o pai, mas tinha também muito talento. Tinha jeito para tudo: cantava graciosamente, desenhava com destreza, escrevia versos, representava bastante bem no palco. Acabara de fazer vinte e oito anos e já era camareiro[6], tinha um título bastante considerável. Panchin confiava firmemente em si, na própria inteligência e perspicácia; seguia em frente com ousadia e entusiasmo, num alento só; sua vida corria às mil maravilhas. Ele estava acostumado a agradar a todos, velhos e novos, e julgava conhecer

---

4. Na Rússia pré-revolução, o grau mais baixo na classificação dos estudantes, dado aos que terminavam a universidade sem excelência. (N.T.)

5. Um rapaz encantador. (N.T.)

6. O título de camareiro correspondia ao cargo de conselheiro de Estado, quinta das onze categorias na hierarquia do funcionalismo público na Rússia tsarista. Era uma posição cobiçada, que abria caminho à ascensão na escala social. (N.T.)

as pessoas, principalmente as mulheres: conhecia bem suas fraquezas habituais. Como homem não indiferente à arte, sentia certo ardor, entusiasmo e inspiração; em consequência disso, permitia-se diversos desvios das normas: farreava, relacionava-se com pessoas que não pertenciam à alta sociedade e, em geral, comportava-se de modo simples e livre; mas, na alma, era frio e astuto e, mesmo na mais tumultuada farra, seu olhar castanho e perspicaz vigiava e espreitava tudo; esse jovem audacioso e livre nunca se distraía completamente nem perdia o controle. A favor dele, no entanto, é preciso admitir que nunca se vangloriava das próprias vitórias. Na casa de Maria Dmítrievna, ele foi parar assim que chegou a O... e logo se tornou parte dela. Maria Dmítrievna tinha paixão por ele.

Panchin fez reverências amáveis a todos os que se encontravam na sala, apertou a mão de Maria Dmítrievna e Lissavieta Mikháilovna, deu um tapinha no ombro de Guedeônoviski e, girando sobre o salto, segurou a cabeça de Lénotchka e beijou-lhe a testa.

— Então não tem medo de andar num cavalo desses? — perguntou-lhe Maria Dmítrievna.

— Perdoe-me, ele é extremamente manso; dir-lhe-ei o que temo: temo jogar paciência com Serguêi Petróvitch; ontem na casa dos Belenítsyni ele me deixou completamente limpo.

Guedeônovski soltou uma risada fininha e servil: buscava as boas graças do jovem, brilhante funcionário de Petersburgo, favorito do governador. Em suas conversas com Maria Dmítrievna, mencionava frequentemente as qualidades excepcionais de Panchin. Pois, veja bem, julgava ele, como não elogiar? O jovem fazia sucesso na alta sociedade, servia exemplarmente e, ainda por cima, sem nenhum orgulho. Aliás, em Petersburgo também julgavam Panchin um funcionário de qualidade: trabalhava bem e rapidamente, falava do trabalho brincando, como convém a um homem da alta roda, que não dá importância especial à própria atividade, em essência, era um "executor". Os chefes gostam desse tipo de subordinado; ele próprio não duvidava de que, se quisesse, um dia seria ministro.

– O senhor se permite dizer que eu o deixei limpo – proferiu Guedeônovski –, mas, na semana passada, quem ganhou de mim doze rublos? E ainda...

– Canalha, canalha – interrompeu-o Panchin com certo desleixo carinhoso, mas um tanto depreciativo, e, sem lhe prestar mais atenção, aproximou-se de Liza.

– Eu não consegui encontrar aqui a abertura de "Oberon" – começou ele –, Belenítsyna vive se vangloriando, diz que tem toda a música clássica, mas, na verdade, não tem nada além de polcas e valsas; mas eu já escrevi a Moscou e, daqui a uma semana, a senhora terá a sua abertura. Aliás – continuou ele –, compus ontem uma nova romança; a letra também é minha. Quer ouvir? Não sei o que saiu disso; Belenítsyna achou-a graciosíssima, mas as palavras dela não significam nada; eu quero saber a sua opinião. Aliás, acho que é melhor mais tarde.

– Por que mais tarde? – intrometeu-se Maria Dmítrievna. – E por que não agora?

– Obedeço – pronunciou Panchin com um sorriso claro e doce, que nele aparecia e desaparecia de repente.

Ele empurrou a cadeira com o joelho, sentou-se ao piano e, tocando alguns acordes, começou a cantar a seguinte romança, destacando com precisão as palavras:

A lua flutua alto sobre a terra
    Entre nuvens pálidas;

Mas um raio encantado
  singra as alturas como onda no mar.

O mar a reconheceu como
  Lua da minha alma,
que segue – na alegria e na tristeza –
  junto com a vossa

A alma está repleta de amor tristonho,
  de tristonhos esforços vãos
Para mim é difícil...
Enquanto vós não conheceis perturbações,
  como aquela lua.

Panchin cantou a segunda estrofe com particular expressividade e força; no acompanhamento impetuoso, ouviam-se as modulações da maré. Depois das palavras: "Para mim é difícil", ele suspirou de leve, baixou os olhos e diminuiu o tom de voz – *morendo*. Quando ele terminou, Liza elogiou o motivo, Maria Dmítrievna disse:

– Um encanto.

E Guedeônovski até gritou:

– Arrebatadora! A poesia, a harmonia, igualmente arrebatadoras!

Lénotchka olhava o cantor com infantil devoção. Em resumo, a obra do jovem diletante agradou muito a todos os presentes; entretanto, na antessala, além da porta da sala de visitas, estava um homem já velho, recém-chegado, ao qual, a julgar pela expressão do rosto voltado para o chão e dos movimentos dos ombros, a romança de Panchin, apesar de graciosíssima, não trouxera satisfação. Depois de um minuto de espera, tendo varrido a poeira das botas com um lenço, esse homem estreitou de súbito os olhos, apertou os lábios severamente, curvou a coluna já sem isso curvada e entrou na sala bem devagar.

– Ah! Khistofór Fiódorovitch, salve! – exclamou Panchin, antes de qualquer outro, e ergueu-se da cadeira num salto. – Eu nem suspeitava que o senhor estivesse aqui, na sua presença não me atreveria de modo algum a cantar essa romança. Sei que o senhor não aprecia a música ligeira.

– Não sou ouvidor – disse o recém-chegado, num russo ruim, depois fez uma reverência a todos e parou desgraciosamente no meio da sala.

– *Monsieur* Lemm, o senhor veio dar aula de música a Liza? – perguntou Maria Dmítrievna.

– Não, não a Lissavieta Mikháilovna, mas a Elena Mikháilovna.

– Ah! É claro, excelente. Lénotchka, suba com o senhor Lemm.

O velho ia acompanhar a menina, mas Panchin o deteve.

– Não vá embora depois da aula, Khistofór Fiódorytch – disse ele. – Lissavieta Mikháilovna e eu tocaremos uma sonata de Beethoven a quatro mãos.

O velho resmungou algo consigo mesmo, enquanto Panchin continuou em alemão, pronunciando mal as palavras:

– Lissavieta Mikháilovna mostrou-me a cantata sacra que o senhor lhe ofereceu: uma coisa maravilhosa! Não pense, por favor, que não sei dar valor à música séria, ao contrário: às vezes, ela pode ser entediante, mas, em compensação, é muito útil.

O velho enrubesceu até as orelhas, lançou um olhar de soslaio a Liza e saiu da sala às pressas.

Maria Dmítrievna pediu a Panchin que repetisse a romança, mas ele anunciou que não queria ofender os ouvidos do erudito alemão e propôs a Liza que se ocupassem de uma sonata de Beethoven. Então Maria

Dmítrievna suspirou e, por sua vez, propôs a Guedeônovski um passeio pelo jardim.

– Eu gostaria de conversar mais um pouco com o senhor – disse ela – e de pedir-lhe um conselho sobre nosso pobre Fiédia.

Guedeônovski escancarou os dentes, fez uma reverência, com dois dedos pegou o chapéu e as duas luvas colocadas cuidadosamente em uma das abas, e saiu junto com Maria Dmítrievna. Na sala, ficaram Panchin e Liza; ela abriu a sonata; os dois sentaram-se ao piano em silêncio. Lá em cima soavam sons fracos da escala, produzidos pelos dedinhos inseguros de Lénotchka.

V

Khistofór Teodór Gótlib Lemm nasceu em 1786, no reino da Saxônia, na cidade de Chemnitz, numa família de músicos pobres. O pai tocava trompa; a mãe, harpa; e ele próprio se exercitava em três instrumentos diferentes já aos cinco anos de idade. Aos oito ficou órfão e, a partir dos dez, fez dessa arte o seu ganha-pão. Por muito tempo, levou vida errante, tocava em toda parte – tavernas, feiras, casamentos de camponeses e bailes; no final, foi parar em uma orquestra e, subindo cada vez mais, alcançou o posto de regente. Era bem ruim como executante, mas conhecia música a fundo. Aos 28 anos de idade, mudou-se para a Rússia. Foi chamado por um grande fidalgo, que não suportava música, mas mantinha uma orquestra por soberba. Lemm ficou nessa propriedade uns sete anos, na qualidade de maestro, e saiu de lá de mãos vazias: o fidalgo arruinou-se, queria pagar com uma letra de câmbio, mas depois lhe recusou até isso – em resumo, não pagou nem um copeque. Aconselharam-no a partir, mas ele não queria voltar para casa tendo saído como miserável da Rússia, da Grande Rússia, da mina de ouro dos artistas; resolveu ficar e tentar a sorte. O pobre alemão tentou a sorte durante vinte anos: empregou-se na casa de vários senhores, morou tanto em Moscou quanto em cidades provincianas, suportou e tolerou muita coisa, conheceu a miséria, bateu-se como peixe na superfície congelada das águas; enquanto isso, em meio a todas essas catástrofes, a ideia de voltar para a pátria não o abandonava; ao contrário, era ela que o mantinha firme. No entanto, não aprazia ao destino agradá-lo com essa primeira e última felicidade: aos cinquenta anos de idade, doente, decrépito antes do tempo, enlodou-se na cidade de O. e ali ficou para sempre, tendo já perdido definitivamente qualquer esperança de sair da odiada Rússia e sustentando a parca existência com aulas. A aparência de Lemm não predispunha a seu favor. Era baixo, meio arqueado, com omoplatas tortas e salientes, ventre retraído, pés grandes e chatos, unhas pálido-azuladas nos dedos duros e inflexíveis das mãos vermelhas e fibrosas; tinha o rosto encovado, cheio de rugas, lábios comprimidos, que ele mantinha incessantemente em movimento de mastigação, produzindo, juntamente com seu habitual silêncio, uma impressão quase sinistra; os cabelos grisalhos pendiam em fiapos sobre a testa curta; como brasas recém-apagadas, os olhinhos miúdos e imóveis ardiam surdamente; ele pisava com força e, a cada passo, lançava para frente aquele corpo pesadão. Os outros movimentos lembravam o jeito canhestro de uma coruja que se apruma dentro da gaiola quando percebe estar sendo observada, mas que mal enxerga com aqueles olhos enormes, amarelos, que piscam de sono e medo. O desgosto antigo e inexorável deixara no pobre músico uma marca indelével, entortara e deturpara sua figura sem isso já desgraciosa; mas, para aqueles que são capazes de não se deter em primeiras impressões, vislumbrava-se algo de bom, de honesto, algo incomum nesse ser semidestruído. Entusiasta de Bach e Händel, conhecedor de sua arte, dotado de uma imaginação viva e daquela ousadia de pensamento que se encontra ao alcance apenas da tribo germânica, Lemm com o tempo – quem sabe? – teria entrado na fileira dos grandes compositores de sua pátria caso a vida o tivesse conduzido de outro modo; mas não nascera sob boa estrela! Compusera muito em seus anos de vida, porém não tivera a sorte de ver nenhuma de suas obras publicada; não sabia se empenhar no negócio como era preciso, fazer reverências no momento oportuno, tomar diligências na hora adequada. Certa vez, há muito, muito tempo, um admirador e amigo, também alemão e também pobre, publicara por conta própria duas sonatas de Lemm, mas também elas ficaram todas no porão de lojas de música; caíram no esquecimento sem deixar vestígios, como se tivessem sido jogadas no rio à noite. Finalmente, Lemm deu de ombros a tudo; além disso, os anos levaram seu quinhão: ele endureceu, entorpeceu, e os seus dedos também entorpeceram. Sozinho (não se casara), acompanhado apenas de uma velha cozinheira, tirada por ele de um asilo de velhos, Lemm morava em O., num casebre pequenino, perto da residência dos Kalitin; passeava muito, lia a Bíblia e também uma coletânea de salmos protestantes, além de Shakespeare na tradução de Schlegel. Há muito não compunha nada, mas, pelo visto, Liza, a sua melhor aluna, conseguira desentorpecê-lo: escreveu para ela a cantata citada por Panchin. A letra da cantata ele tomou de empréstimo de uma coletânea de salmos; alguns versos criou por conta própria. A cantata compunha-se de dois coros – um de felizes e outro de infelizes; no final os dois conciliavam-se e cantavam juntos: "Deus misericordioso, tenha piedade de nós, pecadores, e afaste de nós quaisquer pensamentos traiçoeiros e desejos terrenos". Na página de rosto, estava escrito muito escrupulosamente, quase como uma pintura: "Apenas verdades justas. Cantata espiritual. Composta e dedicada à donzela Elizavieta Kalítinaia, minha prezada aluna, por seu professor, Kh. T. G. Lemm". As palavras: "Apenas verdades justas" e "Elizavieta Kalítinaia" estavam cercadas por feixes de luz. No final, embaixo, havia o adendo: "Apenas para a senhorita, *für Sie allein*". Foi por esse motivo que Lemm enrubesceu e lançou um olhar furtivo a Liza; doeu-lhe muito ouvir Panchin mencionar a cantata diante dela.

VI

Panchin tocou alto e resolutamente os primeiros acordes da sonata (ele fazia a segunda mão), mas Liza não começou a sua parte. Então ele parou e fitou-a. Os olhos de Liza, fixos nele, expressavam insatisfação; os lábios não sorriam, todo o rosto estava severo, quase pesaroso.

– O que há com a senhorita? – perguntou ele.

– Por que o senhor não manteve sua palavra? – disse ela. – Mostrei-lhe a cantata de Khistofór Fiódorytch sob a condição de que não tocasse nesse assunto com ele.

– A propósito, Lizavieta Mikháilovna, desculpe-me.

– O senhor magoou a nós dois. Agora ele não vai mais confiar em mim.

– O que ordena que eu faça, Lizavieta Mikháilovna? Desde a mais tenra idade, não consigo encarar um alemão com indiferença: daí tenho ganas de provocá-lo.

– O que está dizendo, Vladímir Nikolaitch! Esse alemão é um pobre homem, solitário, abatido. E o senhor não tem pena dele? Sente vontade de provocá-lo?

Panchin perturbou-se.

– A senhorita está certa, Lizavieta Mikháilovna – proferiu ele. – É tudo culpa da minha eterna imprudência. Não, não refute o que digo; eu me conheço muito bem. A minha imprudência já me causou muitos males. Por obra e graça dela ganhei fama de egoísta.

Panchin calou-se. Não importava por onde começasse a conversa, habitualmente acabava por falar de si, e fazia isso com tanta leveza e primor, com tanta sinceridade, como se fosse natural.

– Veja só, em sua casa – continuou ele –, a sua mãezinha com certeza simpatiza comigo, é tão bondosa; a senhorita, a propósito, não sei a sua opinião a meu respeito; em compensação a sua titia simplesmente não me suporta. Devo tê-la ofendido, pelo visto, com alguma palavra irrefletida, estúpida. O fato é que ela não gosta de mim, não é verdade?

– É – pronunciou Liza com certo embaraço –, ela não gosta do senhor.

Panchin passou os dedos rapidamente pelo teclado; um sorrisinho quase imperceptível deslizou por seus lábios.

– Então, e a senhorita? – perguntou ele. – À senhorita também pareço egoísta?

– Eu ainda o conheço pouco – comentou Liza –, mas não o considero egoísta; ao contrário, devia agradecer ao senhor...

– Eu sei, eu sei o que senhorita quer dizer – interrompeu-a Panchin e de novo correu os dedos pelas teclas –, agradecer-me pelas notas, pelos livros que lhe trago, pelos desenhos ruins com os quais enfeito o seu álbum etc. etc. Mas posso fazer tudo isso e ainda assim ser um egoísta. Atrevo-me a pensar que a senhorita não se entedia a meu lado e que não me considera um homem desagradável, mas, apesar de tudo, será que acredita que eu, como é mesmo que se diz... para fazer uma piada não poupo nem pai nem amigo.

– O senhor é desatento, distraído, como todos os homens da alta sociedade – disse Liza. – É isso.

Panchin franziu um pouco o cenho.

– Ouça – disse ele –, não vamos mais falar de mim; vamos tocar a nossa sonata. Peço-lhe apenas uma coisa – acrescentou, alisando com a mão as folhas dispostas no suporte de partituras –, pense de mim o que quiser, chame-me egoísta até – que seja! mas não me chame de homem da alta sociedade: eu não suporto essa alcunha...

Anch'io sono pittor[7]. Eu também sou um artista, embora ruim, e mostrarei à senhorita isso, que sou um artista ruim, agora mesmo, no trabalho. Comecemos, então.

– Por favor – disse Liza.

O primeiro adágio correu bem, embora Panchin tenha errado mais de uma vez. As próprias composições e aquilo que decorava, ele tocava com muito primor, mas lia mal a partitura. Em compensação, a segunda parte da sonata, um *allegro* bastante rápido, simplesmente não saiu: no vigésimo compasso, Panchin já estava dois atrasado, então não se conteve e, rindo, afastou a cadeira do piano.

– Não! – exclamou ele.– Hoje não consigo tocar; ainda bem que Lemm não nos ouviu; ele cairia desmaiado.

Liza ergueu-se, fechou o piano e voltou-se para Panchin.

– O que vamos fazer, então? – perguntou ela.

– Reconheço a senhorita nesta pergunta! Não consegue ficar sentada, de mãos quietas, de jeito nenhum. O que fazer? Se quiser, podemos desenhar enquanto não escurece de todo. Talvez essa outra musa, a musa do desenho, como é mesmo que se chama? Esqueci... Talvez seja mais favorável a mim. Onde está o seu álbum? Lembra-se, não terminei lá a minha paisagem.

Liza foi até o outro cômodo em busca do álbum, enquanto Panchin, ficando sozinho, tirou do bolso um lenço de cambraia, esfregou as unhas e olhou, meio de lado, as próprias mãos. Ele tinha mãos muito bonitas e alvas; no polegar da esquerda usava um anel de ouro espiralado. Liza voltou; Panchin sentou-se junto à janela, folheou o álbum.

– Aha! – exclamou ele. – Estou vendo que a senhorita começou a copiar a minha paisagem – excelente.

---

7. Eu também sou um artista. Em italiano no original. (N.T.)

Muito bem! Apenas aqui, veja, me dê o lápis, as sombras não estão tão fortes quanto é preciso. Veja.

E Panchin, com movimentos amplos, estendeu alguns traços longos. Ele costumava desenhar sempre a mesma paisagem: em primeiro plano, árvores grandes e desgrenhadas; ao longe, uma clareira e montanhas recortadas no horizonte. Liza olhava o trabalho por sobre os ombros dele.

– No desenho, e também em geral, na vida – disse Panchin, inclinando a cabeça ora para a direita, ora para a esquerda –, leveza e audácia estão em primeiro lugar.

Nesse minuto, Lemm entrou na sala, inclinou-se secamente e fez menção de sair; Panchin, porém, deixou o álbum e o lápis de lado e impediu-lhe a passagem.

– Aonde vai, prezado Khistofór Fiódorytch? Será possível que não fica para o chá?

– Preciso ir para casa – disse Lemm, com voz sombria. – Estou com dor de cabeça.

– Ah, mas que besteira, fique. Vamos conversar sobre Shakespeare.

– Estou com dor de cabeça – repetiu o velho.

– Pois nós, na sua ausência, começamos a tocar uma sonata de Beethoven. – continuou Panchin, tomando-o num gesto amável pela cintura e sorrindo alegremente –, mas o negócio saiu de todo mal. Imagine, eu não conseguia acertar duas notas seguidas.

– Zeria melhor terr cantado de novo a zua rromanza – disse Lemm, tirando a mão de Panchin e indo embora.

Liza correu atrás dele. Ela o alcançou no alpendre.

– Khistofór Fiódorytch, escute – disse-lhe em alemão, enquanto o acompanhava até o portão, pela relva aparada e viçosa do pátio –, cometi uma falta, perdoe--me.

Lemm não respondeu nada.

– Mostrei a Vladímir Nikoláievitch a sua cantata; eu tinha certeza de que ele reconheceria os seus méritos, e realmente ele gostou muito.

Lemm se deteve.

– Não foi nada – respondeu em russo e depois acrescentou na língua materna –: mas ele não é capaz de entender coisa nenhuma; como a senhorita não consegue ver isso? É um diletante, mais nada!

– O senhor está sendo injusto – disse Liza –, ele entende tudo e consegue fazer quase tudo.

– Sim, tudo de segunda classe, artigo simples, trabalho apressado. Isso agrada, assim ele agrada aos outros e ainda fica satisfeito – pois então: bravo. Eu não me zanguei, a cantata e eu... nós dois somos velhos e tolos; fiquei um pouco envergonhado, mas isso não é nada.

– Perdoe-me, Khistofór Fiódorytch – repetiu Liza.

– Não foi nada, não foi nada – repetiu ele de novo em russo. – A senhorita é uma moça bondosa... Mas, veja, está chegando alguém. Adeus. A senhorita é uma moça muito bondosa.

Lemm apressou o passo na direção do portão, pelo qual entrava um senhor que ele não conhecia, de casaco cinza e com um largo chapéu de palha. Depois de uma reverência educada (ele se inclinava para todos os rostos novos na cidade de O.; já para conhecidos costumava virar as costas na rua – era a regra que se impusera), Lemm passou direto e sumiu além da cerca. Surpreso, o desconhecido acompanhou-o com o olhar e, virando-se para Liza, seguiu ao encontro dela.

VII

— A senhorita não vai me reconhecer – disse ele, tirando o chapéu –, mas eu a reconheci, embora tenham se passado já oito anos desde que a vi pela última vez. A senhorita era criança na época. Eu sou Lavriétski. Sua mãe está em casa? É possível vê-la?

— Mamãe ficará muito satisfeita – replicou Liza –, ela ouviu falar de sua chegada.

— Pois bem, parece que a senhorita se chama Elizavieta? – perguntou Lavriétski, subindo as escadas da entrada.

— Sim.

— Eu me lembro bem da senhorita; já naquela época tinha um rosto que não se esquece; eu lhe trazia balas.

Liza enrubesceu e pensou: que homem estranho. Lavriétski parou por um minuto na antessala. Liza entrou na sala de estar, onde soavam a voz e a gargalhada de Panchin; ele transmitia algum mexerico da cidade a Maria Dmítrievna e a Guedeônovski, recém-chegados do jardim, e ele próprio ria alto daquilo que contava. Ao ouvir o nome de Lavriétski, Maria Dmítrievna agitou-se, empalideceu e foi ao seu encontro.

— Saudações, saudações, meu querido *cousin*! – exclamou ela, numa voz arrastada e quase chorosa. – Como estou feliz em vê-lo!

— Saudações, minha bondosa prima – disse Lavriétski e apertou amigavelmente a mão que ela lhe estendia. – Vivendo com a graça de Deus?

— Sente-se, sente-se, meu querido Fiódor Ivánitch. Ah, como estou feliz! Permita-me, em primeiro lugar, apresentar-lhe a minha filha Liza...

— Eu próprio já me recomendei a Lizavieta Mikháilovna — interrompeu-a Lavriétski.

— *Monsieur* Panchin... Serguêi Petróvitch Guedeônovski... Mas sente-se! Olho para o senhor e, verdade, nem acredito no que vejo. Como está a saúde?

— Como se digna a ver: floresço. E a senhora então, prima, benza Deus, não emagreceu nada nesses oito anos.

— Há quanto tempo será que não nos víamos... — pronunciou Maria Dmítrievna, contemplativamente. — Está vindo de onde agora? Onde ficou... ou melhor, eu queria dizer — secundou ela, às pressas —, eu queria dizer, ficará muito tempo conosco?

— Cheguei agora de Berlim — disse Lavriétski — e amanhã mesmo irei para o interior, provavelmente por muito tempo.

— Vai ficar em Lávriki, pelo visto?

— Não, em Lávriki não; tenho um vilarejozinho, a umas vinte e cinco verstas daqui; é para lá que vou.

— É aquele vilarejo que o senhor recebeu de Glafira Petróvna?

— Exatamente.

— Perdão, Fiódor Ivánitch! Em Lávriki o senhor tem uma casa tão maravilhosa!

Lavriétski franziu de leve o sobrolho.

— Sim... mas no vilarejozinho tenho uma casa menor e, por enquanto, não preciso de mais do que isso. Para mim, agora, esse é o lugar mais confortável.

Maria Dmítrievna de novo se perturbou a tal ponto que até endireitou o corpo e abriu os braços. Panchin veio socorrê-la e encetou conversa com Lavriétski. Maria Dmítrievna acalmou-se, recostou-se no sofá e apenas vez ou outra arriscava uma palavrinha; mas, enquanto isso, olhava o visitante com tanta pena, respirava com tanta expressividade e balançava a cabeça com tanto desalento que, por fim, o outro não se conteve e interrogou-a bastante abruptamente: será que estava se sentindo bem?

– Graças a Deus – expressou-se Maria Dmítrievna –, mas por quê?

– Por nada, pareceu-me que a senhora estava passando mal.

Maria Dmítrievna assumiu um ar respeitável e um tanto ofendido. "Se é assim", pensou ela, "então para mim tanto faz; vê-se que você, meu senhor, está tão indiferente quanto um ganso que permanece seco depois de sair da água; outro estaria debilitado, mas você até se aprumou". Maria Dmítrievna não tinha cerimônias consigo mesma; já em voz alta, falava com elegância.

Lavriétski realmente não parecia uma vítima do destino. De seu rosto corado, absolutamente russo, com uma testa longa e alva, nariz um pouco largo, lábios grossos e bem definidos, transparecia uma impressão de saúde da estepe, de força sólida e longeva. Tinha excelente compleição física e os cabelos louros ondulavam-se em sua cabeça como em um jovem. Apenas nos olhos azuis, saltados e um tanto imóveis, notava-se certo ar meditativo ou então cansaço e a sua voz soava regular demais.

Enquanto isso, Panchin continuava a sustentar a conversa. Passou a falar da vantagem das usinas de açúcar, tema sobre o qual havia lido há pouco em duas brochuras francesas, e com despreocupada simplicidade pôs-se a discorrer a respeito do conteúdo sem, aliás, fazer nenhuma menção a nenhuma delas.

– Então Fiédia está aqui! – ouviu-se de repente no cômodo contíguo, pela porta semiaberta, a voz de Marfa Timofiêvna. – Fiédia, é ele!

E a velhinha entrou lepidamente na sala de visitas. Lavriétski ainda não se levantara de todo da cadeira e ela já o abraçava.

– Deixe ver, deixe ver – pronunciou ela, afastando-se do rosto de Lavriétski. – Oh, você está ótimo! Envelheceu, mas não perdeu nada, é verdade. Mas por que está beijando as minhas mãos: venha beijar o meu rosto, a não ser que tenha aversão a minhas faces enrugadas. Não me diga que nem perguntou a meu respeito, titia ainda está viva? Pois você nasceu em minhas mãos, seu menino travesso! Na verdade tanto faz, como é que ia se lembrar de mim? Mas fez muito bem em vir. Pois então, minha senhora – acrescentou ela, dirigindo-se a Maria Dmítrievna –, serviu-lhe alguma coisa?

– Não preciso de nada – apressou-se a dizer Lavriétski.

– Bem, tome nem que seja um chá, meu caro. Senhor Deus meu! Chegou sabe-se lá de onde e não lhe dão nem uma chavenazinha de chá. Liza, vá cuidar disso, bem depressa. Eu me lembro de como era guloso quando pequeno, é bem provável que agora ainda goste de comer.

– Os meus respeitos, Marfa Timofiêvna – pronunciou Panchin, aproximando-se meio de lado da velhinha, que havia se exaltado, e fazendo uma reverência profunda.

– Desculpe-me, meu senhor – expressou-se Marfa Timofiévna –, de tanta alegria não reparei no senhor. Você ficou parecido com aquela pombinha, sua mãe – continuou ela, dirigindo-se de novo a Lavriétski –, apenas o nariz saiu ao pai e permaneceu assim. Pois então, vai ficar muito tempo entre nós?

– Parto amanhã, titia.

– Para onde?

– Para a minha casa, em Vassílevskoie.
– Amanhã?
– Amanhã.
– Bem, se é amanhã, então é amanhã. Vá com Deus, você é quem sabe. Mas, veja bem, venha se despedir.

A velhinha bateu de leve na face de Lavriétski.

– Não pensei que ainda fosse vê-lo, e não é porque estava me preparando para morrer, não, ainda tenho mais uns dez anos: todos nós, os Pestov, duramos muito; o seu falecido, dizem, deu-nos o apelido de vivedouros; só Deus sabe quanto tempo você ainda podia ficar andando sem rumo pelo estrangeiro. Ah, mas fez muito bem, fez muito bem; vai ver ainda levanta dez *puds*[8] com uma só mão, como antes? O seu falecido paizinho, desculpe, era rabugento que só ele, mas fez bem quando contratou um preceptor suíço para o filho. Lembra-se? Vocês se batiam a socos; é ginástica que se chama, não é? Mas que coisa, fico aqui cacarejando e atrapalho o senhor *Panchín* (ela nunca pronunciava o nome dele com o acento na sílaba correta, *Panchin*) a desenvolver seu raciocínio. Aliás, é melhor tomarmos o chá; vamos levá-lo para o terraço; nosso creme de leite é glorioso, não é como aquele da sua Londres ou Paris. Vamos, vamos, e você, Fediúcha, dê-me a mão. Oh! Que grandona é a sua mão! De certo com você ninguém cai.

Todos se levantaram e dirigiram-se ao terraço, com exceção de Guedeônovski, que foi embora de fininho. Durante toda a duração da conversa entre Lavriétski, a dona da casa, Panchin e Marfa Timofiêvna, ele ficara sentado num cantinho, piscando atentamente, com os lábios estendidos, numa curiosidade infantil: agora corria a espalhar pela cidade a notícia sobre o recém--chegado.

---

8. Medida russa antiga equivalente a 16,3 kg. (N.T.)

Nesse mesmo dia, às onze horas da noite, eis o que aconteceu na casa da senhora Kalitina. Lá embaixo, na soleira da sala de visitas, tendo aproveitado a melhor ocasião, Vladímir Nikoláitch despediu-se de Liza e disse, segurando-lhe a mão: "A senhorita sabe quem me atrai para cá; a senhorita sabe por que venho continuamente a sua casa; para que usar palavras se tudo está tão claro?". Liza não respondeu nada e, sem sorrir, erguendo lentamente as sobrancelhas e enrubescendo, baixou os olhos, mas não retirou as mãos; enquanto isso, lá em cima, no quarto de Marfa Timofiévna, sob a luz da lâmpada votiva colocada diante de ícones antigos e foscos, Lavriétski estava sentado na poltrona, com os cotovelos sobre os joelhos e o rosto apoiado nas mãos; a velhinha, de pé diante dele, de vez em quando e em silêncio, acariciava os seus cabelos. Mais de uma hora ele passou junto dela, despedindo-se da dona da casa; não disse quase nada a sua antiga e bondosa amiga, e ela não lhe fez nenhum interrogatório... Mas também o que havia para falar, que perguntas fazer? Ainda assim ela compreendia tudo e penetrava em tudo que transbordava do coração dele.

VIII

Fiódor Ivánovitch Lavriétski (pedimos licença ao leitor para interromper por algum tempo o fio de nossa história) provinha de uma antiga linhagem da nobreza. O progenitor dos Lavriétski saiu da Prússia para o reino de Vassili, o Cego, e foi agraciado com duzentos *tchetviert*[9] de terra no Alto Biéjetski. Muitos de seus descendentes figuraram em diversos departamentos, trabalharam sob a proteção de príncipes e pessoas renomadas em terras longínquas, mas nenhum subiu além de camareiro nem alcançou fortuna significativa. O mais rico e notável de todos os Lavriétski foi o bisavô de Fiódor Ivánitch, Andrei, homem cruel, temerário, inteligente e espertalhão. Até os dias de hoje não se calam os boatos sobre os seus desmandos, o temperamento enfurecido, a generosidade desarrazoada e a cupidez insaciável. Era muito gordo, de alta estatura, rosto crestado e sem barba, velarizava o "r" e o "l" e parecia sonolento; mas, quanto mais baixo falava, mais todos tremiam ao seu redor. Ele e a esposa formavam par. De olhos saltados, nariz aquilino, rosto redondo e amarelo, origem cigana, irascível e vingativa, em nada ficava atrás do marido, que por pouco não a matou e que ela não viu morrer, embora tivessem vivido em eterna rinha. O filho de Andrei, Piotr, avô de Fiódor, não saiu ao pai; era um fidalgo simples, da estepe, bastante estouvado, grosseiro, mas não sem maldade, hospitaleiro e amante da caça com cães. Tinha mais de 30 anos de idade quando herdou do pai duas mil almas em ótimo estado, mas logo deixou que fossem embora, vendeu

---

9. Medida russa antiga para superfícies agrárias; variava de dois a seis acres. (N.T.)

parte da propriedade e estragou a criadagem doméstica com mimos. Como baratas, uma gentalha insignificante de conhecidos e desconhecidos rastejava de todas as partes para o seu palacete amplo, aquecido e desmazelado; todos se empanturravam do que lhes serviam até se fartar, bebiam até se embriagar e arrastavam consigo o que podiam, glorificando e enaltecendo o amável anfitrião; e o anfitrião, quando de mau humor, também enaltecia os seus visitantes, chamando-os de papa-jantares e velhacos, mas, sem eles, entediava-se. A mulher de Piotr Andreitch[10] era bem humilde; ele a tomou como sua esposa de uma família vizinha, por escolha e ordem do pai; chamava-se Anna Pávlovna. Não se metia em absolutamente nada, recebia os visitantes com cordialidade e também fazia visitas de bom grado, embora, para ela, empoar-se fosse a morte, como costumava dizer. Colocam na sua cabeça uma touca de feltro, contava ela na velhice, puxam bem os cabelos para cima, besuntam com banha, polvilham farinha, espetam grampos de ferro – depois é impossível limpar; e sair em visita sem pó não deixam, ofendem-se, que martírio! Anna Pávlovna gostava de cavalgar trotadores, estava sempre pronta a jogar cartas de manhã até a noite e, às vezes, quando o marido se aproximava da mesa, ela escondia com a mão a anotação dos copeques ganhos no jogo; mas entregara todo o dote, todo o dinheiro a ele, de modo resignado. Gerou com ele duas crianças: o filho Ivan, pai de Fiódor, e a filha Glafira. Ivan não foi educado em casa, mas sim na casa de uma tia velha e rica, a princesa Kubienskaia: ela o designou como herdeiro (sem isso, o pai não teria liberado o filho); vestia-o como uma boneca, contratava para ele todo tipo de professor, pôs à sua disposição um preceptor francês, ex-abade, discípulo de Jean-Jacques

---

10. Forma reduzida do patronímico Andréievitch. (N.T.)

Rousseau, um tal *monsieur* Courtin de Vaucelles, fino e habilidoso espertalhão – a própria *fine fleur* da imigração, como ela gostava de dizer – e acabou, quase aos setenta anos de idade, por casar-se com essa fina flor; transferiu para o nome dele todos os seus bens e logo depois, cercada de negrinhos, cãezinhos de pernas finas e papagaios estridentes, morreu num sofazinho de seda tortuoso, da época de Luís XV, segurando nas mãos uma tabaqueira esmaltada, trabalho de Petitot, e morreu abandonada pelo marido: o senhor Courtin preferiu partir para Paris com o dinheiro da esposa. Ivan tinha vinte anos quando esse golpe inesperado (falamos aqui do casamento da princesa, e não de sua morte) o atingiu; ele não quis ficar na casa da tia, onde passara, subitamente, de herdeiro rico a comensal; em Petersburgo, a sociedade em que crescera fechou-se para ele; ao serviço de funcionário público de baixo escalão, difícil e obscuro, ele sentia aversão (tudo isso aconteceu bem no começo do reinado do imperador Alexandre); restou-lhe voltar, a contragosto, para a aldeia, para a casa do pai. O ninho natal pareceu-lhe sujo, pobre e sórdido; o isolamento e o ranço do cotidiano da estepe o ultrajavam; o tédio o consumia; por isso, todos em casa, com exceção da mãe, olhavam-no com hostilidade. Ao pai não agradavam os hábitos da capital, os fraques, os bofes no colarinho, livros, flauta, o asseio do filho, em que, não sem motivo, farejava asco; volta e meia queixava-se e resmungava, reclamando do filho.

– Nada aqui está ao gosto dele – redizia o pai –, à mesa vem com caprichos, não come, não suporta abafamento, o cheiro das pessoas; o aspecto dos bêbados deixa-o transtornado; e não se atreva a brigar na frente dele; servir não quer: é fraco de saúde, vejam só; delicadeza demais, irra! E tudo isso porque anda com Voltaire na cabeça.

O velho não se queixava especialmente de Voltaire, mas sim do "abominável" Diderot, embora não tivesse lido nem uma linha de suas obras: ler não era de sua índole. Piotr Andreitch não se enganara: exatamente Diderot e Voltaire andavam na cabeça do seu filho, e não apenas eles, também Rousseau, Raynal, Helvétius e muitos outros autores semelhantes andavam em sua cabeça, mas só na cabeça. O ex-mentor de Ivan Petróvitch, abade aposentado e enciclopedista, aprazia-se em despejar sobre seu pupilo toda a sapiência do século XVIII e assim ele andava repleto dela; ela residia nele sem se misturar com o sangue, sem penetrar na alma, sem despertar fortes convicções... E seria possível exigir convicções de um jovem uns cinquenta anos atrás, sendo que nós, ainda hoje, não chegamos a tê-las? Ivan Petróvitch também deixava acanhados os convidados da casa paterna; desdenhava deles, estes o temiam, e com a irmã Glafira, doze anos mais velha, não se dava de jeito nenhum. Essa Glafira era um ser estranho: feia, corcunda, magra, de olhos severos e muito arregalados, boca fina e crispada, no rosto, voz e movimentos rápidos e angulares lembrava a esposa de Andrei, mulher do campo, cigana. Insistente, ávida de poder, não queria nem ouvir falar em casamento. O retorno de Ivan Petróvitch saiu-lhe a contragosto; enquanto a princesa Kubienskaia mantinha-o consigo, Glafira esperava receber pelo menos metade da propriedade do pai: na cupidez, ela saíra à mãe. Acima de tudo, Glafira invejava o irmão; tão bem educado, falava tão bem o francês com sotaque parisiense, enquanto ela mal conseguia dizer *bonjur* e *coman vu porte vu?*[11]. A verdade é que os pais nada entendiam

---

11. Corruptela de *comment vous portez-vous?*, "como está passando" em francês. (N.T.)

de francês e por isso ela tinha dificuldades. Ivan Petróvitch não sabia onde se meter de tanto tédio e saudade; nem completou um ano inteiro na aldeia, mas esse ano pareceu-lhe dez. Apenas com a mãe ele encontrava conforto, ficava sentado horas seguidas em seus aposentos no andar de baixo, ouvindo sua conversa despretensiosa, de mulher boa e simples, e fartando-se de geleia. Aconteceu que, entre as camareiras de Anna Pávlovna, encontrava-se uma moça muito vistosa, inteligente e reservada, de olhinhos claros e meigos e rosto de traços finos, chamada Malánia. Logo à primeira vista, Ivan Ivánovitch ficou bem impressionado com ela e apaixonou-se; apaixonou-se por seu andar tímido, pelas respostas envergonhadas, pela voz baixinha e o sorriso tranquilo; a cada dia, parecia-lhe mais querida. E também ela ligou-se a Ivan Petróvitch com toda a força da alma, como apenas as donzelas russas são capazes, e entregou-se a ele. Nas propriedades das aldeias, não se pode manter nenhum segredo por muito tempo: logo todos ficaram sabendo da ligação do jovem fidalgo com Malánia; e a notícia sobre essa relação chegou, finalmente, ao próprio Piotr Andreitch. Em outros tempos é provável que o pai não desse atenção a um negócio tão desimportante; mas há muito estava furioso com o filho e agradou-lhe ter motivo para envergonhar aquele petersburguês sabichão e janota. Foi um vozerio só, gritos e alaridos: trancaram Malánia no quarto de despejo; exigiram que Ivan Petróvitch fosse ter com o pai. Anna Pávlovna também acorreu quando ouviu o barulho. Ela tentou amansar o marido, mas Piotr Andreitch já não ouvia mais nada. Avançou sobre o filho como um gavião, acusou-o de imoral, impenitente, dissimulado; a propósito, descarregou nele todo o desgosto acumulado contra a princesa Kubienskaia, cobriu-o de palavras ofensivas. No início,

Ivan Petróvitch ficou calado e contido, mas, quando o pai inventou de ameaçá-lo com um castigo vergonhoso, ele não suportou. "O abominável Diderot está de novo em cena", pensou ele, "pois eu vou deixá-lo entrar na história, esperem; surpreenderei todos vocês". E, no mesmo instante, numa voz calma e controlada, embora tremesse internamente o corpo inteiro, Ivan Petróvitch anunciou ao pai que não havia motivo para ser acusado de imoralidade; que, embora não tivesse intenção de se justificar, estava decidido a corrigir a própria falta e ainda com mais entusiasmo porque se sentia acima de quaisquer preconceitos, ou seja, estava pronto a casar-se com Malánia. Ao pronunciar essas palavras, Ivan Petróvitch, sem dúvida, alcançou o seu objetivo: surpreendeu Piotr Andreitch a tal ponto que este arregalou os olhos e emudeceu por um instante; mas, num átimo, recompôs-se e, como estava, de sobretudo de pele de esquilo e tamancos sem meias, lançou-se aos socos contra Ivan Petróvitch, que parecia de propósito ter se penteado à *la Titus* e vestido uma nova casaca inglesa azul, botas com franjas e pantalonas de couro de alce elegantes e bem justas. Anna Pávlovna começou a gritar feito louca e cobriu o rosto com as mãos, enquanto o filho percorreu a casa inteira, correndo, saltou para o pátio, precipitou-se pela horta, pelo jardim e dali disparou pela estrada e pôs-se a correr, desabalado, até que, finalmente, parou de ouvir atrás de si o tropel pesado dos passos do pai e os seus gritos insistentes, mas entrecortados...

– Pare, vigarista! – gritava ele. – Pare! Maldito!

Ivan Petróvitch escondeu-se na propriedade vizinha, enquanto Piotr Andreitch voltou para casa, completamente esgotado, ensopado de suor, e anunciou, mal recobrado o fôlego, que privava o filho da bênção e da herança, ordenou que queimassem todos os seus livros estúpidos e que mandassem a moça Malánia para uma aldeia distante, sem mais tardar. Algumas pessoas bondosas procuraram Ivan Petróvitch e informaram-no de tudo. Envergonhado, enraivecido, ele jurou vingança e, nessa mesma noite, ficou à espreita da telega camponesa que levava Malánia, tomou-a à força, galopou com ela até a cidade mais próxima e casaram-se. Quem proveu os recursos foi um vizinho, marinheiro aposentado, homem eternamente bêbado e boníssimo, apreciador extremado de todo tipo de, como ele próprio dizia, história galante. No dia seguinte, Ivan Petróvitch escreveu uma carta cortês, mordaz e fria a Piotr Andreitch e encaminhou-se à aldeia onde vivia o seu primo de segundo grau, Dmitri Pestov, e a irmã, já conhecida dos leitores, Marfa Timoféievna. Contou-lhes tudo, anunciou que tencionava viajar para Petersburgo em busca de uma posição e pediu que abrigassem a esposa pelo menos por algum tempo. Ao pronunciar "esposa", ele teve um acesso de choro e, apesar da filosofia e da educação na capital, fez uma reverência profunda e humilde aos parentes, de joelhos, e até tocou o chão com a testa. Os Pestov, gente piedosa e boa, atenderam o pedido com gosto; ele ficou ali umas três semanas, escondido, esperando a resposta do pai; mas a resposta não veio e nem podia ter vindo. Piotr Andreitch, ao saber do casamento do filho, caiu de cama e proibiu que tocassem no nome de Ivan Petróvitch diante dele; apenas a mãe, sem dizer nada ao marido, pediu um empréstimo ao sacerdote da paróquia local e mandou quinhentos rublos em papel moeda e um iconezinho para a esposa; teve medo de escrever, mas deu ordens ao mensageiro, um magricela capaz de percorrer sessenta verstas por dia, para que dissesse a Ivan Petróvitch que não ficasse muito magoado que, com a ajuda de Deus, tudo se ajeitaria e a ira do pai seria substituída por misericórdia; que ela também teria ficado mais satisfeita com outra nora, mas, pelo visto, Deus quis assim, e, portanto, mandava a Malánia Serguéievna a sua bênção materna. O rapaz magricela recebeu um rublo, pediu permissão para ver a nova senhora, da qual era compadre, beijou a sua mãozinha e pôs-se a correr de volta para casa.

Enquanto isso, Ivan Petróvitch dirigiu-se a Petersburgo, de coração leve. Aguardava-o um futuro desconhecido; talvez fosse ameaçado pela pobreza, mas havia saído da odiosa vida da aldeia e, o mais importante, não traíra os seus mentores, realmente "pusera-se a caminho" e fizera justiça às ideias de Rousseau, Diderot e da *Déclaration des droits de l'homme*. A sensação de dever cumprido, de triunfo, a sensação de orgulho preenchiam-lhe a alma; e nem mesmo ter se separado da mulher o assustava; ter-lhe-ia desconcertado mais a obrigatoriedade de viver constantemente ao lado dela. Fizera o que era preciso; agora precisava se ocupar de outros negócios. Em Petersburgo, ao contrário de suas próprias expectativas, teve sorte: a princesa Kubienskaia, que *monsieur* Courtin já tivera tempo de abandonar, mas que ainda não tivera tempo de morrer, para expiar a própria culpa diante do sobrinho, recomendou-o a todos os amigos e presenteou-lhe com cinco mil rublos – praticamente o resto de seu último dinheirinho – e um relógio com seu monograma numa guirlanda de cupidos. Não se passaram três meses antes que ele conseguisse um cargo na missão russa em Londres e, no primeiro navio inglês que deixou o porto (naquela época, ainda nem se pensava em vapores), singrou os mares. Alguns meses depois recebeu uma carta de Dmitri Pestov. O bondoso proprietário parabenizava Ivan Petróvitch pelo nascimento do filho, que viera à luz no povoado de Pokrovski, a 20 de agosto de 1807, e fora chamado Fiódor em homenagem ao santo mártir Fiódor Stratilat. Por estar muito fraca, Malánia Serguéievna escreveu apenas algumas linhas; mas essas poucas linhas surpreenderam Ivan Petróvitch: ele não sabia que Marfa Timoféievna alfabetizara a sua esposa. A propósito, Ivan Petróvitch não se entregou à doce inquietação dos sentimentos de pai por muito tempo: ele cortejava uma famosa Friné ou Lais daquela época (os nomes clássicos ainda floresciam então); a paz de Tilsit acabara de ser selada e tudo se apressava a deliciar-se, tudo girava numa espécie de turbilhão enlouquecido; os olhos negros da vivaz beldade faziam girar a cabeça de Ivan Petróvitch. Ele tinha pouco dinheiro; mas jogava cartas animadamente, fazia amizades, participava de todos os divertimentos possíveis, em resumo, navegava a velas soltas.

IX

O velho Lavriétski por muito tempo não perdoou o casamento do filho; se, passados seis meses, Ivan Petróvitch o tivesse procurado de cabeça baixa e tivesse se lançado a seus pés, quem sabe, talvez ele o perdoasse, depois de uma boa descompostura e de pancadas com o bastão para incutir-lhe medo; mas Ivan Petróvitch estava morando no exterior e, pelo visto, nem esquentava a cabeça.

– Cale-se! Não ouse! – redizia Piotr Andreitch sempre que a esposa tentava conduzi-lo na direção da clemência –, esse fedelho devia rezar por mim eternamente porque não o amaldiçoei; o meu falecido pai teria surrado esse imprestável com as próprias mãos, e teria sido muito bem feito.

Anna Pávlovna, ao ouvir essas declarações terríveis, apenas benzia-se furtivamente. No que diz respeito à esposa de Ivan Petróvitch, no início, Piotr Andreitch não queria nem ouvir falar dela e, em resposta a uma carta de Pestov que mencionava a nora, até mandara dizer que não reconhecia nora nenhuma, que as leis proibiam acolher moças fugitivas e que considerava um dever informar-lhe sobre isso; mas, depois, quando soube do nascimento do neto, amansou, ordenou secretamente que colhessem informações sobre a saúde da parturiente e enviou-lhe, também às ocultas, um pouco de dinheiro. Fiédia ainda não completara um ano de idade quando Anna Pávlovna adoeceu gravemente. Alguns dias antes de falecer, já sem conseguir se levantar da cama, com lágrimas tímidas e miúdas nos olhos desvanecidos, anunciou ao marido, diante do confessor, que queria ver a nora, despedir-se dela, abençoar o neto. Amargurado, o velho acalmou-a e, no mesmo instante, enviou um veículo pessoal para buscar a nora e pela primeira vez chamou-a de Malánia Serguêievna. Esta chegou com o filho e Marfa Timofêievna, que não queria deixar, de jeito nenhum, que a outra viesse sozinha com medo de que sofresse ofensas. Malánia Serguêievna entrou no gabinete de Piotr Andreitch quase morta de pavor. Atrás dela, vinha a babá com Fiédia. Piotr Andreitch fitou-a calado; ela inclinou-se para beijar-lhe a mão; seus lábios trêmulos mal se moveram num beijo silencioso.

– Bem, salve, encarecida fidalga – disse ele finalmente –, vamos ao quarto da minha esposa.

Então ergueu-se e inclinou-se na direção de Fiédia; o menino sorriu e estendeu-lhe os bracinhos descorados. O velho transtornou-se.

– Oh, pobre órfão – disse ele. – Tocou-me a favor do seu pai; não o deixarei sozinho, meu menininho.

Malánia Serguêievna, assim que entrou no quarto de Anna Pávlovna, postou-se de joelhos ao lado da cama. Anna Pávlovna indicou-lhe que se sentasse na cama, abraçou-a, abençoou-lhe o filho; depois, voltando o rosto minado pela doença na direção do marido, tentou dizer alguma coisa...

– Eu sei, eu sei o que você quer pedir – escandiu Piotr Andreitch –, não se aflija: ela ficará aqui conosco e, por ela, perdoarei Vanka.

Com esforço, Anna Pávlovna tomou a mão do marido e levou-a aos lábios. Nessa mesma noite, deixou este mundo.

Piotr Andreitch manteve a palavra. Avisou ao filho que, pela promessa feita no leito de morte da esposa e em nome do recém-nascido Fiódor, dava-lhe novamente a bênção e manteria Malánia Serguéievna em sua casa. Destinaram-lhe dois cômodos na água-furtada; o sogro apresentou-a a seus mais notáveis convidados, o brigadeiro zarolho Skuriokhini e a esposa; presenteou-lhe com duas criadas e um moleque de recados. Marfa Timoféievna despediu-se: odiava Glafira e no decorrer de um único dia brigara com ela umas três vezes.

No início, a pobre mulher ficou numa situação difícil e incômoda; mas, depois, ajustou-se e acostumou-se com o sogro. Ele também habituou-se a ela, até começou a amá-la, embora quase nunca lhe falasse e nos gestos de ternura deixasse notar sempre certo desdém involuntário. Para Malánia Serguêievna, o mais difícil de suportar era a cunhada. Ainda quando a mãe estava viva, Glafira conseguira tomar aos poucos as rédeas da casa: todos, começando pelo pai, submetiam-se a ela; sem a sua permissão não se gastava nem um torrão de açúcar; ela teria preferido morrer do que dividir o poder com outra mulher – e ainda por cima com aquela mulher! A cunhada ficara mais enfurecida do que Piotr Andreitch com o casamento do irmão: tomou a si a tarefa de ensinar uma lição àquela arrivista, e Malánia Serguêievna tornou-se sua escrava desde o primeiro momento. E não podia ser de outro modo. Como ela, submissa, constantemente desnorteada, assustada, de saúde frágil, poderia lutar contra a voluntariosa e arrogante Glafira? Não passava um dia em que Glafira não a fizesse se lembrar da posição anterior e não a elogiasse por ela própria não se esquecer disso. Malánia Serguêievna teria se conformado de boa vontade com todas essas menções e elogios, por mais penosos que fossem... mas tomaram-lhe Fiédia: eis o que a mortificava. Sob o pretexto de que não estava em condições de cuidar da educação do filho, praticamente não permitiam que ela chegasse perto dele; Glafira cuidava de tudo; o menino ficava à sua inteira disposição. Amargurada, Malánia Serguêievna começou a implorar a Ivan Petróvitch, em cartas, que voltasse bem depressa; Piotr Andréievitch também queria ver o filho, mas este respondia com evasivas, agradecia ao pai pelos cuidados com a esposa e pelo dinheiro enviado, prometia partir logo, mas nunca partia. Finalmente, o ano de 1812 chamou-o de volta do exterior. Ao se encontrarem pela primeira vez, após seis anos de separação, pai e filho abraçaram-se e nada mencionaram das desavenças antigas; também não era momento para isso: toda a Rússia erguia-se contra o inimigo e ambos sentiam que o sangue russo corria em suas veias. Por conta própria, Piotr Andreitch equipou um destacamento inteiro de guerreiros. Mas a guerra terminou, o perigo arrefeceu; Ivan Petróvitch de novo se entediava, de novo algo o atraía para aquelas terras distantes, para aquele mundo onde se formara e se sentia em casa. Malánia Serguêievna não conseguiu detê-lo; ela significava muito pouco para ele. As suas esperanças também não se concretizaram: o marido concluiu ser muito mais conveniente deixar a educação de Fiédia nas mãos de Glafira. A pobre esposa de Ivan Petróvitch não suportou esse golpe, não suportou uma segunda separação: em poucos dias, resignadamente, finou-se. No decorrer de toda a sua vida, não conseguira defender-se de nada e, com a moléstia, também não lutou. Já não conseguia falar, sombras sepulcrais quedavam-se sobre o seu rosto, mas os seus traços, como antes, expressavam uma perplexidade passiva e a constante docilidade da resignação; olhava para Glafira com a obediência de sempre e, do mesmo modo como Anna Pávlovna no leito de morte beijara a mão de Piotr Andreitch, também ela beijou a mão de Glafira, confiando-lhe seu único filho. Terminou assim a estrada da vida terrena desse ser quieto e bondoso, só Deus sabe por que desterrado de seu solo natal e no mesmo instante abandonado, como uma arvorezinha arrancada, que jaz com as raízes ao sol; esse ser finou-se, perdeu-se sem deixar rastro, e ninguém chorou a sua perda. Apenas as criadas e Piotr Andreitch ficaram tristes com a sua morte. O velho sentia falta daquela presença silenciosa.

– Perdoe-me. Adeus, minha dócil! – sussurrou ele, fazendo-lhe uma última reverência na igreja. E depois chorou ao lançar um punhado de terra no túmulo.

Ele próprio não viveu muito mais do que ela, não mais de cinco anos. No inverno de 1819, faleceu mansamente em Moscou, para onde se mudara com Glafira e o neto, e pediu que o enterrassem junto a Anna Pávlovna e "Malacha". Ivan Petróvitch encontrava-se então em Paris, a seu bel-prazer; pedira transferência para a reserva logo depois de 1815. Ao saber da morte do pai, decidiu voltar para a Rússia. Era preciso cuidar das propriedades; além disso, como lhe escrevera Glafira, Fiédia completara doze anos e chegara a hora de se ocupar seriamente da educação do menino.

X

Ivan Petróvitch voltou para a Rússia anglomaníaco. Cabelos cortados rente, sobrecasaca de abas longas, cor de ervilha, com uma profusão de colarinhos e bofe engomado, uma expressão azeda no rosto, algo áspero e ao mesmo tempo indiferente na forma de tratamento, um falar entre dentes, uma gargalhada súbita e petrificada, ausência de sorriso, assuntos exclusivamente político-econômicos, paixão por rosbifes sanguinolentos e vinho do Porto – tudo nele transpirava a Grã-Bretanha; todo ele parecia mergulhado nesse espírito. Mas... algo milagroso! Tendo se transformado num anglomaníaco, Ivan Petróvitch tornou-se, simultaneamente, um patriota, pelo menos se dizia patriota, embora conhecesse pouco a Rússia, não mantivesse nenhum hábito russo e se expressasse em russo de modo estranho: numa conversa comum, a sua fala inflexível e lenta era toda matizada de galicismos, mas, assim que tocava temas importantes, no mesmo instante, Ivan Petróvitch soltava expressões do tipo: "preferir novas experiências de aplicação", "isso não está de acordo com a própria natureza da circunstância" e assim por diante. Ivan Petróvitch trouxe consigo alguns manuscritos de planos relativos à organização e melhoria da administração; ele estava muito insatisfeito com tudo que via – em particular, a falta de um sistema despertava a sua bile. No encontro com a irmã, já nas primeiras palavras, anunciou-lhe que estava determinado a introduzir reformulações radicais, que doravante tudo correria de acordo com o novo sistema. Glafira Petróvna nada lhe respondia, apenas cerrava os dentes e pensava: "Onde é que vou me meter?". A propósito, assim que chegou à aldeia com o irmão e o sobrinho, acalmou-se logo. Na casa aconteceram realmente algumas mudanças: aos comensais e parasitas foi imposta imediata expulsão; entre as vítimas estavam duas velhas, uma cega, outra paralítica, e ainda um major decrépito de tempos remotíssimos, o qual, por conta de sua glutonaria realmente notável, alimentavam apenas com pão preto e lentilhas. Também foi baixada a ordem de não receber antigos convidados: todos eles foram substituídos por um vizinho distante, um certo barão loiro e escrofuloso, muito bem educado e extremamente tolo. Apareceram móveis novos, de Moscou; arranjaram cuspideiras, sinetas, lavabos; o café da manhã passou a ser servido de outro modo; os vinhos estrangeiros expulsaram vodcas e licores; mandaram fazer novos uniformes para a criadagem; ao brasão da família acrescentaram a subscrição: "In recto virtus...". Em essência, o poder de Glafira não diminuiu nem um pouco: como antes, todas as receitas e despesas dependiam dela; um camareiro alsaciano trazido do exterior tentou medir forças com a irmã de Ivan Petróvitch – perdeu o posto, embora fosse apadrinhado do fidalgo. No que concerne à organização, à administração das propriedades (Glafira Petróvna metera-se também nesses assuntos), apesar da intenção expressa mais de uma vez por Ivan Petróvitch: incutir uma nova vida neste caos, tudo permaneceu como antes, apenas aumentaram o tributo de arrendamento dos servos e a cota de trabalho gratuito para o senhor e proibiram aos mujiques de tratar diretamente com Ivan Petróvitch. O patriota desprezava os seus concidadãos. Mas o seu sistema, em toda a sua plenitude, foi aplicado apenas a Fiédia; a educação do filho realmente sofreu uma "reformulação radical": o pai passou a se ocupar exclusivamente dele.

XI

Antes da volta de Ivan Petróvitch do exterior, como já foi dito, Fiédia encontrava-se aos cuidados de Glafira Petróvna. Ele não completara ainda oito anos de idade quando a mãe faleceu; não a via todos os dias, mas afeiçoara-se a ela apaixonadamente: a lembrança dela, do rosto manso e pálido, dos olhares tristonhos e carinhos tímidos imprimiu-se para sempre em seu coração; compreendia vagamente a posição dela na casa; sentia que entre eles havia alguma barreira que a mãe não conseguia e não podia vencer. Esquivava-se do pai e o próprio Ivan Petróvitch nunca lhe fazia carinhos; o avô, de tempos em tempos, acariciava-lhe os cabelos e deixava que lhe beijasse a mão, mas o chamava de sorumbático e o considerava um tolo. Após a morte de Malánia Serguêievna, a tia subjugou-o de todo. Fiédia tinha medo dela, tinha medo dos olhos claros e perscrutadores, da voz cortante; não se atrevia a dar nem um pio na sua presença; às vezes, era só se mexer na cadeira e ela já resmungava:

— O que foi? Fique quieto.

Aos domingos, após a liturgia, permitiam que ele brincasse, ou seja, davam-lhe um livro grosso, misterioso, cujo título era *Símbolos e emblemas*, organizado por um tal Maksimovitch-Ambodik. No livro, havia cerca de mil desenhos, parte deles extremamente misteriosa, e a mesma quantidade de explicações, também misteriosas, em cinco línguas. Um cupido de corpo nu e roliço desempenhava papel importante nesses desenhos. Àquele intitulado "O açafrão e o arco-íris" correspondia o texto explicativo: "É grande a sua ação"; ao lado de outro desenho, representando a "garça que voa com uma violeta no bico", havia a inscrição: "Todos são-lhe conhecidos". "Cupido e o urso que lambe o filhotinho" significava: "Pouco a pouco". Fiédia examinava os desenhos; conhecia todos nos mínimos detalhes; alguns, sempre os mesmos, faziam-no mergulhar em reflexões, despertavam a sua imaginação; outros divertimentos ele não conhecia. Quando chegou a hora dos ensinamentos de línguas e música, Glafira Petróvna contratou quase de graça uma senhora solteira, sueca, com olhos de lebre, que falava francês e alemão a muito custo, tocava um pouco de piano, mas, acima de tudo, salgava pepinos muito bem. Na companhia dessa preceptora, da tia e de uma velha criada de quarto chamada Vassílievna, Fiédia passou quatro anos inteiros. Às vezes, ficava horas e horas sentado em um cantinho com os seus "Emblemas"...; do cômodo de baixo vinha um cheiro de gerânio, uma única vela de sebo ardia turvamente, um grilo cricrilava, monótono, como que entediado, o reloginho tiquetaqueava, um rato furtivo arranhava e roía o papel de parede, enquanto as três senhoras, como as deusas Parcas, em silêncio, remexiam as agulhas rapidamente, as sombras de suas mãos ora corriam, ora tremiam estranhamente na penumbra e pensamentos estranhos, igualmente penumbrais, fervilhavam na cabeça do menino. Ninguém diria que Fiédia era uma criança interessante: bastante pálido, gordo, desajeitado, de compleição desproporcionada, um verdadeiro mujique, segundo Glafira Petróvna; a palidez logo teria desaparecido de seu rosto se o deixassem ficar mais tempo ao ar livre. Estudava como se deve, embora fosse preguiçoso; nunca chorava, mas, em compensação, de tempos em tempos, manifestava uma teimosia selvagem; então ninguém conseguia nada dele. Fiédia não amava nenhum dos que o cercavam... Que amargo é o coração de quem não ama quando jovem!

Assim Ivan Petróvitch o encontrou e, sem perda de tempo, ocupou-se em aplicar-lhe o próprio sistema.

– Quero fazer dele um homem, acima de tudo *un homme* – disse ele a Glafira Petróvna –, mas não apenas um homem, e sim um espartano.

Para realizar o intento Ivan Petróvitch começou por vestir o filho à escocesa: o garoto de doze anos de idade passou a andar com as panturrilhas descobertas e com uma pena de galo no gorro inclinado; a sueca foi substituída por um jovem suíço, que entendia tudo de ginástica; a música, como ocupação de homens imperfeitos, foi abandonada completamente; ciências naturais, direito internacional, matemática e arte da marcenaria, a conselho de Jean-Jacques Rousseau, e heráldica, para preservar os princípios da cavalaria: eis de que devia se ocupar o futuro "homem"; acordavam-no às quatro da manhã, imediatamente deitavam-lhe água fria e obrigavam-no a correr em volta de um marco alto pendurado numa corda; ele comia uma vez ao dia, um único prato, cavalgava e treinava tiro de uma besta; a exemplo do pai, em todas as oportunidades, exercitava a força de vontade e todas as noites anotava num caderno especial o relatório do dia transcorrido e impressões pessoais; Ivan Petróvitch, por sua vez, escrevia-lhe preceitos em francês e ali o chamava de *mon fils* e o tratava por *vous*. Em russo, Fiédia tratava o pai por "você", mas na presença dele não ousava nem se sentar. O "sistema" desconcertou o menino, plantou confusão em sua cabeça, esmagou-a; em compensação, o novo estilo de vida produziu um efeito benéfico sobre sua saúde: no começo, ele foi tomado de febre, mas logo se recuperou e se fortaleceu. O pai orgulhava-se dele e, em seu estranho dialeto, chamava-o de filho da natureza e obra minha. Quando Fiédia completou dezesseis anos de idade, Ivan Petróvitch considerou um dever incutir nele, de antemão, o desprezo pelo sexo feminino – e assim o jovem espartano, tímido de alma, com as primeiras penugens sobre os lábios, na plenitude de sua força, energia e vigor, já tentava parecer indiferente, frio e grosseiro.

Enquanto isso, o tempo passava e passava. A maior parte do tempo, Ivan Petróvitch ficava em Lávriki (assim se chamava a principal propriedade da família), mas, no inverno, partia para Moscou sozinho, parava em tavernas, frequentava clubes, fazia discursos e desenvolvia seus planos em salões e, mais do que em qualquer outra ocasião, comportava-se como anglomaníaco, rabugento e estadista. Mas entrou o ano de 1825 e trouxe consigo muitas desgraças. Os conhecidos e amigos próximos de Ivan Petróvitch passaram por duras provações. Ele então apressou-se a fugir para a aldeia e trancou-se em casa. Passado um ano, de repente, perdeu o vigor, enfraqueceu, murchou; a saúde o traiu. O livre-pensador começou a ir à igreja e a encomendar orações; o europeu passou a frequentar a sauna russa, almoçar às duas da tarde, deitar-se às nove, pegar no sono ouvindo a conversa do velho mordomo; o estadista queimou todos os planos e toda a correspondência, tremia diante do governador e adulava o comissário de polícia; o homem de vontade de ferro choramingava e queixava-se quando lhe aparecia um furúnculo, quando lhe serviam um prato de sopa fria. Glafira Petróvna de novo dominava tudo em casa; de novo, caixeiros, burgomestres e simples mujiques tinham de bater na porta dos fundos para falar com a "bruxa velha", como a apelidaram os criados domésticos. A mudança de Ivan Petróvitch impressionou fortemente o filho; este já passara dos dezenove anos, começava a refletir e a se libertar do jugo daquela mão opressora. Ainda antes, já percebera o desconcerto entre as palavras e as ações do pai, entre as suas teorias amplamente liberais e o seu despotismo mesquinho e empedernido; mas não esperava uma reviravolta tão abrupta. O egoísta inveterado de repente manifestou-se por inteiro. Enquanto o jovem Lavriétski resolvia partir para Moscou e preparar-se para a universidade, uma nova e inesperada desgraça despencou sobre a cabeça de Ivan Petróvitch: ele ficou cego de um dia para outro, completamente cego.

Por não confiar na arte dos médicos russos, começou a ocupar-se de uma permissão para viajar ao exterior. Recusaram-lhe o pedido. Então ele pegou o filho e, durante três anos, vagou pela Rússia, de um médico a outro, percorrendo cidades ininterruptamente, levando os médicos, o filho e o criado ao desespero com sua mesquinhez e impaciência. Depois voltou para Lávriki como um menino caprichoso e chorão, um trapo de homem. Vieram tempos difíceis, dele tiveram de suportar horrores. Ivan Petróvitch aquietava-se apenas enquanto comia; nunca antes comera tanto nem com tanta avidez; todo o resto do tempo não dava sossego nem a si mesmo nem aos outros. Rezava, praguejava contra o destino, injuriava a si próprio, injuriava a política, o sistema que criara, injuriava tudo aquilo de que antes se gabava e se ufanava, tudo que outrora apresentara ao filho como exemplo; afirmava não acreditar em nada, depois se punha de novo a rezar; não suportava nem um instante de solidão e exigia de todos em casa que, constantemente, dia e noite, sentassem ao lado de sua poltrona e o distraíssem, contando histórias que ele sempre interrompia com a exclamação:

– Vocês estão mentindo – quantas besteiras!

Muito cabia a Glafira Petróvna; ele decididamente não conseguia passar sem a irmã, e ela, até o final, atendeu todos os caprichos do doente, embora nem sempre lhe respondesse logo, com medo de que o tom da própria voz deixasse perceber a raiva que sentia. Assim ele suportou ainda dois anos e morreu no começo de maio, na sacada, quando o levaram para tomar sol.

– Glacha, Glachka! Uma canja, uma canja, sua velha idio... – tartamudeou ele e, antes de conseguir terminar a última palavra, calou-se para sempre.

Glafira Petróvna, que acabara de tomar a tigela de canja da mão do mordomo, parou, olhou para o rosto do irmão, persignou-se lenta e amplamente e saiu em silêncio; o filho, ali presente, também não disse nada, apoiado no peitoril da sacada ficou longamente olhando o jardim, todo perfumado e verdejante, todo brilhante aos raios do sol dourado da primavera. Ele tinha então vinte e três anos; quão imperceptível e estranho tinha sido o passar daqueles vinte e três anos! Agora a vida descortinava-se diante dele.

XII

Depois de enterrar o pai e de confiar àquela mesma inabalável Glafira Petróvna a administração da propriedade e a inspeção dos caixeiros, o jovem Lavriétski dirigiu-se a Moscou, para onde o arrastava uma sensação forte e obscura. Ele compreendia as falhas da própria formação e tencionava, de acordo com as possibilidades, recuperar o tempo perdido. Nos últimos cinco anos, tinha lido muito e visto bastante; muitas ideias fermentavam em sua cabeça; qualquer catedrático invejaria os conhecimentos que ele adquirira, mas, ao mesmo tempo, Lavriétski desconhecia muito daquilo que todos os ginasianos há muito sabiam. Ele reconhecia que não era livre; no íntimo, sentia-se um excêntrico. O anglomaníaco havia pregado uma peça no próprio filho; a educação extravagante dera frutos. Por longos anos, o filho obedeceu ao pai cegamente; no entanto, quando afinal o compreendeu, a situação já estava definida, os hábitos enraizados. Ele não conseguia travar amizades; aos vinte e três anos de idade, com um amor ávido e indomável num coração envergonhado, nem uma única vez ousara fitar uma mulher nos olhos. De inteligência clara e saudável, mas um tanto severa, com inclinação para a teimosia, a contemplação e a preguiça, precisaria ter passado, ainda bem jovem, por uma mudança brusca na vida, mas foi mantido numa solidão artificial... E eis que o círculo encantado se rompeu e Lavriétski continuou no mesmo lugar, trancado e oprimido em si. Em sua idade, era risível usar uniforme de estudante, mas ele não temia zombarias: a sua educação espartana servira pelo menos para isso, para desenvolver o menosprezo pela opinião dos outros; usava o uniforme estudantil sem constrangimento. Ingressou no setor de física e matemática. Saudável, corado, calado e com uma barba já crescida, causou uma impressão estranha entre os colegas; não suspeitavam que, nesse homem feito, que ia às aulas regularmente num grande esqui puxado por um par de cavalos, escondia-se quase um menino. Ele parecia-lhes um sábio pedante; não precisavam dele nem buscavam a sua amizade; e Lavriétski, por sua vez, fugia dos colegas. No decorrer dos primeiros dois anos na universidade, aproximou-se de um único estudante, do qual tomava lições de língua latina. Esse estudante, de sobrenome Mikhaliévitch, entusiasta e versejador, gostava sinceramente de Lavriétski e, ocasionalmente, foi o responsável por uma mudança importante no seu destino.

Certa vez, no teatro (na época o ator Motchálov encontrava-se no auge da fama, e Lavriétski não perdia nenhuma apresentação sua), ele viu uma jovem na frisa e, embora nenhuma mulher passasse diante de sua figura sombria sem fazer sobressaltar seu coração, nunca este batera assim tão forte. Com os cotovelos apoiados no veludo da frisa, ela não se mexia; em cada traço do rosto arredondado, moreno e meigo, transparecia uma vida jovem e suscetível; uma inteligência espirituosa revelava-se nos olhos encantadores, atentos e brandos, sob sobrancelhas finas, no riso rápido dos lábios expressivos e até na posição da cabeça, das mãos, do pescoço; vestia-se encantadoramente. A seu lado, estava sentada uma mulher amarelenta e enrugada, de uns quarenta e cinco anos de idade, num vestido preto decotado, com um sorriso desdentado no rosto vazio, tensamente preocupado; no fundo da frisa, via-se um homem idoso, de sobrecasaca longa e gravata alta, com uma estúpida expressão de imponência e certa desconfiança servil nos olhinhos miúdos; tinha suíças e bigodes tingidos, uma testa enorme e pouco significativa e faces vincadas; pelo visto, era um general da reserva. Lavriétski não desviava o olhar da sua moça admirável; de repente, a porta da frisa se abriu e Mikhaliévitch entrou. O surgimento daquele homem, praticamente o único conhecido em toda Moscou, pareceu a Lavriétski algo notável e inusitado. Ele continuou a observar a frisa e notou que todos ali reunidos dirigiram-se a Mikhaliévitch como a um velho amigo. A representação no palco deixou de interessar a Lavriétski; até Motchálov, embora nessa noite estivesse "em transe", não lhe produzia a impressão habitual. Num momento muito patético, Lavriétski olhou automaticamente para a sua beldade: ela havia se inclinado para frente, as faces ardiam; sob a ação daquele olhar obstinado, os olhos dela, antes dirigidos à cena, lentamente se voltaram e pararam nele... A madrugada inteira aqueles olhos apareceram-lhe como em sonho. Rompera-se, enfim, a barreira criada artificialmente; ele estremecia, queimava e, já no dia seguinte, foi procurar Mikhaliévitch. Soube do amigo que a beldade se chamava Varvára Pávlovna Korobiná; que o velho e a velha, sentados a seu lado na frisa, eram seu pai e sua mãe e que Mikhaliévitch os conhecera um ano antes, quando trabalhava nos arredores de Moscou, contratado pelo conde N. Sobre Varvára Pávlovna, o entusiasta teceu enormes elogios.

– Meu irmão – exclamou ele, com o característico tom de voz impetuoso –, essa jovem é um ser estupendo, genial, uma artista no verdadeiro sentido da palavra e, além disso, boníssima.

Tendo notado, pelas indagações de Lavriétski, que Varvára Pávlovna lhe causara forte impressão, ele propôs apresentá-lo, acrescentando que se sentia uma pessoa da família, que o general não era nem um pouco orgulhoso e a mãe era extremamente tola, quase a ponto de chupar um pedaço de pano. Lavriétski enrubesceu, murmurou algo desconexo e saiu às pressas. Por cinco dias inteiros lutou contra a própria timidez; no sexto dia, o jovem espartano vestiu um uniforme novo e colocou-se à disposição de Mikhaliévitch, que, sendo quase da família, limitou-se a pentear os cabelos, e então ambos se dirigiram à casa dos Korobiní.

XIII

O pai de Varvára Pávlovna, Pável Petróvitch Korobín, general da reserva, servira a vida inteira em Petersburgo; na juventude, tinha fama de exímio dançarino e combatente, mas, sendo pobre, acabara como ajudante de ordens de três generais desgraciosos; casou-se com a filha de um deles, levando vinte e cinco mil de dote, e alcançou, nos mínimos detalhes, toda a sapiência dos conhecimentos e paradas militares; foi carregando o seu fardo e, finalmente, passados uns vinte anos, adquiriu o título de general e recebeu um regimento. Era hora de descansar e consolidar, sem pressa, a própria abastança; ele contava com isso, mas acabou por conduzir as coisas sem o devido cuidado; inventou um novo meio de girar o dinheiro do erário – o meio era excelente, mas ele não poupou na hora certa e foi denunciado; a história passou de desagradável, tornou-se desastrosa. O general arranjou um jeito de resolver as coisas, mas sua carreira ruiu; aconselharam-no a entrar para a reserva. Por uns dois anos, vagueou ainda por Petersburgo na esperança de arranjar um cargo civil; a filha voltou do instituto, as despesas aumentavam a cada dia... Endurecendo o coração, decidiu mudar-se para Moscou para baratear o pão, alugou uma casa baixinha e bem pequena, com escudo de uma braça no telhado, e começou a viver como general da reserva moscovita, com despesas de 2.750 rublos ao ano. Moscou é uma cidade hospitaleira, que se alegra em receber todos e qualquer um, quanto mais generais; a figura pesadona, porém ainda num porte militar, de Pável Petróvitch logo começou a aparecer nas melhores casas de Moscou. A sua nuca desnuda, com trancinhas de fios tingidos e uma fita sebosa da ordem de Santa Ana na gravata de cor cinzenta como a asa da gralha, tornou-se bem conhecida de todos os jovens pálidos e entediados que vagabundeavam com faces carrancudas em torno das mesas de jogos de cartas durante os bailes. Pável Petróvitch conseguiu se introduzir na sociedade; falava pouco, mas num tom nasalizado, como era costume antigo, obviamente não com personalidades das esferas superiores; jogava cartas cautelosamente, comia com moderação na própria casa e por seis na casa dos outros. Sobre a esposa dele, praticamente não há o que dizer; chamavam-na Kalliopa Kárlovna; do olho esquerdo vertia lagrimazinhas constantes e, por isso, a própria Kalliopa Kárlovna (além do mais, ela era de origem alemã) considerava-se uma mulher sensível; vivia num constante temor, parecia estar sempre com fome e usava vestidos de veludo apertados, touca e braceletes opacos e leves. Varvára Pávlovna, filha única de Pável Petróvitch e Kalliopa Kárlovna, tinha acabado de completar dezessete anos de idade quando voltou do instituto onde era considerada, senão a primeira beldade, pelo menos a mais inteligente e a melhor em música e onde recebera uma condecoração pelo afinco nos estudos; ela ainda não completara dezenove anos quando Lavriétski a viu pela primeira vez.

XIV

As pernas do espartano fraquejaram quando Mikhaliévitch o introduziu na descuidada sala de visitas dos Korobiní e apresentou-o aos donos da casa. Mas a sensação de timidez que o invadira logo desapareceu; no general, a natureza bonachona, inerente a todos os russos, acentuava-se ainda mais por um tipo particular de hospitalidade, característica de todas as pessoas com má fama; a generala logo ficou um tanto apagada; no que se refere a Varvára Pávlovna, apresentou-se tão tranquila, autoconfiante e meiga, que, diante dela, qualquer um, num instante, sentir-se-ia em casa; além disso, de todo o seu corpo cativante, dos olhos sorridentes, dos ombros inocentemente inclinados e das mãos de um rosado pálido, do andar leve e ao mesmo tempo um pouco cansado, do próprio som da voz arrastada, doce, soprava um encanto insinuante, incapturável, leve, como um fino perfume por enquanto envergonhado, uma sensação absoluta de satisfação, algo que com palavras é difícil transmitir, mas que tocava e provocava; provocava, é claro, não a timidez. Lavriétski começou a falar do teatro, da apresentação da noite anterior; no mesmo instante, ela própria tocou no nome de Motchálov e não se limitou apenas a exclamações e suspiros, fez algumas observações um tanto corretas e femininamente perspicazes a respeito do seu modo de representar. Mikhaliévitch mencionou a música; ela, sem cerimônias, sentou-se ao piano de cauda e tocou com precisão algumas mazurcas de Chopin que então haviam acabado de entrar na moda. Chegou a hora do almoço; Lavriétski queria ir embora, mas insistiram para que ficasse; à mesa, o general ofereceu-lhe um bom Lafite, que o criado, numa sege, fora buscar no armazém Deprez. Lavriétski voltou para casa tarde da noite e ficou ali sentado, longamente, sem tirar o casaco, com a mão sobre os olhos, no torpor do encantamento. Parecia-lhe que só agora compreendera por que vale a pena viver; todas as suas sentenças e intenções, todas aquelas besteiras e miudezas desapareceram num átimo; a sua alma inteira confluía para um único sentimento, um único desejo, o desejo de felicidade, de gozo, de amor, do doce amor de uma mulher. A partir desse dia, ele passou a frequentar a casa dos Korobiní. Seis meses depois, declarou o seu amor a Varvára Pávlovna e pediu a sua mão em casamento. O pedido foi aceito; há muito, quase que na véspera da primeira visita de Lavriétski, o general havia perguntado a Mikhaliévitch quantos servos o amigo tinha; e inclusive Varvára Pávlovna, que, durante a corte do jovem e até no exato momento da declaração de amor, conservara a habitual temperança e clareza de espírito, inclusive ela sabia muito bem que o noivo era rico; já Kalliopa Kárlovna pensou: "*Meine Tochter macht eine schone Partie*"[12] e comprou uma touca nova.

---

12. "Minha filha arranjou um ótimo partido". Em alemão no original. (N.T.)

XV

Pois bem, o pedido foi aceito, mas com algumas condições. Em primeiro lugar, Lavriétski devia deixar sem demora a universidade: como é que se pode casar com um estudante? Além do mais, que ideia estranha: um proprietário rico, aos 26 anos de idade, assistir aulas como um colegial? Em segundo lugar, Varvára Pávlovna tomaria a si o trabalho de encomendar e comprar o enxoval e de escolher até os presentes do noivo. Ela tinha muito senso prático, muito bom gosto, muitíssimo amor ao conforto e muita capacidade de conseguir para si o conforto almejado. Essa habilidade, em especial, impressionara Lavriétski logo após as bodas, quando ele e a esposa se dirigiram a Lávriki na confortável carruagem comprada por ela. Tudo que o cercava havia sido considerado, previsto, providenciado com antecedência por Varvára Pávlovna! Quão encantadoras as caras *nécessaires* que apareceram em vários cantinhos aconchegantes, quão adoráveis os toucadores e cafeteiras e com que meiguice a própria Varvára Pávlovna passava o café todas as manhãs! A propósito, naquela época, Lavriétski não tinha tempo para observações: deleitava-se, embriagava-se de felicidade; entregava-se a ela como uma criança... E esse jovem Alcides[13] era de fato inocente como uma criança. Aquele encanto que exalava de todo o ser de sua jovem esposa não era vão; não era vã a promessa de uma misteriosa exuberância de deleites ignorados; ela continha mais do que prometia. Tendo chegado a Lávriki bem no auge do verão, Varvára

---

13. Nome dado originalmente ao herói Héracles (Hércules na mitologia romana). (N.T.)

Pávlovna encontrou uma casa suja e escura, uma criadagem risível e envelhecida, mas considerou desnecessário dizer uma palavra que fosse sobre isso ao marido. Se ela tencionasse instalar-se em Lávriki, então mudaria tudo, começando, obviamente, pela casa; mas a ideia de ficar naquele vilarejo no meio da estepe nem passara por sua cabeça; ela vivia ali como numa barraca de campanha, suportando docilmente todo tipo de desconforto e gracejando a esse respeito. Marfa Timoféievna fora visitar o pupilo; Varvára Pávlovna gostou muito dela, mas ela não gostou nada de Varvára Pávlovna. Com Glafira Petróvna a nova dona da casa também não se deu bem; ela a teria deixado em paz, mas o velho Korobín queria colocar as mãos nos negócios do genro: administrar a propriedade de um parente tão próximo não envergonha nem mesmo um general, dizia ele. Pode-se supor que Pável Petróvitch não sentiria repulsa de se ocupar da propriedade nem de alguém completamente estranho. Varvára Pávlovna conduziu o ataque com bastante arte; sem avançar, aparentemente de todo mergulhada no êxtase da lua de mel, na vida pacata do interior, na música e na leitura, aos poucos levou Glafira a tal ponto que esta, enfurecida, entrou às pressas certo dia de manhã no gabinete de Lavriétski e, atirando o molho de chaves sobre a mesa, informou que não tinha mais forças para cuidar da administração da casa e não queria ficar na propriedade. Devidamente preparado, Lavriétski no mesmo instante concordou com a partida da tia. Isso Glafira não esperava.

– Muito bem – disse ela, e seus olhos escureceram –, estou vendo que sou demais nesta casa! Sei bem quem está me tocando daqui, de meu ninho familiar. Mas lembre-se de minhas palavras, sobrinho: não haverá de tecer o seu ninho em lugar nenhum, vagará sem lar a vida inteira. Eis aí a minha lição!

No mesmo dia ela partiu para sua pequena propriedade; passada uma semana, chegou o general Korobín e, com agradável melancolia no olhar e nos movimentos, tomou em suas mãos a administração de tudo.

No mês de setembro, Varvára Pávlovna levou o marido para Petersburgo. Ela passou dois invernos na cidade (no verão, eles se mudavam para Tsarskoe Sieló), num apartamento maravilhoso, iluminado, mobiliado com requinte; teceram relações com muitos círculos sociais da média e até da alta sociedade, fizeram inúmeras visitas e receberam muitos convidados, ofereceram os mais encantadores bailes e festas. Varvára Pávlovna atraía os convidados como o fogo atrai borboletas. Fiódor Ivánitch não gostava muito dessa vida dissipada. A esposa aconselhara-o a buscar uma posição; ele, em memória do velho pai e também de acordo com os próprios preceitos, não queria entrar para o serviço público, mas ia ficando em Petersburgo para satisfazê-la. A propósito, ele logo descobriu que ninguém o impedia de se isolar, que não por acaso tinha o gabinete mais sossegado e aconchegante de toda a Petersburgo, que a atenciosa esposa até estava pronta a contribuir para o seu isolamento – e a partir de então tudo correu maravilhosamente bem. Ocupou-se de novo da própria formação, segundo ele interrompida, de novo começou a ler, pôs-se até a estudar inglês. Era estranho ver a sua figura imponente, de ombros largos, o tempo todo curvada sobre a escrivaninha, o rosto cheio, pálido e rosado coberto até a metade por páginas de dicionários e cadernos. Passava todas as manhãs no trabalho, almoçava muito bem (Varvára Pávlovna era excelente dona de casa) e, à noite, entrava em um mundo encantado, luminoso e aromático, todo povoado de rostos jovens e alegres; e o centro desse mundo era aquela mesma dona de casa desvelada, a sua esposa. Ela o alegrou com o nascimento de um filho, mas o pobre menino não viveu muito; morreu na primavera e, no verão, a conselho dos médicos, Lavriétski levou a mulher para termas no exterior. Era imprescindível que relaxasse após tal infelicidade e, além disso, a sua saúde dependia de um clima quente. O casal passou o verão e o outono na Alemanha e na Suíça; no inverno, como era de se esperar, viajaram para Paris. Em Paris, Varvára Pávlona floresceu como uma rosa e conseguiu construir o seu ninho tão rápida e habilmente quanto em São Petersburgo. Encontrou um apartamento agradabilíssimo, em uma das ruas parisienses da moda; para o marido, arranjou um robe como ele nunca havia usado antes; contratou uma camareira elegante, uma excelente cozinheira e um criado lesto; adquiriu uma carruagem admirável, um piano fascinante. Não passou uma semana e já cruzava a rua, usava o xale, abria a sombrinha e colocava as luvas tão bem quanto uma verdadeira parisiense. Conhecidos ela também providenciou logo. No início, apenas russos frequentavam-lhe a casa, depois começaram a aparecer franceses extremamente amáveis, corteses, solteiros, de excelentes maneiras e sobrenomes ilustres; todos falavam muito e rapidamente, faziam saudações sem cerimônia, apertavam os olhos com graciosidade; seus dentes brancos cintilavam sob lábios rosados – e como sabiam sorrir! Cada um levava amigos, e *la belle* madame Lavretzki logo tornou-se conhecida desde a Chaussée d'Antin até a Rue de Lille. Naquela época (isso aconteceu em 1836), ainda não havia se disseminado a tribo dos folhetinistas e cronistas que atualmente fervilham por toda parte como formigas num formigueiro desfeito; mas já então surgia no salão de Varvára Pávlovna um tal *monsieur* Jules, senhor de aparência indigna e reputação escandalosa, insolente e baixo como todos os duelistas e homens fustigados. Esse *monsieur* Jules desagradava imensamente Varvára Pávlovna, que, entretanto, recebia-o porque ele costumava escrever em vários jornais e sempre se lembrava dela, chamando-a ora madame de L...tzki, ora madame de ***, *cette grande dame russe si distinguée, qui demeure rue de P...*[14]; contava a toda a alta roda, ou seja, a algumas centenas de assinantes que nada tinham que ver com a madame de L...tzki, que essa dama, uma verdadeira francesa de espírito (*une vraie française par l'esprit*) – não há elogio maior do que esse entre os franceses –, tocava maravilhosamente e valsava como ninguém (Varvára Pávlovna de fato valsava de um modo que arrebatava todos os corações com a fímbria de seu vestido leve e esvoaçante)... em resumo, espalhava pela sociedade histórias a respeito dela e isso, diga-se o que quiser, é agradável. *Mademoiselle* Mars[15] já saíra então de cena e a *mademoiselle* Rachel[16] ainda não surgira, entretanto, Varvára Pávlovna frequentava teatros assiduamente. Entrava em êxtase com a música italiana e ria da ruína de Odry[17], bocejava contidamente na comédia francesa e chorava quando madame Dorval[18] atuava em algum melodrama ultrarromântico; e o mais importante: Liszt havia tocado duas vezes na sua residência e fora tão gracioso, tão simples, um encanto! Nessas agra-

---

14. Essa grande dama russa, tão distinta, que mora na rua P... Em francês no original. (N.T.)

15. Anna Françoise Hippolyte Boutet (1779-1847), atriz francesa. (N.T.)

16. Elisabeth Rachel Félix (1821-1858), atriz francesa. (N.T.)

17. Jacques Charles Odry (1781-1853), famoso ator francês farsesco. (N.T.)

18. Marion Amelie Delaunay (1798-1849), atriz francesa consagrada. (N.T.)

dáveis sensações passou-se o inverno, ao fim do qual Varvára Pávlovna foi inclusive apresentada na corte. Fiódor Ivánitch, de seu lado, não se entediava, embora às vezes sentisse o peso da vida sobre os ombros, o peso do vazio. Lia jornais, assistia a palestras na Sorbonne e no Collège de France, acompanhava os debates das câmaras, ocupava-se da tradução da obra de um cientista famoso sobre irrigação. "Não estou perdendo tempo", pensava ele, "tudo isso é útil; mas, no próximo inverno, preciso voltar sem falta à Rússia para cuidar dos negócios." É difícil dizer se ele sabia concretamente em que consistiam esses negócios e só Deus sabe se ele conseguiria voltar à Rússia antes do inverno; por enquanto, viajava com a mulher para Baden-Baden... Um acontecimento inesperado destruiu todos os seus planos.

XVI

Certa vez, ao entrar no gabinete de Varvára Pávlovna na ausência dela, Lavriétski viu no chão um papelzinho miúdo, dobrado com apuro. Apanhou-o num gesto automático, abriu-o num gesto automático e leu o seguinte, escrito em língua francesa:

"Betsy, meu anjo querido! (eu não consigo de modo algum chamá-la Barbe ou Bárbara – Varvára). Fiquei esperando em vão na esquina do bulevar; venha amanhã, às duas e meia, ao nosso apartamento. Nessa hora, o seu bondoso gordalhão (*ton Gros bonhomme de mari*) costuma enfiar-se nos livros; nós cantaremos de novo a cançãozinha do seu poeta *Puskin*[19] (*de votre poète Pouskine*) que você me ensinou: Marido velho, marido terrível![20] Mil beijinhos em suas mãozinhas e pezinhos. Espero a sua vinda.

Ernest"

Lavriétski não entendeu logo o que lera; leu uma segunda vez e sentiu a cabeça girar, o chão fugiu-lhe aos pés como o convés de um navio no momento do balanço do mar. Ele começou a gritar, a chorar e perdeu o fôlego, tudo a um só tempo.

Enlouqueceu. Confiava tão cegamente na esposa; a possibilidade de uma infidelidade, de uma traição nunca lhe viera ao pensamento. Esse Ernest, esse amante da

---

19. O personagem refere-se a Aleksandr Serguêievitch Púchkin (1799-1837), poeta e prosador russo, considerado o fundador da literatura russa moderna. (N.T.)

20. Verso do poema "Ciganos", de Púchkin, musicado por Alekséi Nikoláievitch Verstovski (1799-1862). (N.T.)

esposa, era um garoto engraçadinho, de cabelos loiros, uns 23 anos de idade, narizinho arrebitado, bigodes fininhos, provavelmente o mais insignificante de todos os conhecidos dela. Passaram-se alguns minutos, passou meia hora, e Lavriétski continuava ali, de pé, apertando o bilhete fatal na mão, olhando o chão insensatamente; em meio a um tenebroso turbilhão, fulguravam-lhe rostos empalidecidos; o coração gelara-lhe de sofrimento; parecia-lhe estar caindo, caindo, caindo... e não havia fim. O leve e conhecido farfalhar de um vestido de seda tirou-o da imobilidade; Varvára Pávlovna, de chapéu e xale, voltava às pressas do passeio. Lavriétski tremeu inteiro e lançou-se para fora do cômodo; ele sentia que, nesse instante, seria capaz de torturá-la, espancá-la quase até a morte, como um mujique, sufocá-la com as próprias mãos. Atônita, Varvára Pávlovna tentou contê-lo; ele conseguiu apenas murmurar: "Betsy" e saiu correndo de casa.

Lavriétski entrou na carruagem e pediu que o levassem para a cidade. Vagou todo o resto do dia e toda a noite até amanhecer, parando e erguendo os braços; ora parecia enlouquecer, ora parecia achar tudo engraçado, como se fosse até divertido. De manhã, gelado de frio, entrou numa estalagem suburbana e suja, pediu um quarto e sentou-se numa cadeira, junto à janela. Um bocejar convulsivo tomou conta dele. Mal conseguia sustentar as pernas, o corpo desfalecia, mas ele também não sentia o cansaço; por outro lado, o cansaço impunha-se: sentado, ele olhava pela janela sem entender nada; não entendia o que havia acontecido, não entendia por que estava sozinho, com os membros entorpecidos, com um amargo na boca, com uma pedra no peito, num quarto vazio e estranho; não compreendia o que levara a esposa, Vária, a entregar-se àquele francês nem como ela, sabendo-se infiel, continuava tão tranquila, tão carinhosa e confiante quanto antes!

– Não entendo nada! – sussurraram seus lábios ressecados. – Quem pode me garantir agora que, em Petersburgo...

Ele não finalizou a pergunta e bocejou de novo, trêmulo, encolhendo o corpo todo. Lembranças iluminadas e tenebrosas torturavam-no sem distinção; de repente, veio-lhe à cabeça que, alguns dias antes, diante dele e de Ernest, ela sentara-se ao piano e cantara: "Marido velho, marido terrível!". Ele lembrou a expressão do rosto da esposa, o estranho brilho dos olhos e o rubor nas faces, então se ergueu da cadeira, teve vontade de sair, de dizer-lhes: "Vocês zombaram de mim sem razão; o meu bisavô pendurava mujiques pelas costelas e o meu avô, ele próprio era um mujique", e depois matar os dois. Mas, de repente, pareceu-lhe que tudo o que lhe acontecera era um sonho e nem mesmo um sonho, mas uma bobagem qualquer; que valia a pena só se animar, olhar para trás... Ele então se pôs a olhar para trás e, como um falcão finca as garras na ave apanhada, a angústia cravava-se mais e mais fundo em seu coração. Para completar, dali a alguns meses, Lavriétski contava ser pai... O passado, o futuro, a vida inteira fora envenenada. Finalmente, ele voltou a Paris, hospedou-se num hotel e mandou a Varvára Pávlovna o bilhete do senhor Ernest com a seguinte carta:

"O papelzinho anexo explicará tudo à senhora. A propósito, digo-lhe que não a reconheci: a senhora, sempre tão ordeira, deixar cair papéis tão importantes. (Essa frase o pobre Lavriétski preparou e ponderou por algumas horas.) Eu não posso mais vê-la; suponho que também a senhora não queira se encontrar comigo. Destinarei à senhora 15 mil francos por ano; mais não posso dar. Mande o seu endereço ao escritório rural. Faça o que quiser; more onde quiser. Desejo que seja feliz. Não há necessidade de resposta".

Lavriétski escreveu à mulher que não havia necessidade de resposta... mas ficou esperando, ansiava por uma resposta, por uma explicação para aquele negócio incompreensível e inconcebível.

No mesmo dia, Varvára Pávlovna enviou-lhe uma longa carta em francês. A carta arruinou-o; as últimas dúvidas desapareceram e então ele sentiu vergonha de ter duvidado. Varvára Pávlovna não se justificava: ela queria apenas vê-lo, suplicava que não a julgasse irremediavelmente. A carta era fria e tensa, embora aqui e ali fossem visíveis manchas de lágrimas. Lavriétski deu um sorriso amargo e ordenou que o enviado dissesse à esposa que estava tudo muito bem. Passados três dias, já não estava mais em Paris: partiu não para a Rússia, mas para a Itália. Ele próprio não sabia por que escolhera justamente a Itália; em essência, era-lhe indiferente o local aonde iria, desde que não fosse para casa. Enviou prescrições ao burgomestre a respeito da pensão da esposa, ordenando-lhe, ao mesmo tempo, que sem demora tomasse do general Korobín a administração de todos os negócios da propriedade, sem esperar o acerto de contas, e mandou que providenciasse a saída de sua excelência de Lávriki; imaginou vivamente o constrangimento, a acurada majestade do general expulso e, mesmo diante de toda a dor, sentiu certa satisfação maldosa. Então pediu em carta a Glafira Petróvna que voltasse para Lávriki e mandou uma procuração em seu nome; Glafira Petróvna não voltou e ela própria publicou em jornais sobre o cancelamento da procuração, procedimento completamente desnecessário. Escondido numa cidadezinha francesa, Lavriétski por muito tempo não conseguiu se privar de notícias sobre a mulher. Pelos jornais, ficou sabendo que ela partira de Paris para Baden-Baden, como pretendia; o nome dela logo apareceu num artigozinho escrito pelo senhor Jules. Nesse artigozinho, em meio à habitual jocosidade, sentia-se um tom de condolências amistosas; em sua alma, Fiódor Ivánitch encheu-se de nojo ao ler o artigo. Depois soube que lhe nascera a filha; uns dois meses mais tarde, recebeu uma notificação do burgomestre, informando que Varvára Pávlovna exigira os primeiros quatro meses da pensão. Em seguida, começaram a correr boatos cada vez mais e mais horrorosos; finalmente, com alarido, apareceu em todos os jornais uma história tragicômica, em que a mulher dele desempenhava um papel nada invejável. Era o fim: Varvára Pávlovna ganhara "fama".

Lavriétski parou de acompanhar notícias dela, mas demorou para superar tudo. Às vezes, tinha tanta saudade da esposa que parecia estar pronto a ceder e até, quem sabe... a perdoá-la, ainda que fosse apenas para ouvir de novo a sua voz carinhosa, sentir de novo a mão dela na sua. Entretanto, o tempo não passou em vão. Ele não havia nascido para mártir; a sua natureza saudável manifestou-se com plenos direitos. Muito se esclareceu; o próprio golpe que o abatera não lhe parecia mais imprevisível; ele entendia a própria esposa, só compreendemos bem uma pessoa que nos é próxima quando nos separamos dela. De novo, podia ocupar-se, trabalhar, embora estivesse longe daquele empenho anterior: o ceticismo, temperado pelas experiências da vida, pela formação, penetrou definitivamente em sua alma. E Lavriétski tornou-se muito indiferente a tudo. Passaram-se uns quatro anos e ele percebeu que tinha forças para voltar à pátria, encontrar-se com os seus. Sem parar nem em Petersburgo nem em Moscou, chegou à cidade de O..., onde o deixáramos e para onde pedimos agora que o generoso leitor retorne junto conosco.

XVII

Na manhã seguinte, depois daquele dia que descrevemos, lá pelas nove horas, Lavriétski passava pela entrada da casa dos Kalitinski. Ao seu encontro veio Liza, de chapeuzinho e luvinhas.

– Aonde vai? – perguntou ele.

– À liturgia. Hoje é domingo.

– Quer dizer então que frequenta liturgias.

Liza ficou calada, olhando para ele com surpresa.

– Desculpe, por favor – escandiu Lavriétski –, eu... eu não queria dizer, eu vim me desculpar com a senhorita, daqui a uma hora parto para a aldeia.

– Não é longe daqui? – perguntou Liza.

– Umas 25 verstas.

No limiar da porta apareceu Lénotchka, acompanhando a cozinheira.

– Veja lá, não se esqueça de nós – pronunciou Liza e desceu as escadas.

– A senhorita também, não se esqueça de mim. Escute – acrescentou ele –, a senhora vai para a igreja; a propósito, reze também por mim.

Liza parou e voltou-se para ele.

– Com certeza – disse ela, fitando-o diretamente –, rezarei também pelo senhor. Vamos, Lénotchka.

Na sala de visitas, Lavriétski encontrou Maria Dmítrievna sozinha. Dela exalava água de colônia e menta. Estava com dor de cabeça, dissera, e passara uma noite agitada. Ela o recebeu com sua habitual gentileza pesada e ficou conversando um pouco.

– Não é verdade – perguntou-lhe – que Vladímir Nikoláitch é um jovem agradável!

– Qual Vladímir Nikolaitch?

– Pánchin, aquele que estava aqui ontem. Ele gostou extremamente do senhor; digo-lhe em segredo, *mon cher cousin*[21], ele está simplesmente enlouquecido pela minha Liza. Que mal há? É de boa família, com uma boa posição, é inteligente, bem, um ajudante de ordens, e se a vontade de Deus permitir... eu, de meu lado, como mãe, ficarei muito contente. A responsabilidade, sem dúvida, é grande; é claro, dos pais depende a felicidade dos filhos, mas, veja bem, para falar a verdade: por enquanto correu tudo mais ou menos, mas, veja, tudo nas minhas costas, é isso; eu eduquei os filhos, ensinei, tudo eu... e eis que agora contratei uma *mademoiselle* do senhor Bolius...

Maria Dmítrievna lançou-se à descrição de suas preocupações, esforços, sentimentos maternos. Lavriétski escutava calado e revirava o chapéu nas mãos. O seu olhar frio e pesado desconcertou a loquacidade da senhora.

– E Liza, o que o senhor acha dela? – perguntou.

– Lizaviéta Mikháilovna é uma excelente moça – expressou-se Lavriétski, em seguida, levantou-se, fez uma reverência e foi ver Marfa Timoféievna. Maria Dmítrievna acompanhou-o desprazeirosamente com o olhar, enquanto pensava: "Eh, lobo do mar, mujique! É, agora entendo por que a sua mulher não conseguiu se manter fiel".

Marfa Timoféievna estava sentada no quarto, cercada de seu séquito. Ele consistia em cinco seres, quase igualmente próximos ao seu coração: um dom-fafe de pescoço grosso, ao qual ela se afeiçoara porque ele parou de assoviar e carregar água, uma cachorrinha pequena,

---

21. Meu querido primo. Em francês no original. (N.T.)

muito assustadiça e pacífica, Roska, o melindroso gato Matros, uma garotinha suja e agitada, de uns nove anos de idade, com olhos enormes e narizinho arrebitado, chamada Chúrotchka, e uma senhora idosa, de uns cinquenta e cinco anos de idade, num gorrinho branco e colete marrom sobre o vestido escuro, chamada Nastassia Kárpovna Ogarkova. Chúrotchka era de origem burguesa, órfã de pai e mãe. Marfa Timoféievna pegara-na para criar por pena, assim como Poska: e tanto a cadelinha quanto a garotinha ela encontrara na rua; ambas estavam magras e famintas, ambas molhadas da chuva de outono; Roska ninguém veio procurar, mas Chúrotchka foi doada até com prazer a Marfa Timoféievna pelo tio, um sapateiro bêbado que não tinha nem para o próprio sustento e não alimentava a sobrinha, mas sim lhe batia na cabeça com um pedaço de pau. Com Nastassia Kárpovna, Marfa Timoféievna travou amizade nas liturgias, no mosteiro; ela própria aproximou-se da outra na igreja (ela gostava de Marfa Timoféievna porque, segundo suas palavras, ela rezava muito artisticamente), ela própria puxara conversa e convidara-a para ir à sua casa tomar chá. Desde esse dia, não se separaram mais. Nastassia Kárpovna era mulher do mais alegre e amável caráter, viúva, sem filhos, da nobreza empobrecida; tinha a cabeça redonda, grisalha, mãos macias e brancas, rosto amável, com traços fortes e bondosos e um nariz um tanto engraçado, torto; ela adorava Marfa Timoféievna, e esta a amava muito, embora reclamasse de seu bom coração: ela tinha um fraco por todos os jovens e ruborizava automaticamente, como uma menina, por causa das piadas mais inocentes. Todo o seu capital consistia em duzentos mil rublos em papéis, ela vivia às custas de Marfa Timoféievna, mas no mesmo nível; Marfa Timoféievna não a considerava inferior.

– Ah! Fiédia! – começou ela, assim que o viu. – Ontem à noite você não veio ver a minha família: olhe só. Nós todos vamos tomar chá; é o nosso segundo chá, de festa. Pode acariciar todos; só Chúrotchka não gosta, e o gato arranha. Você parte hoje?

– Hoje – Lavriétski sentou-se numa cadeirinha baixa. – Eu já me despedi de Maria Dmítrievna. E vi também Lizaviéta Mikháilovna.

– Diga Liza, meu filho, que Mikháilovna ela pode ser para você? Mas sente-se em paz, senão vai acabar quebrando a cadeira de Chúrotchka.

– Ela foi para a liturgia – continuou Lavriétski. – Por acaso é religiosa?

– Sim, Fiédia, muito. Mais do que nós dois, Fiédia.

– Então a senhora não é religiosa? – notou Nastassia Kárpovna, num sussurro. – Pois hoje não fomos à liturgia da manhã, mas iremos mais tarde.

– Ah, isso não, você vai sozinha: estou ficando preguiçosa, mãezinha – expressou-se Marfa Timoféievna. – Muito mimada pelo chá.

Ela tratava Nastassia Kárpovna por "você", embora vivesse com ela como uma igual, não era Pestova à toa: três Pestovi ganharam fama no sínodo de Ivan Vassílievitch Grosnyi; Marfa Timoféievna sabia disso.

– Diga-me, por favor – começou de novo Lavriétski –, Maria Dmítrievna falou sobre isso hoje... como é mesmo que se chama? Panchin. Que tipo de homem é ele?

– Como é fofoqueira, Deus que me perdoe! – expressou-se Marfa Timoféievna. – Provavelmente, informou tudo a você em segredo, que, dizem, apareceu um noivo. Fica cochichando com o filho do pope; não, pelo visto, isso foi pouco. E ainda não há nada concreto, graças a Deus! Mas ela já está fofocando.

– Por que graças a Deus? – perguntou Lavriétski.

– Porque esse jovem não me agrada; e que motivo há para se alegrar?

– Não agrada à senhora?

– Não, e por que haveria de agradar a todos? Basta já o fato de Nastassia Kárpovna ter se apaixonado por ele. A pobre viúva fica toda agitada.

– O que é isso, Marfa Timoféievna, a senhora não teme a Deus! – exclamou ela, e o rubor num instante se espalhou pelo seu rosto e pescoço.

– E você sabe bem, um trapaceiro – interrompeu-a Marfa Timoféievna –, sabe de que ele gosta; deu-lhe uma tabaqueira de presente. Fiédia, peça-lhe para cheirar o tabaco; você verá que tabaqueira maravilhosa: na tampa, está representado um hussardo. Não, é melhor você não defendê-lo, minha mãe.

Nastassia Kárpovna apenas deu de ombros.

– Mas e Liza – perguntou Lavriétski –, não fica indiferente a ele?

– Parece que gosta dele, aliás, só Deus sabe! A alma dos outros, você sabe, é um bosque escuro, e a das moças ainda mais. Pois veja a alma de Chúrotchka, tente adivinhar! Por que ela se esconde, não sai do quarto, desde que você chegou?

Chúrotchka soltou uma risada, vencida pela piada e apareceu, enquanto Lavriétski se levantava do lugar.

– Sim – pronunciou ele, pausadamente –, não se pode adivinhar a alma das moças.

Então começou a se despedir.

– Mas já? Veremos você em breve? – perguntou Marfa Timoféievna.

– Quando der, titia: pois aqui não é longe.

– Sim, você está indo para Vassílevskoe. Não quer morar em Lávriki, mas isso é assunto seu; apenas vá fazer uma reverência ao túmulo de sua mãe, e ao túmulo da avó também. Lá, no estrangeiro, não foi pouco o que aprendeu, mas, quem sabe, talvez, no túmulo, elas sintam que você voltou. Sim, não se esqueça, Fiédia, uma missa para Glafira Petróvna também; aqui está, um rublo. Pegue, pegue, eu quero ajudar na missa dela. Quando estava viva, eu não a amava, é verdade, era uma mulher de caráter. Inteligente; mas não ofendeu você. Agora vá com Deus, senão acabo deixando-o entediado.

E Marfa Timoféievna abraçou o sobrinho.

– E Liza não vai se casar com Panchin, não se preocupe; ela não merece um marido desse.

– Mas eu não me preocupo nem um pouco – respondeu Lavriétski e saiu.

XVIII

Quatro horas depois, ele partiu para casa. A sege rodava rapidamente pela boa estrada vicinal. Era a segunda semana de seca; um nevoeiro fino derramava-se como leite pelo ar e encobria o bosque distante, que exalava um cheiro de queimado. Uma grande quantidade de nuvens escurecidas, de contornos indefinidos, arrastava-se pelo céu azul-pálido; o vento galopante soprava um jato seco e ininterrupto, sem dissipar o calor intenso. Lavriétski recostou a cabeça no travesseiro, cruzou as mãos sobre o peito e ficou olhando os campos lavrados, em forma de leque, que fugiam com rapidez, os sinceiros, que cintilavam lentamente, as gralhas e corvos estúpidos, que olhavam a lateral da sege em movimento de soslaio, com tola desconfiança, as longas demarcações de terras, cobertas de artemísia, losna e tanaceto; tudo isso... a paisagem da estepe, abundante e fresca, a terra desnuda e os bosques, o verde, as colinas alongadas, os vales cobertos de arbustos de carvalho achaparrados, as arvorezinhas cinzentas, as parcas bétulas – todo esse quadro russo, há muito não visto, enredava sua alma em sentimentos doces e, ao mesmo tempo, quase penosos, fazia sentir no peito um peso agradável. Os pensamentos vagavam lentamente, com traços tão imprecisos e sombrios quanto o desenho daquelas nuvens altas, que também pareciam vagar. Ele lembrou-se da infância, da mãe, lembrou-se da morte dela, de como o levaram para vê-la, de como ela apertara a cabeça dele contra o peito, começara a chorar fraquinho e então olhara para Glafira Petróvna e silenciara. Lembrou-se do pai, no início ágil, de voz metálica, insatisfeito com tudo, depois cego, choroso, de barba grisalha e desgrenhada; lembrou-se de que, certa vez, à mesa, depois de tomar um cálice de vinho a mais e de derramar molho no guardanapo, de repente ele começara a rir, a piscar os olhos que nada viam, a enrubescer e pôs-se a contar suas conquistas; lembrou-se de Glafira Petróvna e, automaticamente, apertou os olhos, como faz quem sente uma súbita dor interna; e então sacudiu a cabeça. Depois o pensamento parou em Liza.

"Eis que um novo ser", pensou ele, "acaba de entrar na vida. Uma moça excelente, o que sairá dela? É bonita. Um rosto pálido, fresco, olhos e lábios tão sérios, um olhar honesto e inocente. Pena que é um pouco exaltada, pelo visto. Um porte grandioso, caminha com tanta leveza, tem uma voz suave. Eu gosto muito quando ela para de repente, escuta com atenção, sem sorrir, depois mergulha em pensamentos e joga os cabelos para trás. Sim, realmente, para mim está claro que Panchin não a merece. Entretanto, que defeito tem ele? A propósito, por que estou me preocupando com isso? Que ela percorra todo o caminho que as pessoas costumam percorrer. É melhor dormir." E Lavriétski fechou os olhos.

Não conseguiu adormecer, mas mergulhou num entorpecimento sonolento de viagem. Imagens do passado, como antes, erguiam-se, surgiam sem pressa em sua alma, misturavam-se e confundiam-se com outras cenas. Lavriétski pôs-se a pensar, só Deus sabe por quê, em Robert Peel[22]... na história francesa... em como ele teria batido Robert num duelo se fosse general; surgiram-lhe à mente disparos e gritos... A cabeça de Lavriétski escorregou para o lado e ele abriu os olhos... Os mesmos campos, as mesmas paisagens da estepe; as ferraduras desgastadas dos cavalos laterais cintilavam alternadamente, em meio

---

22. Político inglês (1788-1850), primeiro-ministro da Inglaterra de 1841 a 1848. (N.T.)

às ondas de poeira; a camisa do cocheiro, amarela, com cavas vermelhas, inflava-se ao vento... "Estou muito bem na volta à pátria", surgiu de súbito na mente de Lavriétski e ele gritou: "Mais rápido!" – aprumou-se no capote e apertou-se ainda mais contra o travesseiro. A sege deu um solavanco: Lavriétski endireitou-se e abriu bem os olhos. Diante dele, numa elevação, estendia-se uma pequena vila; um pouco à direita, via-se uma casinha senhorial decrépita, com contraventos fechados e degrauzinhos tortos; por todo o pátio amplo, desde o portão, crescia urtiga em arbustos verdes e densos, como cânhamo; ali perto, havia um pequeno celeiro, feito de carvalho e ainda firme. Era Vassílievskoe.

O cocheiro virou a sege na direção do portão e deteve os cavalos; o criado de Lavriétski ergueu-se na boleia e, como se estivesse se preparando para saltar, gritou: "Ei!". Ouviu-se um latido roufenho e surdo, mas nem cães apareceram; o criado de novo preparou-se para saltar e gritou mais uma vez: "Ei!". Repetiu-se um latido frouxo e, passado um instante, apareceu correndo no pátio, não se sabe de onde, um homem de *kaftan*[23] de lona e cabeça branca como a neve; protegendo os olhos do sol, ele observou a sege e, de repente, bateu as duas mãos nas coxas, a princípio se agitou sem sair do lugar, depois se lançou a abrir o portão. A sege entrou no pátio, rangendo as rodas pela urtiga, e parou diante dos degraus da entrada. O homem de cabeça branca, muito ágil, pelo visto, já estava ali perto, no primeiro degrau da escada, de pernas afastadas e flexionadas; ele desprendeu o anteparo, puxou o couro para cima, convulsivamente, e, enquanto ajudava o senhor a descer, beijou-lhe a mão.

---

23. Espécie de bata masculina longa, de origem persa, usada na Rússia por camponeses. (N.T.)

– Salve, salve, irmão – disse Lavriétski. – O seu nome, se não me engano, é Anton. Então ainda está vivo?

O velho fez uma reverência em silêncio e foi correndo buscar as chaves. Enquanto ele corria, o cocheiro continuava sentado, imóvel, curvado, olhando a porta trancada; já o criado de Lavriétski, depois do salto, ficara ali parado, como estátua viva, com uma das mãos apoiadas na boleia. O velho trouxe as chaves e arqueando-se, sem nenhuma necessidade, como uma cobra, e erguendo alto os cotovelos, destrancou a porta, afastou-se e de novo fez uma reverência, dobrando a cintura.

"Eis-me em casa, eis que voltei", pensou Lavriétski ao passar pela antessala minúscula, enquanto os contraventos se abriam barulhentos, rangendo um após o outro, e a luz diurna penetrava nos aposentos abandonados.

XIX

A casinha pequena a que chegou Lavriétski e onde, dois anos atrás, morrera Glafira Petróvna fora erguida no século anterior com madeira sólida do bosque de carvalhos; à primeira vista, parecia decrépita, mas podia permanecer de pé ainda uns cinquenta anos ou mais. Lavriétski percorreu todos os cômodos e, para enorme inquietação das moscas velhas e preguiçosas, com poeira branca nas costas, pousadas imóveis sob os caixilhos, ordenou que abrissem todas as janelas: desde a morte de Glafira Petróvna, ninguém as descerrara. Tudo na casa ficara como antes. Na sala de visitas, os sofazinhos brancos de pernas finas, forrados de tecido lustroso e cinzento, esgarçados e deformados, lembravam vivamente a época de Catarina, a Grande; ali ainda estava também a poltrona preferida do dono da casa, com seu espaldar alto e reto, em que Glafira Petróvna não se recostara nem na velhice. Na parede principal, havia um retrato antigo de Andréi Lavriétski, bisavô de Fiódor; o rosto escuro e belicoso mal se distinguia do fundo enegrecido e enrugado; olhos pequenos e maldosos espiavam severamente sob pálpebras caídas, como que inchadas; os cabelos negros, sem pó, espetavam-se como cerda de escova sobre a testa grave e vincada. No canto do retrato, havia uma coroa de sempre-vivas empoeirada. "A senhora Glafira Petróvna quem ordenou tecer", informou Anton. No quarto de dormir, destacava-se uma cama estreita, sob um cortinado de tecido listrado muito antigo, de excelente qualidade; sobre ela, um montinho de travesseiros descorados e um edredonzinho acolchoado e ralo; junto à cabeceira, o ícone "A entrada da

Virgem Maria no templo", aquele mesmo ícone do qual a velha donzela, à beira da morte, sozinha e totalmente esquecida, aproximara os lábios já arrefecidos. Junto à janela, havia um toucador de madeira marchetada, com placas de cobre e um espelhinho deformante em douradura escurecida. O quartinho contíguo era um cômodo pequeno, com paredes nuas e um pesado caixilho de ícone num canto; no chão, via-se um tapetinho roto, sujo de pingos de cera; nele Glafira Petróvna prostrava-se em profundas reverências. Anton saiu, junto com o criado de Lavriétski, para destrancar a estrebaria e o celeiro; em seu lugar, surgiu uma velhinha, quase sua coetânea, de lenço na cabeça puxado até as sobrancelhas; a cabeça balançava o tempo todo, os olhos espiavam estupidamente, mas exprimiam desvelo, o antigo costume de servir com resignação e, ao mesmo tempo, compaixão respeitosa. Ela beijou a mão de Lavriétski e parou junto à porta, aguardando ordens. Ele definitivamente não se lembrava do seu nome, não lembrava nem mesmo se a vira alguma vez; descobriu que se chamava Apraksseia; uns quarenta anos antes, aquela mesma Glafira Petróvna a tomara da propriedade do fidalgo e ordenara-lhe que cuidasse das aves; a propósito, Aprakseia falava pouco, como se tivesse perdido o juízo, mas agia com subserviência. Além desses dois velhos e de três bisnetos dos Antonov, umas criancinhas barrigudas, vestidas em camisões compridos, vivia na propriedade do fidalgo um homenzinho maneta, sem obrigações de trabalho; ele balbuciava como tetrazes e não tinha habilidade para nada; não muito mais útil do que ele era a cadela decrépita que recebeu a volta de Lavriétski com um latido: há uns dez anos estava presa a uma corrente pesada, comprada por ordem de Glafira Petróvna, e mal conseguia se arrastar e sobreviver. Depois de dar uma olhada na casa, Lavriétski foi para o jardim e ficou satisfeito com o que viu. Crescera ali um denso matagal de ervas daninhas, bardanas, groselheiras e framboeseiras, mas havia muita sombra, muitas tílias antigas, que impressionavam pela grandiosidade e estranha disposição dos galhos; tinham sido plantadas muito próximas umas das outras e a última poda dera-se uns cem anos atrás. O jardim terminava nos limites de um laguinho límpido, com uma borda de caniços compridos e avermelhados. Os rastos de vida humana extinguem-se muito rapidamente: a propriedade de Glafira Petróvna não tivera tempo de se asselvajar, mas já parecia mergulhada naquela sonolência silenciosa que faz adormecer todos os lugares do mundo onde não há a inquieta agitação humana. Fiódor Ivánitch caminhou também pela aldeia; mulheres do campo espiavam-no do umbral de suas isbás, com a face apoiada nas mãos; mujiques faziam-lhe reverência de longe; crianças saíam correndo e cães latiam, indiferentes. Finalmente, ele sentiu fome; mas esperava-se a vinda da criadagem particular e do cozinheiro apenas à noite; o comboio com provisões de Lávriki ainda não tinha chegado. Teve de recorrer a Anton. Anton logo cuidou de tudo: pegou, matou e depenou uma galinha velha; antes de colocá-la na panela, Aprakseia limpou-a e lavou-a longamente, esfregando-a como se fosse roupa branca; quando a galinha finalmente foi cozida, Anton cobriu e arrumou a mesa, colocou diante da louça um saleiro enegrecido de três apoios, trabalhado em prata, e um frasquinho facetado, com rolha de vidro arredondada e gargalo estreito; depois anunciou a Lavriétski, com voz melodiosa, que a comida estava pronta, e postou-se junto à mesa, com um guardanapo sobre o punho direito, exalando um cheiro forte, antigo, parecido ao cheiro de cipreste. Lavriétski provou a sopa e passou à galinha;

a pele estava toda coberta de protuberâncias; uma veia grossa corria em cada pata, a carne cheirava a lenho e barrela. Depois de almoçar, Lavriétski disse que tomaria um chá, se...

– Num minuto serviremos, senhor – interrompeu-o o velho e cumpriu o prometido.

Encontrou-se um punhadinho de chá, enrolado numa tira de papel vermelho; encontrou-se um samovar pequenininho e barulhento, mas muito eficiente; encontrou-se também açúcar, em pedacinhos bem minúsculos, como que derretidos. Lavriétski tomou chá numa xícara grande; lembrava-se dela ainda do tempo de criança: havia ali desenhos de cartas de baralho; apenas as visitas bebiam nela, e ele também bebeu como visita. No final da tarde, chegou a criadagem; Lavriétski não queria dormir na cama da tia; mandou arrumar uma cama na sala de visitas. Depois de apagar a vela, ficou muito tempo olhando ao redor e pensando coisas tristes; experimentou uma sensação familiar a todos os que passam pela experiência de pernoitar pela primeira vez onde moraram muito tempo atrás; parecia-lhe que a escuridão que o cercava de todos os lados não conseguia se acostumar à nova morada, que as próprias paredes estavam perplexas. Finalmente, suspirou, puxou o edredom, cobrindo-se bem, e pegou no sono. Anton permaneceu de pé mais tempo do que todos; cochichou longamente com Aprakseia, soltou ais e uis a meia-voz, persignou-se algumas vezes; nenhum dos dois esperava que o fidalgo viesse se hospedar em Vassílevskoe, tendo bem perto outra propriedade tão grandiosa, com uma casa senhorial bem sólida; eles nem suspeitavam que Lavriétski tinha aversão àquela casa, que ela lhe despertava lembranças dolorosas. Depois de cochichar até cansar, Anton pegou o pau, bateu na tábua pendurada no celeiro, emitindo um sinal que há muito não tocava, e ajeitou-se para dormir ali mesmo, no pátio, sem nem cobrir os cabelos brancos. A noite de maio estava silenciosa e suave; e o velho dormiu docemente.

XX

No dia seguinte, Lavriétski levantou-se bastante cedo, conversou com o administrador, andou pela eira, ordenou tirarem a corrente da cadela, que apenas latiu um pouco, mas nem se afastou da casinha, depois voltou para dentro de casa e mergulhou numa letargia tranquila, da qual não saiu o dia inteiro. "Eis-me aqui, no fundo do rio", disse ele para si mesmo mais de uma vez. Ficou sentado junto à janela, sem se mexer, como se tentasse ouvir o correr silencioso da própria vida que o cercava, os sons raros do fim de mundo da aldeia.

Eis que ao longe, além da urtiga, alguém cantarola numa voz fraquinha, fraquinha; aqui um mosquito parece responder num eco. Eis que o cantarolar para, mas o mosquito continua a zumbir: em meio ao zunir coletivo, impertinente e pesaroso das moscas, ouve-se o retinir de um zangão bem grande, que, de tempos em tempos, bate-se contra o teto; na rua, um galo põe-se a cantar, estendendo roucamente a última nota, ressoa uma telega, na aldeia rangem portões.

– O quê? – retiniu de repente uma voz de mulher do campo.

– Ah, patroazinha – diz Anton a uma menininha de dois anos de idade, embalada em seu colo.

– Traga o *kvas* – repete a mesma voz de mulher e, de repente, baixa um silêncio mortal; nada produz ruído nem se mexe; o vento não balança as folhas, andorinhas passam voando em silêncio, uma atrás da outra, e a alma toma-se de tristeza por causa desse voo mudo. "Eis-me aqui, no fundo do rio", pensa de novo Lavriétski. "E a vida por aqui sempre silenciosa e calma, a qualquer momento", pensa ele. "Quem entra nesse círculo, conforma-se: aqui não há por que se preocupar, não há por que se agitar; aqui só alcança sucesso quem segue a sua trilha sem pressa, como o lavrador que sulca a terra com o arado. E que força ao redor, como é saudável essa quietude passiva! Eis ali, sob a janela, a bardana que se estende acima do denso matagal; sobre ela, a erva espirradeira estica a haste suculenta; e ainda mais alto a salgueirinha lança seus cachos rosados; ao longe, no campo, reluz o centeio e a aveia já se abriu em espiga; todas as folhas em todas as árvores, todas as hastes das heras ampliam-se em toda a sua extensão. Os melhores anos de minha vida dediquei ao amor de uma mulher" continuou pensando Lavriétski, "que o tédio daqui me traga sobriedade, que me acalme, que me leve também a fazer o que é preciso sem pressa." E ele voltou a atenção de novo ao silêncio, sem esperar nada – e, ao mesmo tempo, era como se esperasse algo o tempo todo; a quietude invadiu-o inteiramente, o sol percorria em silêncio o céu azul, enquanto nuvens deslizavam também em silêncio; pareciam saber para onde e por que deslizavam. Neste mesmo instante, em outros lugares da Terra, a vida fervilhava, apressava-se, retumbava; aqui essa mesma vida corria inaudível, como a água entre a vegetação de um pântano; e, até entrar a noite, Lavriétski não conseguiu abandonar a contemplação dessa vida que segue, que escoa; a dor do passado dissolvia-se em sua alma como a neve na primavera e – coisa estranha! – nunca houvera nele um sentimento tão profundo e forte pela pátria.

XXI

Por duas semanas, Fiódor Ivánitch cuidou de colocar a casinha de Glafira Petróvna em ordem, desentulhou o pátio e o jardim; de Lávrikov, trouxeram-lhe a mobília necessária; da cidade, vinho, livros, revistas; na estrebaria, apareceram cavalos; em suma, Fiódor Ivánitch proveu a casa de todo o necessário e retomou a vida – um tanto como proprietário, um tanto como ermitão. Os seus dias passavam monotonamente; mas ele não se entediava, embora não visitasse ninguém; ocupava-se com atenção e zelo da administração da casa, galopava pelas redondezas, lia. Aliás, lia pouco: tinha mais prazer em ouvir as histórias do velho Anton. De ordinário, Lavriétski sentava-se junto à janela, com o cachimbo, o tabaco e uma xícara de chá frio; Anton ficava à porta, de mãos cruzadas às costas, e punha-se a contar as suas histórias vagarosas, sobre épocas remotas, épocas lendárias, quando se vendiam aveia e centeio não a granel, mas em grandes sacos, por dois ou três copeques cada; quando, por toda a parte, inclusive perto das cidades, havia bosques virgens, estepes intocadas.

– Mas agora – queixava-se o velho, que já avançara além dos oitenta anos de idade –, tanto derrubaram e cultivaram que não há mais por onde passar.

Anton contava também várias histórias sobre a sua senhora, Glafira Petróvna: como era sensata e parcimoniosa; como um senhor, um jovem vizinho, insinuara-se na propriedade, pusera-se a dar as caras o tempo todo, e como a senhora Glafira até se dignava a usar, para recebê-lo, uma touca de festa com fitas vermelho-azuladas e um vestido amarelo de *trou-trou* levantina; mas, depois, enfurecendo-se com o senhor vizinho por causa de uma pergunta inoportuna: "Então madame, pelo que dizem, a senhora tem capital?", ordenou que não o deixassem entrar na propriedade e, em seguida, ordenou que após o seu passamento tudo, até o mais minúsculo dos trapinhos, fosse entregue a Fiódor Ivánovitch. Realmente, Lavriétski encontrou todos os trastes da tia intactos, sem exceção, inclusive a touca de festa com fitas vermelho-azuladas e o vestido amarelo de *trou--trou* levantina. Quanto a papéis antigos e documentos singulares, que Lavriétski contava encontrar, não havia nenhum, a não ser uma caderneta imprestável, em que o avô dele, Piotr Andreitch, anotara ora uma "Celebração na cidade de São Petersburgo pelo tratado de paz firmado com o Império Turco pelo senhor príncipe Aleksandr Aleksándrovitch Prozoróvski", ora uma receita de decocto para o peito com a nota: "Tal preceito foi dado à generala Praskóvia Fiódorovna Saltykova por Fiódor Avkssientievitch, arquipresbítero da igreja da Santíssima Trindade", ora uma notícia política deste tipo: "Sobre os tigres franceses agora silenciam" e logo a seu lado: "No *Diário Oficial de Moscou*, publicaram que faleceu o senhor major Mikhail Petróvitch Kólytchev. Não seria ele filho de Pedro Vassílievitch Kólytchev?". Lavriétski encontrou também antigos calendários e livrinhos de sonhos e uma edição mística do senhor Ambodik; o conhecido *Símbolos e emblemas*, há muito esquecido, despertou nele muitas recordações. No toucador de Glafira Petróvna, Lavriétski achou um pacotinho amarrado com uma fitinha preta, selado com um lacre preto e enfiado bem no fundo da gaveta. No pacote, havia dois retratos em pastel, guardados um de frente para o outro: o pai dela na juventude, com mechas encaracoladas e sedosas espalhadas pela testa, olhos alongados lânguidos e boca semiaberta, e um retrato quase apagado de uma mulher pálida, num vestido branco, com uma rosa na mão – sua mãe. De si mesma, Glafira Petróvna nunca permitira que tirassem retrato.

– Eu, paizinho Fiódor Ivánitch – dizia Anton a Lavriétski –, apesar de que no palacete dos senhores nem possuía morada, mas do seu bisavô, Andrei Afanássievitch, lembro bem, como não lembrar: quando ele finou, eu tinha entrado nos meus dezoito aninhos. Certa vez eu me encontrei com ele no jardim, de modo que até tremi de medo; ele não fez nada, só perguntou como era o meu nome e mandou que eu fosse ao seu quarto buscar um lenço de nariz. Fidalgo é que era, nem precisa dizer, e autoridade maior não reconhecia. Pois não é que o avô do senhor, posso informar, tinha uma maravilha de amuletinho; um monge do Monte Atos deu esse amuletinho de presente. E disse aquele monge ao avô do senhor: "Por sua boa acolhida, fidalgo, ofereço este presente; leve-o consigo e não tema o juízo final". Mas os tempos eram outros, paizinho, o senhor sabe, que tempos: era só o senhor desejar e vinha de verdade. Acontecia de alguém, até dos senhores, inventar de contrariá-lo e, no mesmo instante, ele olhava nos olhos do outro e dizia: "Você é um nada" – a palavra preferida dele era essa. E vivia ele, o seu bisavô, de abençoada memória, em pequenas casinhas de madeira; mas quantos bens valiosos deixou depois do passamento: prataria, todo tipo de provisão, todos os porões bem cheios. Era um verdadeiro administrador. Batia um copinho, já que o senhor me permite elogiar, na casa dele comiam vodca. E o avô do senhor, Piotr Andreitch, mandou fazer para si um castelinho de pedra, mas de bens não adquiriu nada; tudo dele virou pó; e vivia ele pior do que o paizinho e não se permitia nenhum divertimento – os trocadinhos, escondeu tudo, e não há com que se lembrar dele, não mais do que colherinhas de prata, e ainda assim Glafira Petróvna agradecia, alegrava-se.

– E é mesmo verdade – interrompeu-o Lavriétski – que costumavam chamá-la de bruxa?

– E quem é que ia fazer isso? – exaltou-se Anton, insatisfeito. – Mas, paizinho – decidiu-se a perguntar então o velho –, onde é que está a sua senhora, onde é que ela se digna a morar?

– Eu me separei da esposa – sentenciou com esforço Lavriétski –, por favor, não me pergunte mais sobre ela.

– Que seja – respondeu com pesar o velho.

Decorridas três semanas, Lavriétski partiu a cavalo para O..., para a casa dos Kalitin, onde passou toda a tarde. Lemm estava lá; Lavriétski gostou muito dele. Embora, graças ao pai, ele não tocasse nenhum instrumento, de qualquer modo, amava apaixonadamente a música, a verdadeira música, a música clássica. Panchin naquela tarde não apareceu na casa dos Kalitin. O governador o havia mandado para algum trabalho fora da cidade. Sozinha e com muita precisão, Liza tocava piano; Lemm animou-se, melhorou o humor, desenrolou a partitura e dirigiu a execução da música. Durante algum tempo, Maria Dmítrievna ficou por ali, sorrindo, depois foi dormir; segundo ela, Beethoven atiçava muito os seus nervos. À meia-noite, Lavriétski acompanhou Lemm até o seu apartamento e ficou ali até umas três horas da madrugada. Lemm falou muito; as suas costas endireitaram-se, os olhos arregalaram-se e começaram a brilhar; até os cabelos ergueram-se sobre a testa. Há muito ninguém prestava a menor atenção nele, mas Lavriétski, pelo visto, interessava-se por ele, fazia-lhe perguntas com cuidado e atenção. Isso tocou o velho; ele terminou por mostrar ao convidado a sua música, tocou e até cantou com voz mortífera algumas aberturas de suas composições, inclusive uma versão composta para a balada de Schiller *Fridolin*. Lavriétski rendeu-lhe elogios, insistiu para que repetisse algo e, ao partir, convidou-o a hospedar-se em sua casa por alguns dias. Lemm acompanhou-o até a rua, imediatamente aceitou o convite e apertou com força a sua mão; mas, ficando sozinho ao ar livre e úmido, sob o crepúsculo que apenas se iniciava, olhou para trás, arqueou-se e, como um réu culpado, arrastou-se até o cômodo.

– *Ich bin wohl nicht klug*[24] – murmurou ele, deitando-se na cama dura e estreita.

Alguns dias depois, quando Lavriétski chegou com a caleche para buscá-lo, tentou parecer doente, mas Fiódor Ivánitch entrou no cômodo e convenceu-o. O que mais influenciou Lemm foi o fato de que Lavriétski havia mandado levar um piano da cidade para a aldeia especialmente para ele. Juntos dirigiram-se à casa dos Kalitin, onde passaram a tarde, mas desta vez não tão agradavelmente quanto da última. Panchin estava lá, falou muito sobre a viagem, arremedou e representou com muita graça os proprietários que encontrara pelo caminho; Lavriétski ria, mas Lemm não saiu de seu canto, ficou ali calado, estremecendo inteiro, como uma aranha, com um semblante carrancudo e embotado, e só tomou alento quando Lavriétski começou a se despedir. Até mesmo ao sentar-se na caleche o velho continuou agastado e encaramujado; mas o ar quieto e morno, o ventinho leve, as sombras ligeiras, o cheiro de mato, os brotos das folhas de bétula, o resplandecer pacífico do céu estrelado e sem lua, o bater dos cascos e o resfolegar amistoso dos cavalos – todos os encantos da estrada, da primavera e da noite penetraram na alma do pobre alemão e foi ele quem primeiro puxou conversa.

---

24. Não estou no meu juízo perfeito. Em alemão no original. (N.T.)

XXII

Ele começou a falar sobre música, depois sobre Liza, depois de novo sobre música. Parecia pronunciar as palavras mais lentamente quando falava de Liza. Lavriétski conduziu o assunto para as composições de Lemm e, meio de brincadeira, propôs-lhe que escrevesse um libreto.

– Ah, um libreto! – manifestou-se Lemm –, não, não faz o meu gênero: já não tenho aquela vivacidade, aquele jogo de imaginação necessário à ópera; faltam-me forças... Mas, se eu ainda pudesse fazer algo, com prazer faria uma romança; claro, escolheria boas palavras...

Silenciou-se e ficou sentado imóvel longamente, com os olhos voltados para o céu.

– Por exemplo – disse ele afinal –, algo deste tipo: vós, estrelas; oh, vós, estrelas puras!..

Lavriétski voltou levemente o rosto na direção de Lemm e fitou-o.

– Vós, estrelas; vós, estrelas puras – repetiu Lemm... – vós lançais vosso olhar igualmente sobre inocentes e culpados... Mas somente os inocentes de coração vos compreendem, não, amam, com o coração... ou então algo do gênero... Aliás, eu não sou poeta, como poderia ser! Mas algo assim, algo elevado.

Lemm afastou o chapéu na direção da nuca; na tênue escuridão da noite clara, o seu rosto parecia pálido e mais jovial.

– E vós também – continuou ele, baixando a voz gradualmente – vós também sabeis quem ama, quem é capaz de amar, porque vós sois puras, vós podeis consolar... Não, não é nada disso! Eu não sou poeta – pronunciou ele –, mas algo desse gênero...

— Pena que eu também não sou poeta — reparou Lavriétski.

— Fantasias vãs! — disse Lemm e afundou-se no canto da carruagem. Fechou os olhos como se fosse dormir.

Passaram-se alguns instantes. Lavriétski apurou o ouvido...

— Estrelas, estrelas puras, amor — sussurrava o velho.

— Amor — repetiu Lavriétski para si, mergulhando em pensamentos e sentindo um peso na alma.

— Maravilhosa a música que o senhor compôs para *Fridolin*, Khistofór Fiódoritch — disse ele em voz alta. — O que o senhor acha: esse Fridolin, depois que o conde o apresentou à esposa, ele logo se tornou seu amante, hein?

— Você pensa assim — disse Lemm —, porque, provavelmente, a experiência...

Calou-se de repente e virou-se, constrangido. Lavriétski deu uma risada fingida, também virou-se e ficou olhando a estrada.

Quando a carruagem aproximou-se da entrada da casinha de Vassílevskoe, as estrelas já começavam a empalidecer e o céu acinzentava-se. Lavriétski acompanhou o hóspede ao cômodo que lhe fora destinado, voltou para o gabinete e sentou-se junto à janela. No jardim, um rouxinol gorjeava a última canção antes do alvorecer. Lavriétski lembrou-se de que na casa dos Kalitin, no jardim, cantava um rouxinol; lembrou-se também do movimento silencioso dos olhos de Liza quando, aos primeiros sons do pássaro, dirigiram-se à janela escura. Ficou pensando nela e o seu coração aquietou-se.

— Uma moça pura — disse ele a meia-voz —, estrelas puras — acrescentou com um sorriso e, tranquilamente, foi se deitar.

Enquanto isso, Lemm ficou muito tempo sentado na cama, com o caderninho de notas nos joelhos. Parecia que uma melodia doce, de conto de fadas, estava para visitá-lo: ele já ardia e inquietava-se, sentia a languidez e a doçura da aproximação... mas nada aconteceu...

– Não sou nem poeta nem músico! – pronunciou finalmente... e a sua cabeça cansada baixou pesadamente sobre o travesseiro.

XXIII

No dia seguinte, o dono da casa e o convidado tomaram chá no jardim, sob a velha tília.

– Maestro! – disse Lavriétski ao acaso. – Logo o senhor terá de compor uma cantata solene.

– Para qual ocasião?

– Para a ocasião da cerimônia de casamento do senhor Panchin com Liza. O senhor não reparou como ele a cortejou ontem? Parece que entre eles está tudo acertado.

– Isso não vai acontecer! – exclamou Lemm.

– Por quê?

– Porque isso é impossível. Aliás – acrescentou ele depois de uma pausa –, no mundo tudo é possível. Principalmente aqui na Rússia.

– Deixemos a Rússia de lado por enquanto; mas o que o senhor vê de ruim nesta união?

– Tudo, tudo. Lizavieta Mikháilovna é uma donzela correta, séria, com sentimentos elevados, enquanto ele... é um di-le-tan-te, em resumo.

– Mas se ela o ama?

Lemm ergueu-se do banco.

– Não, ela não o ama, ou seja, ela tem o coração muito puro e não sabe o que significa isso: amar. Madame Von Kalitin diz a ela que Panchin é um moço bom e ela ouve madame Von Kalitin porque ainda é uma criança, embora já tenha dezenove anos: reza de manhã, reza de tarde – e isso é muito louvável –, mas não o ama. Ela só pode amar o maravilhoso e ele não é maravilhoso, ou seja, a alma dele não é maravilhosa.

Lemm pronunciou todo esse discurso num só fôlego e com ardor, andando em passos miúdos de um lado para o outro, à frente da mesinha de chá, enquanto corria os olhos pelo chão.

– Caríssimo maestro! – exclamou de repente Lavriétski. – Tenho a impressão de que o senhor está apaixonado por minha prima.

Lemm parou de novo.

– Por favor – começou ele, com voz vacilante –, não brinque desse modo comigo. Eu não sou louco: já estou olhando para um túmulo escuro, e não para um futuro cor-de-rosa.

Lavriétski teve pena do velho; pediu-lhe desculpas. Depois do chá, Lemm tocou a sua cantata e, antes do almoço, impelido pelo próprio Lavriétski, voltou a conversar sobre Liza. Lavriétski escutou tudo com atenção e curiosidade.

– O que o senhor acha, Khistofór Feódoritch – disse ele finalmente –, parece que agora está tudo em ordem por aqui, o jardim em pleno florescimento... Será que não devíamos convidá-la para passar o dia conosco, juntamente com a mãe e a minha velha tia, hein? O senhor faria gosto?

Lemm inclinou a cabeça sobre o prato.

– Convide – disse ele, bem baixinho.

– E Panchin, não convém chamar?

– Não convém – manifestou-se o velho com um sorriso quase infantil.

Dois dias depois, Fiódor Ivánitch foi à cidade, visitar os Kalitin.

XXIV

Ele encontrou todos em casa, mas não anunciou logo a sua intenção; queria primeiro conversar com Liza a sós. O acaso ajudou-o: deixaram-nos sozinhos na sala de visitas. Eles conversaram; ela já se acostumara com ele: sim, em geral, não agia como bicho do mato na presença de ninguém. Ele a ouvia, contemplava o seu rosto e repetia em pensamento as palavras de Lemm, concordava com ele. Acontece às vezes de duas pessoas que já se conhecem, mas não são íntimas, aproximarem-se súbita e rapidamente, no decorrer de alguns instantes – e a consciência dessa aproximação manifesta-se de imediato em seus olhares, em seus sorrisos amistosos e tranquilos e até em seus movimentos. Foi exatamente isso o que aconteceu com Lavriétski e Liza. "Então ele é assim", pensava ela, olhando-o com carinho; "Então você é assim", pensava ele. E por isso ele não ficou muito surpreso quando ela, não sem certo embaraço, anunciou que há muito o seu coração pedia que lhe dissesse algo, mas temia ofendê-lo.

– Não tenha medo, pode dizer – pediu ele, permanecendo de pé diante dela.

Liza ergueu os olhos claros.

– O senhor é tão bom – começou ela e, ao mesmo tempo, pensava: "Sim, ele é realmente muito bom...". – O senhor me desculpe, eu não devia me atrever a conversar sobre isso com o senhor... mas... como o senhor pôde... por que motivo o senhor se separou de sua esposa?

Lavriétski estremeceu, olhou para ela e sentou-se ao seu lado.

— Minha criança — começou ele —, por favor, não toque nessa ferida; as suas mãos são macias, mas de qualquer modo causarão dor.

— Eu sei — continuou Liza, como se não tivesse ouvido as palavras dele —, ela é culpada em relação ao senhor, eu não quero defendê-la; mas como separar aquilo que Deus uniu?

— Nossas convicções a esse respeito são completamente diferentes, Lizavieta Mikháilovna – disse Lavriétski de modo bem brusco —, não podemos compreender um o outro.

Liza empalideceu; o seu corpo inteiro estremeceu, mas ela não se calou.

— O senhor deve perdoar — pronunciou ela baixinho — se quer que os outros também o perdoem.

— Perdoar! — secundou Lavriétski. — Em primeiro lugar, é preciso conhecer aquele que será perdoado. Perdoar aquela mulher, recebê-la de novo em casa, ela, aquele ser vazio, sem coração! E quem lhe disse que ela quer voltar para mim? Tenha misericórdia, ela está muito satisfeita com a posição atual... Não há o que discutir! A senhorita não deve nem pronunciar o nome dela. A senhorita é muito pura, não tem condições nem ao menos de compreender um ser como aquele.

— Para que humilhar a esposa! — disse Liza com intensidade. Via-se claramente como suas mãos tremiam. — Foi o senhor quem a deixou, Fiódor Ivánitch.

— Mas é isso que estou dizendo — lançou ele, numa explosão involuntária de impaciência —, a senhorita não sabe que criatura é aquela!

— Por que então o senhor se casou com ela? — murmurou Liza e abaixou os olhos.

Lavriétski ergueu-se abruptamente da cadeira.

– Por que me casei? Naquela época eu era jovem e inexperiente; enganei-me, deixei-me levar por uma aparência bonita. Eu não conhecia mulheres, não sabia nada. Deus permita que a senhorita tenha um matrimônio mais feliz! Mas, acredite, de antemão não é possível garantir absolutamente nada.

– Então também eu posso ser infeliz – proferiu Liza (a voz dela começava a fraquejar) –, mas, nesse caso, será preciso resignar-se; não estou conseguindo me expressar direito, mas, se não nos resignarmos... Não se zangue, perdoe-me – apressou-se a dizer Liza.

Nesse instante, entrou Maria Dmítrievna. Liza ergueu-se e fez menção de sair.

– Espere – gritou-lhe Lavriétski inesperadamente. – Eu tenho um grande pedido à senhorita e à senhora sua mamãe: venham visitar a minha nova residência. Vocês sabem, eu levei um piano para lá; tenho Lemm como hóspede; os lilases já estão florescendo; vocês podem respirar o ar do campo e voltar no mesmo dia: concordam?

Liza olhou para a mãe e Maria Dmítrievna assumiu um ar doentio; mas Lavriétski não lhe deu tempo de abrir a boca e já beijou-lhe ambas as mãos. Maria Dmítrievna, sempre sensível a um carinho e antes completamente cética quanto a uma gentileza por parte do leão-marinho, amoleceu o coração e concordou. Enquanto ela pensava qual seria o melhor dia, Lavriétski aproximou-se de Liza e, ainda muito agitado, às escondidas, sussurrou-lhe: "Obrigado, a senhorita é uma moça boa; a culpa é minha...". E o rosto pálido de Liza ruborizou-se num sorriso alegre e envergonhado; os olhos também sorriram – até aquele momento, ela temia ter ofendido Lavriétski.

– Vladímir Nikoláitch pode ir conosco? – perguntou Maria Dmítrievna.

– É claro – respondeu Lavriétski –, mas será que não seria melhor nos restringirmos ao círculo familiar?

– É, parece que sim... – começou Maria Dmitríevna –, aliás, como o senhor quiser – acrescentou ela.

Ficou decidido que levariam Lénotchka e Chúrotchka. Marfa Timoféievna recusou-se a viajar.

– É penoso para mim, meu querido – disse ela –, ossos velhos quebram; e na sua casa, acho, não há onde pernoitar; ainda por cima, não pego no sono em cama estranha. Que a juventude sacoleje por aí.

Lavriétski não teve mais oportunidade de ficar a sós com Liza, mas olhou tanto para ela que Liza se sentiu bem, um pouco envergonhada e também pesarosa por ele. Na hora da despedida, ele apertou-lhe a mão fortemente e ela, quando ficou sozinha, mergulhou em pensamentos.

XXV

Quando Lavriétski voltou para casa, encontrou na soleira da sala de visitas um homem alto e magro, de sobrecasaca azul desgastada, rosto enrugado, mas vivo, com suíças grisalhas desgrenhadas, nariz reto comprido e olhinhos pequenos injetados. Era Mikhaliévitch, ex-colega de universidade. De início, Lavriétski não o reconheceu, mas abraçou-o calorosamente assim que ele se identificou. Não se viam desde a época de Moscou. Trocaram exclamações e perguntas, soltaram neste mundo de Deus lembranças há muito silenciadas. Fumando às pressas um cachimbo atrás do outro, despejando chá goela abaixo e gesticulando as mãos longas, Mikhaliévitch contou a Lavriétski as suas andanças; nelas não havia nada de muito alegre, ele não podia se gabar de grande êxito em seus empreendimentos, entretanto, ria desbragadamente, num gargalhar enervado e rouco. Um mês antes recebera uma posição no escritório particular de um concessionário rico, a umas trezentas verstas da cidade de O... e, tendo ouvido falar do retorno de Lavriétski do exterior, desviara-se da rota para encontrar o velho companheiro. Mikhaliévitch falava de modo tão impulsivo quanto na juventude, fazia barulho e agitava-se como antes. Lavriétski fez menção aos acontecimentos anteriores, mas Mikhaliévitch interrompeu-o, murmurando às pressas: "Ouvi falar, irmão, ouvi falar: quem podia esperar isso?" e, no mesmo instante, encaminhou a conversa para o campo das reflexões gerais.

– Preciso ir embora amanhã, meu irmão – disse ele –, você me desculpe, mas vamos dormir mais tarde hoje. Quero saber sem falta: quem é você agora, quais são as suas opiniões, em quem se transformou, o que lhe ensinou a vida? (Mikhaliévitch mantinha ainda fraseologias dos anos 30.) No que diz respeito a mim, mudei muito, irmão – as ondas da vida quebraram no meu peito, quem foi mesmo que disse isso? – embora no principal, na essência, eu não tenha mudado; como antes, acredito no bem, na verdade; mas não apenas acredito: agora creio, sim, creio, creio. Escute, você sabe, eu cometo uns versos; neles não há poesia, mas existe verdade. Vou ler para você minha última peça: ela expressa minhas convicções mais profundas. Ouça.

Mikhaliévitch pôs-se a ler a poesia; era bastante longa e terminava com os seguintes versos:

Entreguei-me de todo coração a novas sensações/ Tornei-me em alma de criança:/ Queimei tudo o que adorara/E adorei tudo o que queimara.

Ao pronunciar os dois últimos versos, Mikhaliévitch por pouco não começou a chorar; convulsões leves – sinal de forte abalo emocional – percorreram-lhe os lábios largos, o seu rosto desgracioso ficou radiante. Lavriétski ouvia, ouvia... o espírito da contradição agitava-se nele: irritava-o a exaltação do estudante moscovita, em constante ebulição. Não havia passado ainda nem quinze minutos e já explodia entre eles uma discussão, uma daquelas discussões intermináveis, das quais são capazes apenas os russos. Num átimo, depois de muitos anos de separação, de uma vida em dois mundos diferentes, sem compreender claramente nem os próprios pensamentos nem os alheios, aferrando-se às próprias palavras e replicando com essas mesmas palavras, puseram-se a brigar pelos temas mais abstratos, e brigaram de tal modo, como se disso dependesse a vida e morte de ambos: esgoelaram e gritaram tanto que acabaram por despertar todas as pessoas da casa; o pobre Lemm, que, desde a chegada de Mikhaliévitch, trancara-se no quarto, quedou-se atônito e começou até a sentir uma espécie de pavor.

– Como está se sentindo depois disso? Desiludido? – gritou Mikhaliévitch à uma hora da madrugada.

– E por acaso existem desiludidos assim? – respondeu Lavriétski. – Eles são sempre pálidos e doentios, mas eu, se quiser, posso erguer você com uma única mão.

– Pois, se não está desapontado, então é um cético, coisa ainda pior (a fala de Mikhaliévitch fazia lembrar a sua pátria, a Pequena Rússia[25]). E será que tem direito de ser cético? Não deu sorte na vida, pode-se dizer, mas isso não foi culpa sua: nasceu com uma alma apaixonada, inclinada a amar, mas esteve sempre afastado das mulheres; a primeira que apareceu estava fadada a enganá-lo.

– A você ela também enganou – observou Lavriétski, carrancudo.

– Digamos que sim, digamos que sim; eu fui nesse caso uma ferramenta do destino, aliás, por que estou mentindo? Aqui não há destino, é o velho hábito de expressar-me com imprecisão. Mas o que é que isso prova?

– Prova que me entortaram, desde a infância.

– Pois então se desentorte! Afinal, você é um homem, tem energia para isso! E, de qualquer modo, não acha positivo e até excepcional, por assim dizer, o fato de cair numa lei geral, numa regra absoluta?

– E que regra há aqui? – interrompeu-o Lavriétski. – Eu não reconheço...

– Não, essa é a sua regra, a sua regra... – interrompeu-o por sua vez Mikhaliévitch.

– Você é um egoísta, isso sim! – estrondou o amigo uma hora depois. – Você queria a autossatisfação, queria felicidade na vida, queria viver apenas para si...

---

25. Assim era chamada a Ucrânia. (N.T.)

– E o que é autossatisfação?

– E foi enganado; tudo ruiu sob seus pés.

– O que é autossatisfação? Estou perguntando.

– E devia mesmo ruir. Pois você buscou apoio lá, onde não se pode encontrar apoio, pois você construiu a sua casa sobre areia movediça...

– Fale claro, sem comparações, *pois* eu não o compreendo.

– Pois sim, pode zombar, você não tem fé, nem cordialidade; intelecto, apenas um mísero intelecto... você é simplesmente um pobre e atrasado voltairiano – eis o que você é!

– Quem, eu, voltairiano?

– Sim, você, igualzinho a seu pai e nem desconfia disso.

– Depois dessas palavras – exclamou Lavriétski –, tenho o direito de dizer que você é um fanático!

– Infelizmente, infelizmente, ainda não mereço de jeito algum tão elevada denominação... – expressou-se Mikhaliévitch, desolado.

– Já descobri como devo chamar você – gritou o mesmo Mikhaliévitch às três da madrugada –, você não é um cético, nem um desiludido, nem um voltairiano... você é um mandrião, um mandrião com consciência, e não um mandrião ingênuo. Os mandriões ingênuos ficam deitados junto ao fogão e não fazem nada porque não são capazes de fazer nada; e também não pensam em nada, mas você é um homem de ideias e, ainda assim, fica deitado; você poderia fazer algo, mas não faz nada; fica deitado, de barriga cheia virada para cima e diz: é assim que devo fazer, ficar deitado, pois, por mais que as pessoas façam algo, tudo é absurdo, tudo é uma besteira que não leva a nada.

– De onde você tirou isso, que eu fico só deitado? – perguntou Lavriétski. – Por que você acha que tenho esses pensamentos?

– E, acima de tudo, vocês todos, toda a sua irmandade – continuou Mikhaliévitch, incansável – são um bando de mandriões letrados. Vocês sabem onde aperta o sapato dos alemães, sabem o que vai mal no reino dos ingleses e dos franceses, e esse lamentável conhecimento serve apenas de justificativa, ele justifica esta preguiça vergonhosa, esta desprezível falta de ação. Há até quem se vanglorie, dizendo: vejam só, que sumidade sou eu, e estou deitado, enquanto aqueles idiotas se desdobram em afazeres. Sim! E ainda por cima existem, entre nós, senhores desse tipo, aliás, não o incluo no grupo desses que passam a vida inteira numa espécie de pasmaceira do tédio, acostumam-se a ela, acomodam-se nela, como... como cogumelos no creme de leite – acrescentou Mikhaliévitch e começou a rir da própria comparação. – Ah, a pasmaceira do tédio é a ruína da gente russa! O detestável mandrião fica o ano inteiro se preparando para trabalhar...

– E você, reclamando à toa! – bradou por sua vez Lavriétski. – Trabalhar... fazer... É melhor dizer então o que fazer, e não ficar reclamando, Demóstenes de Poltava.

– Era só o que faltava! Não sou eu quem tem de dizer, irmão; isso cada um deve saber – disse o Demóstenes, irônico. – Proprietário, nobre... e não sabe o que fazer! Não tem fé, senão saberia; não tem fé, não recebe a revelação.

– Dê-me um minuto de sossego, diabo; dê-me tempo para refletir – implorou Lavriétski.

– Nem um minuto de descanso, nem um segundo! – exclamou Mikhaliévitch com um movimento imperioso da mão. – Nem um segundo! A morte não espera e a vida também não deve esperar. E quando é, quando é que inventam de mandriar? – gritou ele às quatro horas da madrugada, mas já com a voz enrouquecida. – Atualmente! Aqui! Na Rússia! Quando sobre cada um de nós paira uma obrigação, uma enorme responsabilidade perante Deus, perante o povo e perante nós mesmos! Dormimos e o tempo vai passando; dormimos...

– Permita-me objetar – interrompeu-o Lavriétski –, que nós dois até agora não dormimos absolutamente nada, ao contrário, impedimos um ao outro de dormir. Nós, como galos, só fazemos esgoelar. Ouça, já vão cantar pela terceira vez.

Essa intervenção espirituosa divertiu e acalmou Mikhaliévitch.

– Até amanhã – disse ele num sorriso e enfiou o cachimbo na bolsinha de tabaco.

– Até amanhã – repetiu Lavriétski.

Mas os amigos conversaram ainda mais de uma hora... Aliás, suas vozes já não se elevavam e a conversa seguia baixinha, triste, bondosa. Mikhaliévitch partiu no dia seguinte, por mais que Lavriétski insistisse para que ficasse. Fiódor Ivánovitch não conseguiu convencê-lo, mas conversou com ele até não poder mais. Acontece que Mikhaliévitch não tinha um único copeque. Já na véspera Lavriétski notara nele, com pesar, todos os sinais e hábitos da antiga pobreza: as botas estavam gastas, na parte de trás da sobrecasaca faltava um botão, as mãos há muito não viam luvas, dos cabelos sobressaíam penugens; quando entraram, ele nem pensara em pedir para se lavar e, durante o jantar, comera como um tubarão, arrancando a carne com as mãos e roendo os ossos aos estalos com seus dentes pretos e fortes. Acontece também que, no serviço, os negócios não iam bem, ele depositava todas as suas esperanças no concessionário, que o empregara somente para ter um "homem ilustrado" por perto. Apesar de tudo isso, Mikhaliévitch não desanimava e vivia como um cínico, um idealista, um poeta, desvelando-se em preocupações relativas aos destinos da humanidade e à própria missão e descuidando-se inteiramente dos esforços para não morrer de fome. Mikhaliévitch não era casado, mas apaixonava-se vezes sem conta e escrevia poemas para todas as suas amadas; com especial ardor, cantara uma misteriosa nobre ucraniana, de madeixas negras... É verdade que corriam boatos de que essa nobre seria uma simples judiazinha, bem conhecida entre os oficiais da cavalaria... Mas, pense bem, que diferença faz?

Com Lemm, Mikhaliévitch não se deu; por falta de costume, o alemão assustou-se com os seus discursos inflamados, seus modos bruscos... Um sofredor fareja outro sofredor à distância, mas, na velhice, raramente se dá bem com ele, e nisso não há nada de surpreendente: um não tem nada o que dividir com o outro, nem mesmo esperanças.

Na hora de partir, Mikhaliévitch ainda conversou longamente com Lavriétski, profetizou a ruína do amigo se ele não caísse em si, implorou que ele se ocupasse seriamente do bem-estar de seus servos; ofereceu-se como exemplo, dizendo que se purificara na fornalha da desgraça e, ali mesmo, classificou-se mais de uma vez como um homem feliz, comparou-se ao pássaro no céu, ao lírio no campo...

– Um lírio negro, em todo caso – observou Lavriétski.

– Ei, irmão, não banque o aristocrata – retrucou Mikhaliévitch com bonomia –, em vez disso, agradeça a Deus por ter nas veias um sangue verdadeiramente plebeu.

Mas vejo que agora você precisa de um ser puro, celestial, capaz de arrancá-lo dessa apatia...

– Obrigado, irmão – disse Lavriétski –, estou cansado desses seres celestiais.

– Cale-se, tsínico! – exclamou Mikhaliévitch.

– "Cínico" – corrigiu Lavriétski a pronúncia do amigo.

– É tsínico mesmo – repetiu Mikhaliévitch, sem constrangimento.

Inclusive sentado na carruagem, para onde levaram a sua mala minguada, amarelada, estranha de tão leve, ele continuou falando; agasalhado numa espécie de capa espanhola com o colarinho desbotado e patas de leão em vez de fivela, ele ainda desenvolvia o seu modo de ver o destino da Rússia e movia a mão de tez morena pelo ar, como se lançasse as sementes de uma futura prosperidade. Finalmente os cavalos arrancaram...

– Lembre-se das minhas três últimas palavras – gritou ele, esticando todo o corpo para fora da carruagem e tentando manter o equilíbrio –, religião, progresso, humanitarismo!... Adeus!

E a cabeça, coberta pelo quepe enterrado até os olhos, desapareceu. Lavriétski continuou parado na entrada da casa, olhando fixamente a estrada ao longe, até que a carruagem sumiu de vista. "Talvez ele esteja certo", pensava Lavriétski ao entrar em casa, "talvez eu seja realmente um mandrião." Muitas das palavras de Mikhaliévitch penetraram em sua alma incontestavelmente, embora ele tivesse discutido, embora não concordasse com elas. Seja apenas um homem bom e ninguém poderá recriminá-lo.

XXVI

Dois dias depois, como tinha prometido, Maria Dmítrievna chegou a Vassílievskoe com as suas jovens. As meninas correram logo para o jardim, enquanto ela percorria os cômodos languidamente e elogiava tudo também languidamente. Maria Dmítrievna considerava a própria visita a Lavriétski um sinal de benevolência, quase uma boa ação. Sorriu afavelmente quando Anton e Aprakseia, segundo o antigo costume dos servos, aproximaram-se para beijar-lhe a mão e pediu para tomar chá numa voz flácida e nasal. Para enorme decepção de Anton, que colocara luvas brancas de tricô, quem serviu chá à senhora recém-chegada não foi ele, mas sim um camareiro contratado por Lavriétski, alguém que, segundo o antigo criado, nada entendia de convenções. Em compensação, na hora do almoço, Anton assumiu o seu posto: firmou pé junto à poltrona de Maria Dmítrievna e não cedeu o lugar a mais ninguém. Há muito não apareciam convidados em Vassílievskoe e o velho encheu-se de inquietação e alegria: agradava-lhe ver que o seu senhor convivia com boa gente. Aliás, naquele dia, não era só ele que se dava a cuidados: Lemm também. Vestira a sua casaca curta, cor de tabaco, com aba recortada atrás, amarrara apertado o seu lenço de pescoço e todo o tempo pigarrcava e afastava-se com uma expressão agradável e hospitaleira. Lavriétski observou, com satisfação, que a intimidade entre ele e Liza continuava: assim que entrou, ela estendeu-lhe a mão amigavelmente. Depois do almoço, Lemm tirou do bolso de trás do fraque, aonde ele volta e meia enfiava a mão, um rolinho de papel de partitura e, apertando os lábios, colocou-o sobre o piano em silêncio. Era a romança composta por ele na véspera, em palavras alemãs arcaicas que faziam menção às estrelas. No mesmo instante, Liza sentou-se ao piano e examinou a romança... Infelizmente a música parecia confusa e desagradavelmente tensa; via-se que o compositor se esforçara muito para expressar algo terrível, profundo, mas o esforço não dera em nada, ficara apenas nisso: apenas um esforço. Tanto Lavriétski quanto Liza sentiram isso e Lemm entendeu: sem nenhuma palavra, recolocou a romança no bolso e, em resposta à proposta de Liza de tocá-la de novo, depois de balançar a cabeça, disse calmamente:

– Agora – chega! – encurvou-se, encolheu-se e saiu.

No final da tarde, todos foram pescar. No lago, além do jardim, havia muitas carpas e trutas. Colocaram Maria Dmítrievna numa poltrona, bem perto da margem e à sombra, ajeitaram um tapetinho sob os seus pés e deram-lhe a melhor vara de pescar; Anton, como o mais velho e experiente dos pescadores, ofereceu-lhe os seus serviços. Com apuro espetava as minhocas, dava uma batidinha nelas com a mão, cuspia nelas e até jogava a vara, inclinando o corpo inteiro para a frente graciosamente. Nesse mesmo dia, Maria Dmítrievna deu seu parecer a Fiódor Ivánitch a respeito de Anton com a seguinte frase num francês de colégio: "*Il n'y a plus maintenant de ces gens comme ça comme autrefois*"[26]. Lemm, junto com as duas meninas, foi para mais longe, até a represa; Lavriétski acomodou-se perto de Liza. Os peixes mordiam a isca o tempo todo; volta e meia as carpas fisgadas brilhavam no ar os seus flancos ora dourados, ora prateados; as alegres exclamações das meninas não cessavam; e a própria

---

26. Hoje não há mais criados como esses antigos. Em francês no original. (N.T.)

Maria Dmítrievna dava uns gritinhos contidos. Quem menos pescou foram Lavriétski e Liza; provavelmente isso aconteceu porque eles prestavam menos atenção do que os outros na pesca e lançavam o chumbo muito perto da margem. As altas e avermelhadas espadanas farfalhavam mansamente ao redor, as águas imóveis cintilavam silenciosamente à frente e eles conversavam baixinho. Liza estava de pé sobre o pequeno deque; Lavriétski, sentado sobre o tronco inclinado de um salgueiro; ela usava um vestido branco, preso na cintura por uma fita larga também branca, de uma mão pendia-lhe o chapéu de palha, com a outra ela segurava com força o caniço arqueado. Lavriétski olhava o seu perfil claro, um pouco severo, os cabelos jogados para trás, as faces suaves, que se bronzeavam ao sol como as de uma criança, e pensava: "Oh, que linda está você no meu lago!". Liza não se voltava para ele, mas sim olhava as águas e ora apertava os olhos, ora sorria. A sombra de uma tília próxima caía sobre os dois.

– Sabe de uma coisa – começou Lavriétski –, refleti muito sobre a nossa última conversa e cheguei à conclusão de que a senhorita é extremamente bondosa.

– Não foi com essa intenção que eu... – começou Liza e acanhou-se.

– A senhorita é bondosa – repetiu Lavriétski. – Eu, apesar de tosco, sinto que todos devem amá-la. Veja Lemm, por exemplo; simplesmente apaixonou-se pela senhorita.

O cenho de Liza não chegou a franzir-se, mas tremeu; isso sempre acontecia quando ela ouvia algo desagradável.

– Tive muita pena dele hoje – acrescentou Lavriétski –, por causa do fracasso da romança. Ser jovem e não conseguir: isso é aceitável, mas envelhecer e não ter forças é difícil. Além disso, é uma lástima não sentir que está perdendo as forças. É difícil para um velho suportar esses golpes! Preste atenção, fisgaram a linha... Dizem – acrescentou Lavriétski, depois de um breve silêncio – que Vladímir Nikolaitch Panchin compôs uma boa romança.

– Sim – respondeu Liza –, é uma futilidade, mas não é ruim.

– E qual é a sua opinião – perguntou Lavriétski. – Ele é um bom músico?

– Parece-me que ele tem queda para a música, mas, por enquanto, não se ocupou dela como deveria.

– Entendo. E é uma boa pessoa?

Liza riu e lançou um rápido olhar a Fiódor Ivánitch.

– Que pergunta estranha! – exclamou ela; puxou a vara e lançou-a longe outra vez.

– Estranha por quê? Estou perguntado a respeito dele como alguém que chegou há pouco tempo, como um parente.

– Como um parente?

– Sim. Parece que sou seu tio, não é mesmo?

– Vladímir Nikolaitch tem bom coração – começou Liza –, é inteligente; *maman* gosta muito dele.

– E você, gosta?

– Ele é uma boa pessoa, por que então eu não gostaria dele?

– Ah! – soltou Lavriétski e calou-se.

Uma expressão semipesarosa, semizombeteira perpassou seu rosto. O seu olhar insistente incomodava Liza, mas ela continuava a sorrir.

– Bem, que Deus lhe dê felicidade! – resmungou ele, finalmente, como se falasse consigo mesmo, e virou a cabeça.

Liza enrubesceu.

— O senhor está enganado, Fiódor Ivánitch — disse ela —, à toa o senhor pensa... Mas será que o senhor não gosta de Vladímir Nikolaitch? — perguntou ela de repente.

— Não gosto.

— E por quê?

— Parece-me que ele não tem coração.

O sorriso sumiu do rosto de Liza.

— O senhor costuma julgar as pessoas muito severamente — disse ela, após um longo silêncio.

— Eu? Não me parece. Desculpe-me, mas que direito teria eu de julgar os outros com severidade se eu próprio preciso de condescendência? Ou a senhorita se esqueceu de que não são poucos os que riem de mim? A propósito — acrescentou ele —, a senhorita cumpriu a sua promessa?

— Qual?

— De rezar por mim?

— Sim, rezei pelo senhor e rezo todos os dias. E o senhor, por favor, não trate isso de modo leviano.

Lavriétski tratou de garantir a Liza que isso nem havia lhe passado pela cabeça, que ele respeitava profundamente todas as crenças; depois ficou falando de religião, do seu significado na história da humanidade, do significado do cristianismo...

— É preciso ser cristão — disse Liza, não sem certo esforço —, não para reconhecer o que é celestial... lá... e o que é terreno... mas porque todos morrerão.

Com involuntária surpresa, Lavriétski ergueu o rosto e encontrou o olhar de Liza.

— Que palavras a senhorita pronunciou! — disse ele.

— Não são palavras minhas — respondeu ela.

— Não são suas... Mas por que falou em morte?

— Não sei. Eu penso nela com frequência.

— Com frequência?

— Sim.

– Quem a visse agora, não diria isso: tem uma expressão tão alegre, iluminada, um sorriso...

– Sim, estou muito contente agora – disse Liza ingenuamente.

Lavriétski foi tomado da vontade de tomar-lhe as duas mãos com firmeza...

– Liza, Liza – começou a gritar Maria Dmítrievna –, venha aqui, veja que bonita carpa eu pesquei.

– Já vou, *maman* – respondeu Liza e dirigiu-se à mãe, enquanto Lavriétski permaneceu no seu salgueiro. "Eu converso com ela como se o meu tempo não tivesse passado", pensou ele.

Ao se afastar, Liza pendurou o chapéu num galho e Lavriétski ficou olhando, com um sentimento estranho, quase terno, para aquele chapéu, para as suas longas fitas um pouco amassadas. Liza logo voltou e de novo postou-se no deque.

– Por que o senhor acha que Vladímir Nikoláitch não tem coração? – perguntou ela passados alguns instantes.

– Eu já lhe disse que posso estar enganado; aliás, o tempo dirá.

Liza ficou pensativa. Lavriétski começou a falar do dia a dia em Vassílevskoe, de Mikhaliévitch, de Anton; ele sentia uma necessidade de conversar com Liza, de contar-lhe tudo o que sentia na alma: ela o ouvia com tanto carinho, com tanta atenção; as raras observações e objeções que fazia lhe pareciam tão simples e inteligentes. Ele disse a Liza inclusive isso.

Liza sorriu.

– Verdade? – perguntou ela. – E eu pensava que, assim como a Nástia, minha camareira, eu não tinha palavras próprias. Ela disse uma vez ao noivo: você deve ficar entediado comigo; você sempre me diz coisas boas, mas eu não tenho *minhas próprias* palavras.

"Graças a Deus!", pensou Lavriétski.

XXVII

Enquanto isso, aproximava-se a noite e Maria Dmítrievna manifestou o desejo de voltar para casa. Foi difícil tirar as meninas do lago, fazer com que se arrumassem. Lavriétski informou que acompanharia as visitas até a metade do caminho e mandou atrelar o cavalo. Ao acomodar Maria Dmítrievna na carruagem, ele procurava Lemm com o olhar, mas o velho não se encontrava em lugar algum. Havia desaparecido assim que terminara a pesca. Anton, com uma força impressionante para a sua idade, bateu as portas e gritou severamente:

– Em frente, boleeiro!

A carruagem pôs-se em movimento. Nos lugares de trás, estavam Maria Dmítrievna e Liza; na frente, as meninas e a camareira. O final de tarde era tépido e sossegado, e as janelas de ambos os lados permaneciam abertas. Lavriétski seguia a trote perto da carruagem, no lado de Liza, com a mão sobre a porta – ele soltara a rédea sobre o cavalo que trotava ritmicamente –, e volta e meia trocava duas ou três palavras com a jovem. A luz do crepúsculo extinguiu-se, caiu a noite, e o ar até esquentou um pouco mais. Maria Dmítrievna logo começou a cochilar; as meninas e a camareira também pegaram no sono. A carruagem rodava num ritmo rápido e regular; Liza inclinou-se para a frente; a lua, que acabara de se erguer, iluminava o seu rosto, uma brisa noturna e aromática soprava na sua face e em seus olhos. Sentia-se tão bem. A mão dela estava apoiada na porta da carruagem, ao lado da mão de Lavriétski. E ele sentia-se igualmente bem: cavalgava na tranquila tepidez noturna, sem tirar os olhos daquele rosto jovem, ouvindo aquela voz fresca e sussurrante, que dizia coisas simples e agradáveis; ele mal percebeu que havia chegado à metade do caminho. Sem querer acordar Maria Dmítrievna, apertou levemente a mão de Liza e disse:

– Agora somos amigos, não somos?

Ela balançou a cabeça, ele parou o cavalo. A carruagem continuou a rodar, oscilando, subindo e descendo levemente. Lavriétski voltou para casa a passo. O encanto da noite de verão o envolvia; tudo ao redor parecia tão diferente e, ao mesmo tempo, tão doce e comum quanto antes; ali perto e ao longe – era possível ver ao longe embora os olhos não entendessem muito daquilo que viam – tudo se aquietara e uma vida nova e florescente manifestava-se nessa quietude. O cavalo de Lavriétski trotava com disposição, meneando cadenciadamente ora para a direita, ora para a esquerda; uma grande sombra negra formava-se a partir dele; havia algo de misterioso e agradável no bater de seus cascos, algo alegre e maravilhoso no piar vibrante das codornizes. As estrelas sumiam numa espécie de escuridão iluminada; a lua crescente brilhava intensa; a sua luz vertia uma faixa azul pelo céu e atingia as nuvenzinhas próximas na forma de uma mancha dourada e nebulosa; o frescor do ar provocava uma leve umidade nos olhos, envolvia carinhosamente todos os membros, corria como uma onda pelo peito. Lavriétski deleitava-se e alegrava-se com o próprio deleite. "Quer dizer que ainda há vida", pensou ele, "ainda não nos esgotou..." Ele não chegou a terminar: quem ou o quê nos esgotou... Depois começou a pensar em Liza, se ela amava ou não amava Panchin; se ele a tivesse encontrado em outras circunstâncias, só Deus sabe o que teria acontecido; e pensou que compreendia Lemm, embora ela não tivesse palavras "próprias". Aliás, isso não era verdade: ela tinha palavras próprias... "Não fale disso levianamente", lembrou Lavriétski. Ele cavalgou de cabeça baixa por muito tempo, depois se aprumou e pronunciou devagar:

– Queimei tudo o que adorara

E adorei tudo o que queimara...

Mas, no mesmo instante, bateu no cavalo com o chicote e galopou a toda até a casa.

Ao descer do cavalo, olhou ao redor pela última vez, com um involuntário sorriso de agradecimento. A noite, a carinhosa e silenciosa noite cobria colinas e vales; lá de longe, de seu âmago balsâmico, sabe Deus de onde – se do céu ou da terra –, vinha um calor leve e suave. Lavriétski fez uma última reverência a Liza e entrou correndo em casa.

O dia seguinte transcorreu bastante moroso. Desde cedo chovia; Lemm espiava sem erguer os olhos e a cada vez apertava mais os lábios, como se tivesse prometido a si mesmo nunca mais abri-los. Na hora de se deitar, Lavriétski levou consigo para a cama um monte inteiro de jornais franceses que há mais de duas semanas permaneciam sobre a mesa sem ser lidos. Então começou a rasgar os envelopes e correu os olhos pelas colunas, nas quais, a propósito, não havia nada de novo. Queria já largar os jornais, mas, de repente, pulou da cama como se picado por uma abelha. No folhetim de um dos jornais o *monsieur* Jules, nosso conhecido, transmitia a seus leitores "uma notícia dolorosa": a encantadora, a adorável moscovita madame de Lavriétski, escrevia ele, uma das tsarinas da moda, adorno dos salões de Paris, faleceu quase subitamente e essa notícia, infelizmente a mais pura verdade, ele acabara de receber. Pode-se dizer – assim continuava a notícia – que ele era amigo da falecida...

Lavriétski vestiu-se, saiu para o jardim e até de manhã ficou andando de um lado a outro de uma mesma aleia.

XXVIII

No dia seguinte, na hora do chá, Lemm pediu a Lavriétski que lhe emprestasse cavalos para voltar à cidade.

– Está na hora de retomar os negócios, ou seja, as aulas – comentou o velho. – Senão fico aqui apenas perdendo tempo.

Lavriétski não respondeu de imediato: parecia distraído.

– Certo – disse ele finalmente –, e eu vou com o senhor.

Sem a ajuda do criado, gemendo e praguejando, Lemm arrumou a sua pequena mala, rasgou algumas páginas de partituras. Trouxeram os cavalos. Ao sair do gabinete, Lavriétski enfiou no bolso o jornal do dia anterior. Durante todo o trajeto, tanto Lemm quanto Lavriétski pouco falaram um com o outro: cada um se ocupava dos próprios pensamentos e cada um estava satisfeito com o silêncio alheio. Despediram-se secamente, como, aliás, acontece com frequência na Rússia entre amigos. Lavriétski levou o velho até a sua casinha, este desceu do carro, pegou a própria mala e, sem estender a mão ao amigo (segurava a mala com ambas as mãos à frente do peito), sem nem mesmo olhar para ele, disse-lhe em russo:

– Adeus!

– Adeus! – repetiu Lavriétski e ordenou ao cocheiro que o levasse ao apartamento.

Ele alugara um apartamento na cidade de O. para caso de necessidade. Depois de escrever algumas cartas e almoçar às pressas, Lavriétski dirigiu-se à casa dos Kalitin. Encontrou na sala de visitas apenas Panchin, o qual lhe informou que Maria Dmítrievna voltaria logo e, no mesmo instante, entabulou uma conversa com cordial amabilidade. Até aquele dia, Panchin dirigira-se a Lavriétski não com ar de superioridade, mas com certa condescendência; entretanto, ao contar sobre o passeio do dia anterior a Panchin, Liza tinha descrito Lavriétski como um homem maravilhoso e inteligente; foi o bastante: era necessário lutar com o homem "maravilhoso". Panchin começou por cumprimentos a Lavriétski pela descrição do êxtase com que, segundo ele, toda a família de Maria Dmítrievna comentara sobre Vassílevskoe e, depois, como de praxe, passou habilmente ao tema da sua própria pessoa, pôs-se a falar de suas próprias atividades, de suas opiniões sobre a vida, o mundo e o trabalho; disse algumas palavras a respeito do porvir da Rússia e do modo como deviam agir os governadores e, nesse ponto, zombou alegremente de si mesmo e acrescentou que, a propósito, em Petersburgo, tinha recebido a incumbência *de populariser l'idée du cadastre*[27]. Falou por bastante tempo, solucionando com descuidada presunção todas as dificuldades e brincando com as mais importantes questões administrativas e políticas como um malabarista brinca com bolas. As expressões: "Eis como eu faria se fosse um governante", "O senhor, como homem inteligente que é, concordará logo comigo" não paravam de aparecer em seu discurso. Lavriétski ouvia com indiferença a verborragia de Panchin: não lhe agradava aquele homem bonito, inteligente e desnecessariamente elegante, com um sorriso claro, voz cortês, olhos escrutadores. Panchin logo deduziu, com sua pronta compreensão das sensações dos outros, que não proporcionava especial satisfação a seu interlocutor

---

27. Popularizar a ideia do cadastramento. Em francês no original. (N.T.)

e afastou-se, dando uma desculpa plausível, depois de concluir que Lavriétski até podia ser um homem maravilhoso, mas era antipático, *aigri*[28] e *en somme*[29] um tanto ridículo. Maria Dmítrievna apareceu acompanhada de Guedeónovski; depois entrou Marfa Timoféievna com Liza; atrás delas, os outros agregados; mais tarde chegou Belenítsina, amante da música, uma dama pequena, magrinha, de rostinho bonito, cansado, quase infantil, num vestido preto farfalhante, com um leque preto e grossos braceletes dourados; junto chegou o marido, um homem rechonchudo, de faces coradas, pés e mãos grandes, cílios brancos e um sorriso congelado nos lábios grossos; na casa de outros, a esposa nunca falava com ele, mas, na própria casa, nos minutos de ternura, costumava chamá-lo de meu leitãozinho. Panchin voltou: os cômodos estavam cheios e barulhentos. Tanta gente junta não combinava com o caráter de Lavriétski, e Belenítsina o incomodava particularmente, pois de tempo em tempo fixava nele o pincenê. Ele teria ido embora se não fosse por Liza. Queria dizer-lhe umas duas palavras a sós, mas não conseguia encontrar o momento adequado e satisfazia-se em acompanhá-la com o olhar, em secreta alegria; o rosto de Liza nunca lhe parecera tão magnífico e querido. Ela saía ganhando, e muito, ao lado de Belenítsina. Esta se remexia na cadeira sem parar, repuxava os ombrinhos estreitos, dava risinhos afetados, ora apertava, ora arregalava os olhos. Liza estava calma, olhava de modo direto e não ria. A anfitriã sentou-se para jogar cartas com Marfa Timoféievna, Belenítsina e Guedeónovski, que jogava muito lentamente, errava o tempo todo, franzia os olhos e limpava o rosto com o lenço. Panchin tomou um ar melancólico e manifestava-se em poucas palavras

---

28. Exasperado. Em francês no original. (N.T.)
29. Em resumo. Em francês no original. (N.T.)

muito significativas e pesarosas – um pintor exibicionista sem tirar nem pôr –, mas, apesar das súplicas de Belenítsina, que se dirigia a ele como uma coquete, não concordou em cantar sua romança: Lavriétski o deixava constrangido. Fiódor Ivánitch também falava pouco, e a expressão singular de seu rosto impressionou Liza assim que ela entrou na sala: imediatamente sentiu que ele queria lhe dizer algo, mas tinha medo, não sabia por quê, de perguntar o que era. Finalmente, ao sair da sala para servir chá, ela voltou a cabeça de modo involuntário na direção de Lavriétski. Ele logo saiu atrás dela.

– O que o senhor tem? – perguntou ela, colocando a chaleira no samovar.

– Será que a senhorita percebeu alguma coisa? – disse ele.

– O senhor não se parece com aquele que vi até hoje.

Lavriétski inclinou-se sobre a mesa.

– Eu queria lhe dar uma notícia – começou ele –, mas agora isso é impossível. A propósito, leia o que está marcado a lápis nesse folhetim – acrescentou ele, entregando a Liza o exemplar do suplemento que levava consigo. – Peço que mantenha isso em segredo, passarei aqui amanhã cedo.

– Lizavieta Mikhailovna, a senhorita leu *Obermann*[30]? – perguntou-lhe Panchin, pensativo.

Liza disse qualquer coisa de passagem e subiu as escadas. Lavriétski voltou para a sala de visitas e aproximou-se da mesa de jogo. Marfa Timoféievna soltou a fita da touca, enrubesceu e começou a queixar-se do parceiro Guedeónovski, que, segundo ela, não sabia dar os passos.

---

30. Romance do escritor francês Étienne Pivert de Senancour (1770-1846). (N.T.)

— Pelo visto, jogar cartas não é o mesmo que inventar assuntos.

Guedeónovski continuava a apertar os olhos e limpar-se. Liza entrou na sala e sentou-se a um canto; Lavriétski olhou para ela, ela também o fitou e ambos ficaram quase assustados. Ele leu incredulidade e certa recriminação silenciosa no rosto dela. Conversar como queria era impossível; ficar na mesma sala como um convidado entre outros era torturante: ele resolveu ir embora. Ao despedir-se dela, conseguiu repetir que voltaria no dia seguinte e acrescentou que confiava na sua amizade.

— Venha — respondeu ela, com a mesma incredulidade no rosto.

Panchin animou-se com a saída de Lavriétski; começou a dar conselhos a Guedeónovski, fez mesuras espirituosas a Belenítsina e, finalmente, cantou a sua romança. Com Liza, no entanto, ele conversava como antes e olhava para ela também como antes: de modo significativo e um tanto pesaroso.

Lavriétski mais uma vez não dormiu nada à noite. Ele não estava triste, não estava preocupado, apenas se aquietara completamente, mas, de qualquer modo, não conseguia dormir. Não se lembrava do passado, apenas olhava a própria vida; seu coração batia com força, as horas passavam voando e nada de sono. De tempos em tempos, apenas surgia em sua mente um pensamento: "Não, isso é mentira, isso é absurdo" e ele então parava, baixava a cabeça e de novo punha-se a olhar a própria vida.

XXIX

Maria Dmítrievna não recebeu Lavriétski muito carinhosamente quando ele apareceu no dia seguinte. "Veja só, virou hábito", pensou ela. Já não gostava muito dele e, além disso, também Panchin, sob cuja influência ela se encontrava, fizera elogios a ele na véspera com maldade e desdém. Uma vez que não o considerava uma visita e não julgava necessário fazer sala para um parente, uma pessoa quase de casa, menos de meia hora depois ele já saía com Liza pela aleia do jardim. Lénotchka e Chúrotchka corriam a alguns passos deles pelo canteiro.

Liza estava tranquila como de costume, porém mais pálida do que o normal. Ela tirou do bolso e estendeu a Lavriétski a folha do suplemento bem dobrada.

– Isso é terrível! – exclamou ela.

Lavriétski não disse nada.

– E também pode não ser verdade – acrescentou Liza.

– Por isso pedi que não falasse sobre isso a ninguém.

Liza deu mais alguns passos.

– Diga, o senhor não está angustiado? Nem um pouco?

– Nem eu sei o que estou sentindo – respondeu Lavriétski.

– Mas antes o senhor não a amava?
– Amava.
– Muito?
– Muito?
– E não está angustiado?
– Não foi agora que ela morreu para mim.

— É pecado isso que o senhor está dizendo... Não se ofenda. O senhor me chama de amiga: amigos podem falar tudo. Para mim, na verdade, é terrível... Ontem o senhor tinha uma expressão nada boa no rosto... Lembra-se? Há pouco tempo o senhor se queixava dela e, talvez, naquele momento, ela já não estivesse neste mundo. É terrível. Mandaram-lhe um castigo.

Lavriétski deu um sorriso amargo.

— A senhorita acha? Pelo menos agora estou livre.

Liza estremeceu levemente.

— Chega, não fale assim. Que importância tem a sua liberdade? Não é sobre ela que deve pensar agora, mas sim sobre perdão...

— Eu a perdoei muito tempo atrás — interrompeu-a Lavriétski e deu de ombros.

— Não, não é isso... — disse Liza, enrubescendo. — O senhor me entendeu mal. O senhor deve se preocupar em ser perdoado...

— E a quem vou pedir perdão?

— A quem? A Deus. Quem, além de Deus, pode nos perdoar?

Lavriétski pegou-lhe a mão.

— Ah, Lizavieta Mikháilovna, acredite — exclamou ele —, eu já fui tão castigado. Já expiei todos os pecados, acredite.

— Isso o senhor não pode saber — disse ela a meia-voz. — O senhor se esqueceu de que ainda há pouco, quando nós dois conversávamos, não queria perdoá-la?

Ambos caminharam pela aleia em silêncio.

— E a sua filha? — perguntou Liza de repente e parou.

Lavriétski agitou-se.

— Oh, não se preocupe! Eu já mandei cartas a todos os lugares. O futuro da minha filha, como a senhorita... como a senhorita disse... está garantido. Não se preocupe.

Liza sorriu, compadecida.

– Mas a senhorita está certa – continuou Lavriétski –, que importância tem a minha liberdade? De que ela me serve?

– Quando foi que o senhor recebeu essa revista? – replicou Liza, sem responder à pergunta dele.

– Um dia depois da visita de vocês.

– E será... será que o senhor nem chorou?

– Não. Eu fiquei surpreso; mas de onde tiraria lágrimas? Chorar pelo passado? Como, se ele virou cinzas! O comportamento dela não destruiu a minha felicidade, apenas me mostrou que nunca havia existido felicidade. Então chorar por quê? Aliás, quem sabe? Talvez eu tivesse ficado mais angustiado se tivesse recebido esta notícia duas semanas antes...

– Duas semanas? – repetiu Liza. – E o que foi que aconteceu nessas duas semanas?

Lavriétski não respondeu nada, mas Liza enrubesceu de repente e ainda mais do que antes.

– Sim, sim, a senhorita adivinhou – replicou Lavriétski subitamente –, no decorrer dessas duas semanas eu descobri o que significa a alma feminina pura e o meu passado parece que se afastou ainda mais de mim.

Liza perturbou-se e dirigiu-se em silêncio ao canteiro, na direção de Lénotchka e Chúrotchka.

– Estou satisfeito por ter mostrado o suplemento à senhorita – disse Lavriétski, caminhando atrás dela –, acostumei me a não lhe esconder nada e espero que a senhorita também me credite igual confiança.

– O senhor acha? – perguntou Liza e parou. – Nesse caso, eu deveria... Não! É impossível.

– O que foi? Diga, diga.

– Na verdade, parece-me que não devo... Aliás – acrescentou Liza, dirigindo-se a Lavriétski com um sorriso –, de que vale uma sinceridade pela metade? Sabe de uma coisa? Hoje recebi uma carta.

– De Panchin?

– Sim, dele... Como o senhor sabe?

– Ele pede a sua mão?

– Sim – escandiu Liza e fitou os olhos de Lavriétski direta e seriamente.

Lavriétski, por sua vez, também olhou para ela com seriedade.

– E então? O que a senhorita lhe respondeu? – perguntou ele finalmente.

– Eu não sei o que responder – disse Liza e baixou as mãos.

– Como assim? A senhorita o ama?

– Sim, eu gosto dele; parece um homem bom.

– A senhorita me disse isso, com essas mesmas palavras, três dias atrás. O que quero saber é se a senhorita o ama, se tem por ele aquele sentimento forte, apaixonado, que costumamos chamar de amor.

– No sentido que o senhor falou: não.

– Não está apaixonada por ele?

– Não. Mas isso é necessário?

– Como?

– Mamãe gosta dele – continuou Liza –, ele é bom; eu não tenho nada contra ele.

– Entretanto, está em dúvida?

– Sim... e talvez o motivo seja o senhor, as suas palavras. Lembra-se do que disse dois dias atrás? Mas isso é uma fraqueza...

– Oh, minha criança! – exclamou de repente Lavriétski e a sua voz tremeu. – Não se faça de tão sábia, não chame de fraqueza o grito do seu coração que não quer se entregar sem amor. Não assuma responsabilidade tão terrível diante de um homem que a senhorita não ama e a quem não quer pertencer...

– Eu entendo, eu não estou assumindo nenhuma responsabilidade – começou Liza...

– Ouça o seu coração; só ele lhe dirá a verdade – interrompeu-a Lavriétski. – Experiência, juízo, tudo isso é futilidade e espetáculo! Não abra mão da melhor, da única felicidade na terra.

– Logo o senhor diz isso, Fiódor Ivánitch? O senhor se casou por amor. E foi feliz, por acaso?

Lavriétski ergueu os braços.

– Ai, não fale de mim! A senhorita não conseguiria entender tudo o que um garoto inexperiente, que não recebeu uma boa educação pode tomar como amor! Mas, afinal, para que ficar caluniando a si próprio? Acabei de lhe dizer que eu não conheci a felicidade... Não! Eu fui feliz!

– Parece-me que neste mundo, Fiódor Ivánitch – disse Liza, baixando a voz (quando não concordava com o seu interlocutor, ela sempre baixava a voz; ademais, ficava muito agitada) –, a felicidade não depende de nós...

– Depende, depende, acredite em mim – ele tomou-lhe as duas mãos; Liza empalideceu e olhou para ele quase com medo, mas atentamente –, é só não estragarmos a própria vida. Para outros, o casamento com amor pode ser uma infelicidade; mas, para a senhorita, com o seu caráter tranquilo, com a sua alma pura! Eu lhe imploro, não se case sem amor, apenas pelo senso do dever, por renúncia, por... É a mesma falta de religiosidade, o mesmo cálculo da razão... e até pior. Acredite em mim, eu tenho o direito de dizer isso: paguei muito caro por esse direito. E se o seu Deus...

Nesse instante, Lavriétski notou que Lénotchka e Chúrotchka estavam ao lado de Liza, olhando fixamente para ela, com surpresa. Ele soltou as mãos de Liza e acrescentou às pressas:

— Desculpe-me, por favor.

Então caminhou na direção da casa.

— Peço-lhe apenas uma coisa — disse ele, voltando-se para Liza —, não tome nenhuma decisão agora, espere, pense a respeito de tudo o que eu lhe disse. Se a senhorita não acreditar em mim, se decidir aceitar um casamento por conveniência, então que não seja com o senhor Panchin: ele não pode ser seu marido... A senhorita concorda, promete não se precipitar?

Liza queria responder, mas não disse nenhuma palavra, e isso não por que resolvera "se apressar", mas sim porque o seu coração batia acelerado e um sentimento próximo do pavor tomava-lhe a respiração.

XXX

Ao sair da casa dos Kalitin, Lavriétski encontrou Panchin; os dois fizeram uma fria reverência um ao outro. Já em sua casa, Lavriétski trancou-se no quarto. Experimentava sensações nunca experimentadas antes. Fazia muito tempo que vivera aquela situação de "resignado entorpecimento"? Fazia muito tempo que se sentira, como costumava dizer, no fundo do poço? O que mudou desde então? O que o trouxe à superfície, ao lado de fora? Será que foi a morte: esse acaso comum e inevitável, apesar de sempre esperado? Sim, mas não era na morte da esposa nem na própria liberdade que ele pensava o tempo todo, e sim na resposta que Liza daria a Panchin. Ele sentia que, ao longo dos últimos três dias, passara a vê-la com outros olhos; lembrou que, voltando para casa no silêncio da noite e pensando nela, dizia a si mesmo: "E se eu...". Esse "e se eu", que se referia ao passado, ao impossível, tornou-se realidade, embora não da maneira como ele imaginava então. A sua liberdade, porém, era pouco. "Ela dará ouvidos à mãe", pensava ele, "vai se casar com Panchin. E ainda se recusar o pedido dele, será que isso faz alguma diferença para mim?" Ao passar diante do espelho, Lavriétski lançou um olhar ocasional ao próprio rosto e deu de ombros.

O dia passou rapidamente em meio a essas reflexões; entrou a noite. Lavriétski dirigiu-se à casa dos Kalitin. Seguia às pressas, mas, ao se aproximar da casa, reduziu os passos. Na entrada estava a sege de Panchin. "Bem", pensou Lavriétski, "não serei egoísta." E dirigiu-se à casa. Não encontrou ninguém e a sala de visitas parecia em silêncio. Quando abriu a porta, viu

Maria Dmítrievna jogando *piquet*[31] com Panchin. Panchin inclinou-se numa reverência, enquanto a dona da casa exclamava:

– Que surpresa! – e franzia levemente a testa.

Lavriétski sentou-se ao lado e começar a olhar as cartas de Maria Dmítrievna.

– E o senhor sabe jogar *piquet*? – perguntou ela, um tanto contrariada, e logo acrescentou que fizera uma má jogada.

Panchin marcou noventa e começou a pegar cartas de modo calmo e cortês, com uma expressão séria e digna no rosto. Deve ser assim que jogam os diplomatas; provavelmente era assim que o próprio Panchin jogava em Petersburgo com algum poderoso dignatário ao qual queria transmitir uma boa impressão de solidez e maturidade. "Cento e um, cento e dois, copas, cento e três", soava com regularidade a voz de Panchin, e Lavriétski não conseguia distinguir se ela expressava censura ou presunção.

– Eu poderia ver Marfa Timoféievna? – perguntou ele, notando que Panchin pusera-se a baralhar as cartas com grande satisfação.

Do artista que havia nele não se notava nem sombra.

– Penso que sim. Ela está no quarto, lá em cima – respondeu Maria Dmítrievna. – Pode subir.

Lavriétski subiu as escadas. Encontrou Marfa Timoféievna também no jogo de cartas: ela jogava bobo com Nastassia Kárpovna. Roska latiu para ele, mas as duas velhinhas receberam-no com alegria; Marfa Timoféievna estava especialmente de bom humor.

– Ah! Fiédia! Fique à vontade – disse ela. – Sente-se, meu querido. Já estamos terminando. Quer um pouco de geleia? Chúrotchka, pegue o vidro de geleia

---

31. Jogo de cartas que se joga em dupla. (N.T.)

de morango. Não quer? Então se sente; mas fumar, não fume: não suporto esse seu tabaco e ele faz o Matrós espirrar.

Lavriétski apressou-se a explicar que não pretendia fumar.

— Esteve lá embaixo? — continuou a velhinha. — Quem você viu? Panchin continua aqui? Viu Liza? Não? Ela ficou de vir... Olhe, foi só falar no nome dela.

Liza entrou no cômodo e enrubesceu ao ver Lavriétski.

— Marfa Timoféievna, eu passei aqui apenas um minutinho... — começou ela.

— Por que apenas um minutinho? — perguntou a velha. — Por que vocês, mocinhas, não podem parar num lugar? Não está vendo: tenho visita, converse com ele, faça sala.

Liza sentou-se na ponta da cadeira, ergueu os olhos para Lavriétski e sentiu que não podia deixar de lhe contar como terminara o encontro com Panchin. Mas como fazer isso? Tinha vergonha, estava constrangida. Fazia pouco tempo que conhecia aquele homem que raramente ia à igreja e que enfrentava o falecimento da mulher com tanta indiferença. Mesmo assim já queria lhe contar segredos... É verdade que ele tinha participação na história; ela própria confiava nele e sentia-se atraída por ele; mas, apesar disso, tinha vergonha: um estranho havia entrado em seu espaço puro, de donzela.

Marfa Timoféievna veio em seu auxílio.

— Se você não fizer a sala para ele, quem então fará isso, pobrezinho? Eu sou velha demais para ele, ele é inteligente demais para mim; para Nastassia Kárpovna, é velho demais: ela agrada mais aos jovens.

— Como vou entreter Fiódor Ivánitch? — perguntou Liza. — O melhor seria tocar algo ao piano, se ele quiser — completou ela em tom decidido.

– Excelente! Que esperta você é – disse Marfa Timoféievna. – Desçam, meus queridos; quando terminarem, subam de novo. Eu perdi no bobo, é uma vergonha, quero uma revanche.

Liza ergueu-se. Lavriétski saiu atrás dela. Ela parou no meio da escada.

– É verdade o que dizem – começou ela –, no coração humano há um mar de contradições. O exemplo do senhor devia me meter medo, fazer com que eu duvidasse do casamento por amor, mas...

– A senhorita recusou o pedido? – interrompeu-a Lavriétski.

– Não, mas também não o aceitei. Disse-lhe tudo: tudo o que sinto e pedi que ele esperasse. Está satisfeito? – acrescentou ela com um sorriso rápido e desceu às pressas, encostando de leve no corrimão.

– O que devo tocar? – perguntou ela, erguendo a tampa do piano.

– O que quiser – respondeu Lavriétski e sentou-se de modo a poder olhar para ela.

Liza começou a tocar e ficou com os olhos fixos nos próprios dedos por muito tempo. Finalmente, olhou para Lavriétski e parou de tocar: o rosto dele pareceu-lhe tão extraordinário, tão estranho.

– O que o senhor tem? – perguntou ela.

– Nada – respondeu ele –, sinto-me muito bem; estou feliz pela senhorita, estou feliz em vê-la, continue.

– Parece-me – disse Liza alguns minutos depois – que, se realmente me amasse, ele não teria escrito aquela carta; devia ter percebido que eu não posso dar uma resposta agora.

– Isso não tem importância – afirmou Lavriétski –, o importante é que a senhorita não o ama.

– Pare! Que tipo de conversa é essa! A sua esposa o tempo todo surge diante de meus olhos e o senhor me parece terrível.

– Não é verdade, Voldemar, que a minha Lizet toca com muito graça? – disse Maria Dmítrievna a Panchin nesse mesmo instante.

– Sim – respondeu Panchin –, com muito graça.

Maria Dmítrievna olhou o seu jovem parceiro de jogo com carinho, enquanto ele assumia um ar ainda mais importante e atarefado e anunciava o rei, de valor 14.

XXXI

Lavriétski não era mais um jovem; não podia se enganar por muito tempo a respeito do sentimento que Liza despertara nele; nesse dia, convenceu-se definitivamente de que a amava. A confirmação não lhe trouxe alegria. "Será", pensou ele, "que aos trinta e cinco anos de idade não tenho nada melhor para fazer do que de novo colocar a minha alma nas mãos de uma mulher? Mas Liza não é como a outra: não exigiria de mim sacrifícios infames, não me afastaria de minhas obrigações, ela própria me estimularia a trabalhar duro, honestamente e nós dois perseguiríamos um nobre objetivo juntos. Sim", concluiu as próprias reflexões, "tudo isso é bom, mas o mal está em que ela não vai querer se casar comigo. Não foi à toa que me disse que eu lhe dou medo. Em compensação, não ama Panchin... Inútil consolo!"

Lavriétski foi para Vassílevskoe; mas não ficou lá nem quatro dias, tal era o tédio. Além disso, pesava-lhe a espera: a notícia divulgada pelo sr. Jules exigia confirmação, mas ele não tinha recebido nenhuma carta. Lavriétski voltou para a cidade e passou a tarde na casa dos Kalitin. Percebeu claramente que Maria Dmítrievna estava contra ele; apesar disso, conseguiu enternecê-la um pouco, perdendo quinze rublos no jogo de *piquet*; além disso, passou quase meia hora sozinho com Liza, embora a mãe tivesse recomendado no dia anterior que ela não se permitisse intimidade com um homem *qui a un si grand ridicule*[32]. Ele a encontrou mudada: estava mais pensativa, recriminou-o pela ausência e perguntou-lhe

---

32. Com o qual acontecera algo tão deplorável. Em francês, no original. (N.T.)

se não iria no dia seguinte às vésperas (o dia seguinte era um domingo).

– Vá – disse ela antes que ele pudesse responder –, juntos rezaremos pelo descanso da alma *dela*.

Depois acrescentou que não sabia como devia agir, não sabia se tinha o direito de deixar Panchin esperando por sua decisão.

– Por quê? – perguntou Lavriétski.

– Porque eu agora já começo a suspeitar qual será a minha resposta – disse ela.

Ela comunicou que estava com dor de cabeça e subiu para o quarto, depois de, meio indecisa, ter estendido a pontinha dos dedos a Lavriétski.

No dia seguinte, Lavriétski foi às vésperas. Liza já estava na igreja quando ele chegou. Ela reparou na presença dele, embora não tivesse se voltado para cumprimentá-lo. Concentrava-se na oração: em silêncio cintilavam-lhe os olhos, em silêncio ela fazia a reverência e erguia a cabeça. Lavriétski sentiu que ela rezava também por ele e a sua alma encheu-se de um estranho enternecimento. Sentia-se bem, mas um pouco culpado. Tudo ali tocava o seu coração: o povo cerimoniosamente de pé, rostos conhecidos, cantos em uníssono, o perfume de benjoim, os longos raios diagonais, vindos das janelas, e até a escuridão das paredes e das abóbadas. Fazia tempo que não entrava em uma igreja, fazia tempo que não se dirigia a Deus; e mesmo ali não pronunciou nenhuma palavra das preces, e mesmo sem palavras não rezou, mas, por um breve instante, se não bem com o seu corpo, então com toda a sua intenção, inclinou-se resignado para a terra. Lembrou-se de que, na infância, sempre que ia à igreja rezava até sentir na testa uma espécie de toque, um frescor; naquela época, pensava que era o seu anjo da guarda que lhe pousava o sinal de escolhido. Ergueu os olhos para Liza... "Você me trouxe até aqui", pensou ele, "tocou-me, tocou a minha alma." Ela também rezava em silêncio; o seu rosto pareceu-lhe alegre e ele de novo se comoveu, pediu pela alma da esposa, um bom descanso, perdão...

Encontraram-se no adro da igreja; ela o cumprimentou com um ar circunspecto, mas alegre e carinhoso. O sol iluminava fortemente a vegetação viçosa no pátio e os vestidos e lenços coloridos das mulheres; os sinos das igrejas vizinhas tocavam do alto das torres; pombos arrulhavam pelas cercas. Lavriétski estava de pé, sem chapéu e sorria; um ventinho leve erguia suavemente os seus cabelos e as pontas da fita do chapéu de Liza. Ele acompanhou Liza e Lénotchka até a carruagem, distribuiu todo o seu dinheiro aos mendigos e arrastou-se silenciosamente na direção de casa.

XXXII

Vieram dias difíceis para Fiódor Ivánitch. Ele se encontrava constantemente em estado febril. Todo dia pela manhã dirigia-se ao correio, rompia o lacre de cartas e revistas com inquietação, mas não encontrava em lugar algum aquilo que poderia confirmar ou desmentir o boato fatal. Às vezes, via-se até como um ser nojento: "Por que estou aqui esperando a notícia da confirmação da morte da minha esposa, como um corvo em busca de carniça?", pensava ele. Lavriétski ia à casa dos Kalitin todos os dias; mas nem lá se sentia mais leve: a dona da casa amuava-se abertamente à chegada dele, recebia-o como se fizesse um favor; Panchin dirigia-se a ele com exagerada cortesia; Lemm dava-se ares de misantropo e mal o cumprimentava; e o mais importante: Liza parecia fugir dele. Quando acontecia de ficarem sozinhos, ela transparecia perturbação em vez da antiga confiança; ela não sabia o que lhe dizer e ele próprio se confundia. Em poucos dias, Liza tornara-se uma desconhecida para ele: em seus movimentos, na voz, em cada sorriso, notava-se uma misteriosa inquietação, uma aspereza antes inexistente. Maria Dmítrievna, uma verdadeira egoísta, não desconfiava de nada, mas Marfa Timoféievna estava muito atenta à sua protegida. Mais de uma vez Lavriétski recriminou-se por ter mostrado a Liza aquele exemplar da revista: ele não podia deixar de pensar que, em seu próprio estado de alma, havia algo que indignava um coração puro. Pressupunha também que a mudança em Liza decorria da luta consigo mesma, de suas dúvidas: que resposta dar a Panchin? Certa vez, Liza devolvera-lhe um livro, um romance de Walter Scott, que ela própria tinha pedido emprestado.

– A senhorita leu o livro? – perguntou ele.

– Não, não estou para livros agora – respondeu ela e fez menção de ir embora.

– Espere um pouco; há tanto tempo não ficamos sozinhos. Parece que a senhorita tem medo de mim.

– Tenho.

– E por que, se me permite?

– Não sei.

Lavriétski calou-se.

– Diga-me – começou ele –, a senhorita ainda não se decidiu?

– A respeito de que o senhor está falando? – perguntou ela, sem erguer os olhos.

– A senhorita sabe...

Liza de repente se ruborizou.

– Não me pergunte nada – disse ela, inflamada –, eu não sei de nada, eu não me reconheço...

E saiu no mesmo instante.

No dia seguinte, Lavriétski chegou à casa das Kalitin após o almoço e encontrou-as nos preparativos para as vésperas. No canto da sala de visitas, sobre uma mesinha quadrada coberta com uma toalha limpa, já estavam ícones pequenos, de molduras douradas, apoiados na parede, com pequeninos diamantes foscos nas corolas. O velho criado, num fraque cinzento e de sapatos, caminhava devagar por todo o cômodo, sem bater os saltos: colocou duas velas de cera em castiçais finos diante dos ícones, fez o sinal da cruz, inclinou-se e saiu em silêncio. A sala estava vazia e de luzes apagadas. Lavriétski entrou na copa e perguntou – é dia do santo de alguém? Responderam-lhe em sussurros que não, que as vésperas tinham sido preparadas a pedido de Lizavieta Mikháilovna e Marfa Timoféievna, que queriam usar o ícone milagroso, mas ele estava a trinta verstas de distância, na casa de um doente. Junto com os sacristãos, logo chegou o sacerdote, um homem calvo, de meia-idade, e tossiu alto junto à entrada; imediatamente as damas saíram do gabinete em fila e aproximaram-se dele para receber a benção; Lavriétski cumprimentou-as com uma reverência, em silêncio; e elas repetiram o seu gesto. O sacerdote permaneceu quieto um instante, tossiu novamente e perguntou a meia-voz, num tom profundo:

– Desejam começar?

– Sim, comece, paizinho – disse Maria Timoféievna.

Ele começou a colocar os paramentos; o sacristão, em seu traje típico, pediu servilmente um pedacinho de carvão; exalou-se um perfume de benjoim. Da entrada, veio a criadagem e parou como grupo compacto junto às portas. Roska, que nunca saía do andar superior, apareceu de repente na sala de visitas: puseram-se a enxotá-la, ela se assustou, girou em torno de si mesma e sentou-se; um dos criados levou-a embora. Começaram as vésperas. Lavriétski afastou-se para um canto; sentia-se estranho, quase triste; ele próprio não conseguia distinguir com clareza o que sentia. Maria Dmítrievna postara-se à frente de todos, diante das poltronas; persignava-se com requinte e desdém, à moda da nobreza – ora olhava ao redor, ora erguia repentinamente o olhar para cima, entediava-se. Marfa Timoféievna parecia preocupada; Nastassia Kárpovna fazia reverências profundas e erguia-se com humildade e leve rumor; Liza permaneceu como estava, não se mexia nem saía do lugar; pela expressão concentrada do rosto, podia-se adivinhar que ela rezava sincera e devotadamente. Ao se aproximar da cruz no final da cerimônia, ela beijou do mesmo modo a grande mão vermelha do sacerdote. Maria Dmítrievna convidou-o a tomar chá; ele tirou o paramento, assumiu um ar de pessoa comum e, junto com as damas, dirigiu-se à sala de visitas. Puseram-se a conversar, sem grande animação. O sacerdote tomou quatro xícaras de chá, limpando constantemente a calva com um lenço, contou, de passagem, que o vendedor Avochnikov contribuiu com setecentos rublos para a douração da "cumpula" da igreja e deu notícias de um novo recurso contra sardas. Lavriétski teria se aproximado de Liza, mas ela manteve uma atitude severa, quase grosseira, e não olhou para ele nem uma vez. Era como se evitasse notá-lo de propósito; parecia tomada de um frio e imponente êxtase. Lavriétski tinha vontade de sorrir e dizer algo excepcional, mas o seu coração estava confuso e, finalmente, ele acabou indo embora, numa perplexidade incompreensível... Ele sentia que havia algo em Liza no qual ele não conseguia penetrar.

Em outro dia, sentado na sala de visitas, ouvindo a verborreia suave e intrincada de Guedeónovski, de repente, sem saber por que, Lavriétski virou-se e capturou um olhar intenso, atento e interrogativo de Liza... O olhar, aquele olhar misterioso, dirigia-se a ele. Depois, durante toda a noite, ficou pensando nisso. Amava Liza não como um garoto, não lhe caía bem suspirar e languescer e também não era esse tipo de sentimento que Liza despertava; mas o amor, em qualquer idade, tem os seus sofrimentos – e ele os experimentava inteiramente.

XXXIII

Certa vez Lavriétski, como de costume, estava na casa dos Kalitin. Depois de um dia quentíssimo, veio um final de tarde tão maravilhoso que Maria Dmítrievna, embora avessa a correntes de vento, ordenou que abrissem todas as janelas e portas que davam para o jardim e informou que não jogaria cartas: jogar cartas com um tempo daquele seria um pecado, convinha aproveitar a natureza. De visita, havia apenas Panchin. Mal-humorado e sem querer cantar na frente de Lavriétski, mas sentindo uma onda de sensação artística, ele lançou-se à poesia: recitou bem, mas muito racionalmente e com precisão desnecessária, alguns poemas de Liérmontov (na época, Púchkin ainda não voltara à moda) e, de repente, envergonhando-se do próprio derramamento, começou, a respeito do conhecido "Duma", a ofender e recriminar a geração mais nova; além disso, não perdeu a oportunidade de anunciar como mudaria tudo caso o poder estivesse em suas mãos.

– A Rússia – disse ele – está atrasada em relação à Europa; é preciso vencer essa distância. Garantem que somos jovens. Isso é besteira! E, ainda mais, não há engenhosidade entre nós; o próprio Khomiakov reconhece que não inventamos nem a ratoeira. Por isso, contra a nossa vontade, temos de tomar tudo emprestado dos outros. Estamos doentes, diz Liérmontov – eu concordo com ele; mas estamos doentes porque apenas metade de nós tornou-se europeia; aquilo que nos adoece também deve nos curar (*Le cadastre*, pensou Lavriétski). Entre nós – continuou ele – as melhores cabeças, *les meilleures têtes* – há muito se convenceram disso; todos os povos são iguais na essência; basta promover boas instituições – e ponto final. Dizem que é possível nivelar o hábito do povo já existente; isso é tarefa nossa, tarefa de homens... dos funcionários (por pouco não disse: estatais); mas, em caso de necessidade, não se preocupe: as instituições serão recriadas pelo próprio hábito.

Maria Dmítrievna concordava humildemente com Panchin. "Que homem inteligente está conversando aqui, em minha casa", pensava ela. Liza aproximou-se da janela, em silêncio; Lavriétski também estava em silêncio; Marfa Timoféievna, que jogava cartas num canto com a sua protegida, permanecia muda. Panchin andava cerimoniosamente pelo cômodo e falava bonito, mas com um misterioso rancor: parecia que xingava não uma geração inteira, mas alguns conhecidos seus. No jardim dos Kalitin, num grande arbusto de lilases, vivia um rouxinol que agora soltava os primeiros sons vespertinos, nos intervalos do discurso empolado; as primeiras estrelas começavam a brilhar no céu cor-de-rosa, sobre as copas imóveis das tílias. Lavriétski ergueu-se e começou a fazer objeções a Panchin; teve início uma discussão. Lavriétski defendia a juventude e a independência da Rússia; entregava-se, entregava a própria geração como vítima, mas defendia os novos por suas certezas e aspirações; Panchin objetava com irritação e rudeza, anunciava que as pessoas inteligentes deviam refazer tudo e, no final esquecido de próprio título de camareiro e da própria carreira no funcionalismo, chegou ao ponto de chamar Lavriétski de conservador ultrapassado e até mencionou, diga-se, aliás, muito de passagem, a inadequada posição social do seu interlocutor. Lavriétski não se ofendeu, não elevou a voz (lembrou-se de que Mikhaliévitch também o havia chamado de ultrapassado, só que voltairiano) e, calmamente, atacou Panchin por todos os lados. Demonstrou a impossibilidade de saltos e reconstruções de cima para baixo, a partir das alturas da consciência dos servidores do Estado – reconstruções não sancionadas nem pelo conhecimento da terra natal nem pela verdade real do ideal, ainda que de um ideal negativo; deu como exemplo a própria educação, exigiu, antes de tudo, o reconhecimento da verdade popular e a aceitação dessa verdade pelos funcionários, aceitação sem a qual também a coragem contra a mentira não seria possível. No final, Lavriétski não se esquivou da recriminação, a seu ver merecida, ao gasto inútil de tempo e esforços.

– Tudo isso é maravilhoso! – exclamou finalmente Panchin, no auge da irritação. – Mas eis que o senhor voltou para a Rússia: o que pretende fazer agora?

– Plantar – respondeu Lavriétski – e tentar plantar da melhor maneira possível.

– Isso é muito louvável, sem dúvida – declarou Panchin –, e disseram-me que o senhor já teve grandes êxitos nesse aspecto, mas terá de concordar comigo que nem todos são capazes de executar essa tarefa.

– *Une nature poétique* – disse Maria Dmítrievna –, é claro que não pode plantar... *et puis*... o senhor, Vladímir Nikolaitch, é um escolhido, faz tudo *en grand*.

Isso foi demais até para Panchin: ele ficou envergonhado e abrandou a conversa. Tentou mudar o assunto para a beleza do céu estrelado, a música de Schubert – mas nada deu certo; então terminou por convidar Maria Dmítrievna a jogar cartas.

– Como! Numa tarde desta! – exclamou ela com franqueza; no entanto, ordenou que trouxessem o baralho.

Panchin cortou com um estalido o baralho novo, enquanto Liza e Lavriétski, como se conversassem, levantaram-se e colocaram-se de pé ao lado de Marfa Timoféievna. De repente, sentiram-se tão bem um ao lado do outro e, ao mesmo tempo, sentiram que a vergonha experimentada por eles nos últimos dias havia desaparecido e não voltaria mais. A velha apertou as bochechas de Lavriétski às escondidas, deu uma piscada marota e balançou a cabeça algumas vezes, dizendo baixinho:

– Deu uma lição no espertinho, obrigada.

Tudo se aquietou no cômodo; ouvia-se apenas o fraco crepitar das velas e, de vez em quando, batidas de mão na mesa, explicações ou contagem de pontos, e, numa grande onda, entrava pelas janelas, junto com a brisa refrescante, o canto forte e sonoro do rouxinol.

XXXIV

Liza não pronunciou nenhuma palavra durante a discussão entre Lavriétski e Panchin, mas acompanhou tudo atentamente e estava inteiramente do lado de Lavriétski. Ela não se interessava muito por política, mas o tom presunçoso do funcionário civil (ele nunca havia se expressado daquele modo) causou-lhe repugnância; o desprezo dele pela Rússia a ofendia. Nem lhe passava pela cabeça a ideia de ser patriota, mas sentia-se próxima da gente russa, a mentalidade russa a entretinha; quando o estaroste da propriedade materna vinha à cidade, ela conversava com ele durante horas, sem cerimônia e como um igual, sem nenhuma condescendência de fidalga. Lavriétski percebia tudo isso: de outro modo, não teria se empenhado na discussão com Panchin; era para Liza que ele falava. Os dois não diziam nada um ao outro e seus olhos raramente se encontravam, mas sabiam que, naquela noite, houvera uma aproximação, sabiam que gostavam e desgostavam das mesmas coisas. Discordavam apenas em uma delas, mas Liza, em segredo, tinha esperanças de conduzi-lo a Deus. Lavriétski e Liza estavam sentados perto de Marfa Timoféievna e pareciam acompanhar o jogo; sim, realmente acompanhavam, mas, enquanto isso, seus corações batiam forte no peito e nada lhes parecia gratuito: percebiam como cantava o rouxinol, cintilavam as estrelas, farfalhavam baixinho as árvores, embaladas pelo sono, pela letargia do verão e pelo calor. Lavriétski entregava-se inteiramente à onda que o invadia e alegrava-se; já aquilo que se passava na alma pura da moça não se pode expressar em palavras: era segredo até para ela; que fique então como segredo para todos. Ninguém sabe, ninguém viu nem jamais verá intumescer e amadurecer a semente deitada no fundo da terra e chamada à vida, ao florescimento.

Bateram dez horas. Marfa Timoféievna foi para o quarto, junto com Nastassia Kárpovna; Lavriétski e Liza aproximaram-se da porta que dava para o jardim e fitaram a paisagem escura, depois trocaram olhares e sorriram; parecia que tomariam agora a mão um do outro e conversariam longamente. Voltaram para perto de Maria Dmítrievna e de Panchin, cujo jogo se arrastava. Finalmente, o último "rei" chegou ao fim e a anfitriã, gemendo e queixando-se, ergueu-se da cadeira repleta de travesseiros; Panchin tomou do chapéu, beijou a mão de Maria Dmítrievna, comentou que nada impediria os felizardos de dormir em paz ou aproveitar a noite, enquanto ele tinha a obrigação de ficar sentado até de madrugada diante de papéis estúpidos, despediu-se friamente de Liza (ele não esperava que ela respondesse ao pedido com uma protelação e, por isso, amuara-se) e saiu. Lavriétski saiu em seguida. No portão, os dois se separaram; Panchin acordou o cocheiro, tocando-lhe o pescoço com a ponta da bengala, sentou-se na sege e partiu. Lavriétski não tinha vontade de ir para casa: foi caminhando pelo campo. A noite estava calma e iluminada, embora não houvesse lua; Lavriétski vagou longamente pela vegetação orvalhada; surgiu-lhe à vista uma vereda estreita, e ele seguiu por ela. Foi parar então diante de um muro longo, com uma cancela; sem saber por quê, tentou tocar a cancela: ela rangeu fracamente e abriu-se, como se esperasse apenas o toque de sua mão. Lavriétski entrou em um jardim, deu alguns passos pela aleia de tílias e parou de repente, surpreso: era o jardim dos Kalitin.

No mesmo instante, penetrou na mancha negra da sombra que caía do frondoso arbusto de nogueira e ficou ali parado, imóvel, maravilhado, erguendo os ombros.

"Não foi por acaso", pensava ele.

Tudo ao redor era silêncio; do lado da casa não vinha nenhum som.

Ele seguiu em frente com cuidado. E eis que, de repente, na curva da aleia, a casa inteira fitou-o com sua fachada escurecida; apenas em duas janelas do andar de cima cintilava uma luz: no quarto de Liza, a vela queimava além da cortina branca e, no quarto de Marfa Timoféievna, diante do ícone, bruxuleava a lâmpada votiva vermelha, refletindo o dourado da moldura num brilho uniforme; embaixo, a porta para a sacada bocejava amplamente, aberta de par em par. Lavriétski sentou-se no banco de madeira, apoiou o rosto nas mãos e pôs-se a mirar a porta e a janela de Liza. Na cidade, bateu meia-noite; na casa, reloginhos tocaram fracamente as doze horas; o guarda noturno bateu a matraca em toques intervalados. Lavriétski não pensava em nada, não esperava nada; aproveitava a sensação prazerosa de sentir-se perto de Liza, de sentar-se no jardim da casa dela, no banco onde ela também se sentava... No quarto de Liza, desapareceu a luz:

– Boa noite, mocinha querida – sussurrou Lavriétski, ainda sentado, imóvel, sem deixar de fitar a janela escurecida.

De repente, surgiu luz em um dos cômodos do andar de baixo; sem seguida, em outro cômodo; e em um terceiro... Alguém percorria os cômodos com uma vela. "Será Liza? Não, não pode ser!"

Lavriétski ergueu-se... Delineou-se uma figura conhecida e Liza apareceu na sala de visitas. De vestido branco, com as tranças ainda intactas sobre os ombros, ela se aproximou silenciosamente da mesa, inclinou-se sobre ela, colocou ali a vela e pôs-se a procurar algo; depois, voltou o rosto para o jardim, aproximou-se da porta aberta e, toda branca, leve e esbelta, parou sob a soleira. Um tremor percorreu os membros de Lavriétski.

– Liza! – escapou quase indistintamente de seus lábios.

Ela estremeceu e pôs-se a vasculhar a escuridão.

– Liza! – repetiu Lavriétski mais alto e saiu da sombra da aleia.

Assustada, Liza projetou a cabeça e deu um passo atrás: ela o reconhecera. Ele a chamou pela terceira vez e estendeu-lhe as mãos. Ela se desprendeu da porta e pisou no jardim.

– O senhor? – perguntou ela. – O senhor aqui?

– Eu... eu... escute – murmurou Lavriétski e, tomando-lhe as mãos, conduziu-a ao banco.

Ela o seguiu sem resistência; o rosto pálido, os olhos parados, todos os movimentos expressavam indescritível surpresa. Lavriétski sentou-a no banco e ficou em pé, diante dela.

– Eu não planejei vir aqui – começou ele –, algo me... Eu... eu... eu... Eu a amo – disse ele com involuntário pavor.

Liza voltou-lhe o olhar lentamente; parecia que só nesse minuto ela compreendera onde estava e o que estava acontecendo. Quis erguer-se, mas não conseguiu; então cobriu o rosto com as mãos.

– Liza – disse Lavriétski –, Liza – repetiu ele e postou-se a seus pés...

Os ombros de Liza estremeceram levemente, os dedos das mãos pálidas apertaram ainda mais o rosto.

– O que a senhorita tem? – perguntou Lavriétski e então ouviu soluços baixinhos. O seu coração gelou...

Ele compreendeu o significado daquelas lágrimas. – Será que a senhorita me ama? – murmurou ele e tocou-lhe os joelhos.

– Erga-se – ele ouviu a voz de Liza –, erga-se, Fiódor Ivánitch. O que estamos fazendo?

Lavriétski levantou-se e sentou-se no banco, ao lado dela. Ela já não chorava, fitava-o com os olhos úmidos.

– Tenho medo; o que estamos fazendo? – repetiu ela.

– Eu a amo – repetiu ele –, estou pronto a entregar-lhe toda a minha vida.

Ela estremeceu novamente, como se algo a tivesse picado, e ergueu os olhos ao céu.

– Tudo isso está nas mãos de Deus – disse ela.

– Mas, Liza, a senhorita me ama? Nós seremos felizes?

Ela baixou os olhos; silenciosamente, ele apertou-a contra si, e a cabeça dela caiu em seu ombro... Ele inclinou um pouco a própria cabeça e tocou-lhe os lábios empalidecidos.

Meia hora depois, Lavriétski estava diante da cancela do jardim. Encontrou-a trancada e teve de saltar o muro. Voltou para a cidade e passou por ruas adormecidas. A sensação de uma alegria grandiosa e inesperada enchia-lhe a alma; nela, todas as dúvidas se paralisaram. "Desapareça, passado, fantasma sombrio", pensava ele, "ela me ama, ela será minha." De repente, como numa visão, pareceu-lhe que, no ar sobre a sua cabeça, jorravam sons admiráveis, triunfais; Lavriétski parou: os sons soaram ainda mais maravilhosos; eles fluíam numa torrente vigorosa e parecia que neles falava e cantava toda a sua felicidade. Ele olhou ao redor: os sons provinham de duas janelas do andar superior de uma casinha.

– Lemm! – exclamou Lavriétski e pôs-se a correr na direção da casa. – Lemm! Lemm! – repetiu ele em voz alta.

Os sons paralisaram-se e a figura do velho, de roupão, com o peito à mostra e os cabelos desgrenhados, surgiu à janela.

– Ah! – disse ele solenemente. – É o senhor?

– Khristofor Fiódoritch, que música maravilhosa é essa? Por Deus, deixe-me entrar.

O velho, sem dizer nem uma palavra, num majestoso movimento da mão lançou a chave da porta da janela à rua. Agilmente, Lavriétski subiu correndo, entrou no cômodo e queria jogar-se nos braços de Lemm, mas este lhe apontou a cadeira imperativamente e disse em russo, com voz entrecortada:

– Sente-se e escute.

Ele próprio sentou-se ao piano, deu uma olhada ao redor com ar severo e orgulhoso e começou a tocar. Havia muito Lavriétski não escutava nada semelhante: uma melodia doce e apaixonada, arrebatava o coração desde o primeiro som; resplandecia inteira, desmanchava-se em inspiração, felicidade, beleza; crescia e desmanchava-se; ela exalava uma tristeza eterna e desaparecia, indo morrer nos céus. Lavriétski ficou de pé, ereto, paralisado e pálido de emoção. Esses sons penetravam tão fundo em sua alma recém-tocada pela felicidade do amor.

– Repita – murmurou ele, assim que soou o último acorde.

O velho lançou-lhe um olhar aquilino, bateu com a mão no peito e, sem pressa, pronunciou em sua língua natal:

– Essa fui eu quem fez, pois sou excelente músico – e tocou novamente a maravilhosa composição.

No cômodo não havia vela; a luz da lua que se erguia entrava obliquamente pela janela; um vento leve palpitava sonoramente; o cômodo pequeno e pobre parecia um santuário e a cabeça do velho erguia-se alta e inspiradamente à meia-luz prateada. Lavriétski aproximou-se e abraçou-o. No início, Lemm não respondeu ao abraço e até afastou-o com o cotovelo; ficou ali parado, longamente, sem mover um músculo, mantendo aquele olhar severo, quase grosseiro, e apenas duas vezes mugiu:

– Aha!

Finalmente o seu rosto transfigurado se acalmou, se abaixou e Lemm, em resposta ao ardente cumprimento de Lavriétski, primeiro sorriu de leve e depois começou a chorar, suspirando fracamente, como uma criança.

– É surpreendente – disse ele – que o senhor tenha chegado justamente agora; mas eu sei, eu sei de tudo.

– O senhor sabe de tudo? – perguntou Lavriétski, constrangido.

– O senhor me ouviu – respondeu Lemm –, será que não entendeu que eu sei de tudo?

Lavriétski não conseguiu pegar no sono; passou a noite inteira sentado na cama. Liza também não dormiu: ficou rezando.

XXXV

O leitor sabe como Lavriétski cresceu e foi educado; vejamos em poucas palavras a formação de Liza. Ela tinha dez anos de idade quando o pai faleceu; mas ele pouco se ocupava da filha. Sobrecarregado de negócios, constantemente preocupado com o incremento de suas posses, bilioso, ríspido e impaciente, gastava sem cupidez com professores, preceptores, roupas e outras necessidades dos filhos; mas não suportava, como ele próprio dizia, servir de babá aos filhotinhos e, além disso, não tinha tempo de pajeá-los; trabalhava, ocupava-se dos negócios, dormia pouco, de vez em quando jogava cartas, de novo trabalhava; ele próprio se comparava a um cavalo atrelado ao moedor de cereais.

– Minha vida voou bem rapidinho – pronunciou ele no leito de morte, com um risinho amargo nos lábios mirrados.

Maria Dmítrievna, na realidade, não se ocupou de Liza mais do que o marido, embora se jactasse diante de Lavriétski de ter educado as crianças sozinha; ela vestia Liza como uma bonequinha, na presença de visitas, acariciava-lhe a cabeça e a chamava de queridinha e inteligente – apenas isso: qualquer ocupação constante esgotava a indolente fidalga. Enquanto o pai era vivo, Liza ficara nas mãos da senhorita Moreau, preceptora parisiense; depois de sua morte, passara aos cuidados de Marfa Timoféievna. Marfa Timoféievna o leitor conhece; a senhorita Moreau era um ser minúsculo e encarquilhado, com trejeitos e cérebro de passarinho. Na juventude, levara uma vida muito desregrada, mas, ao se aproximar da velhice, restaram-lhe apenas duas paixões

– guloseimas e cartas. Quando estava saciada, não estava jogando cartas nem tagarelando, no mesmo instante o seu rosto assumia uma expressão quase cadavérica: acontecia de ficar sentada, com olhos fixos e respiração regular, e daí se via que nenhum pensamento percorria a sua mente. Não era possível nem mesmo chamá-la de bondosa: não existe passarinho bondoso. Em consequência da juventude decorrida de modo leviano ou talvez do ar parisiense respirado desde a infância, nela se aninhou algo similar ao generalizado ceticismo barato expresso normalmente pelas palavras: *"Tout ça c'est des bêtises"*[33]. Ela falava um jargão incorreto, mas puramente parisiense, não bisbilhotava nem agia por capricho – o que mais se pode esperar de uma governanta? Sobre Liza, exercia pouca influência; muito mais forte era a influência da Agáfia Vlássievna.

O destino dessa mulher era notável. Vinha de uma família de camponeses; aos dezesseis anos de idade fora entregue a um mujique; entretanto, distinguia-se radicalmente de suas irmãs camponesas. O pai trabalhou como estaroste durante uns vinte anos, juntou muito dinheiro e mimava a filha. Ela tinha uma beleza extraordinária, vestia-se com mais elegância do que qualquer outra dos arredores, era inteligente, eloquente e audaciosa. Dmitri Pestov, pai de Maria Dmítrievna e senhor da propriedade onde vivia Agáfia Vlássievna, a viu certa vez na moedura de cereais, pôs-se a conversar com ela e apaixonou-se perdidamente. Dentro em pouco, ela enviuvou; Pestov, embora fosse um homem casado, levou-a para a casa senhorial e vestiu-a como criada doméstica. Agáfia imediatamente assimilou a nova posição, como se a vida inteira não houvesse vivido de outro modo. Embranqueceu, engordou; sob mangas de musselina, as suas mãos

---

33. Tudo isso é besteira! Em francês no original. (N.T.)

transformaram-se em "flor de farinha", como as de esposas de comerciantes; o samovar não saía da mesa; ela não queria usar mais nada além de seda e veludo, dormia em colchões de penas. Durou uns cinco anos essa vida bem-aventurada, mas Dmitri Pestov morreu; a viúva, uma senhora bondosa, em defesa da memória do falecido, não queria agir de modo desonesto com a sua adversária, ainda mais que Agáfia nunca fora arrogante diante dela; entretanto, entregou-a a um pastor e mandou-os para longe dos seus olhos. Passaram-se três anos. Certa vez, em um dia quente de verão, a senhora foi dar uma volta e passou pelos currais. Agáfia serviu-lhe uma nata fria tão divina, comportou-se tão humildemente e estava, ela própria, tão asseada, alegre e satisfeita, que a senhora anunciou-lhe o perdão e permitiu-lhe frequentar a casa; passados uns seis meses, acostumou-se tanto a ela que a conduziu ao cargo de governanta e entregou-lhe toda a administração da casa. Agáfia de novo tomou as rédeas do poder, de novo criou carnes e embranqueceu; a senhora confiou-lhe tudo. Assim se passaram mais cinco anos. E uma segunda desgraça atingiu Agáfia. O marido, que ela conduzira à posição de criado, pôs-se a beber além da conta, sumia sem dar notícias e acabou por roubar seis colheres de prata da casa senhorial e escondê-las no baú da esposa – à espera do momento adequado. Descobriram. De novo o conduziram a pastor, enquanto Agáfia caiu em desgraça; não a expulsaram de casa, mas, como punição, passou de governanta a costureira e, em lugar da touca, ordenaram-lhe que usasse um lenço. Para surpresa de todos, Agáfia recebeu esse golpe com resignação e obediência. Na época, já estava com mais de trinta anos, todos os filhos tinham morrido, e o marido não viveu muito. Chegara a hora de repensar a vida: e ela repensou. Tornou-se silenciosa e temente a Deus, nunca perdia as matinas nem as vésperas, distribuiu todos os seus bons vestidos. Passou quinze anos como uma criatura mansa, obediente, constante; não discutia com ninguém, cedia a todos. Se alguém lhe dizia desaforos, ela apenas fazia uma reverência e agradecia pela lição. A senhora há muito a perdoara, esquecera o infortúnio e dera-lhe de presente uma touca de próprio uso; mas Agáfia não queria tirar o lenço da cabeça e andava só de roupas escuras; depois da morte da senhora, ficou ainda mais silenciosa e servil. O russo tem medo e por isso se afeiçoa rapidamente; entretanto, é difícil conquistar o seu respeito, que não vem logo nem a qualquer um. Agáfia era respeitada por todos na casa; ninguém se lembrava mais dos pecados pregressos, como se tivessem sido enterrados junto com a velha senhora. Ao se tornar marido de Maria Dmítrievna, Kalitin quis entregar a Agáfia a administração da casa, mas ela recusou "para evitar a tentação"; ele levantou a voz: ela se inclinou numa reverência profunda e saiu. O sábio Kalitin entendia as pessoas; entendeu também Agáfia e não se esqueceu dela. Quando se mudaram para a cidade, com sua anuência, deu-lhe a posição de ama de Liza, que acabara de completar quatro anos de idade.

Inicialmente, Liza sentia medo do rosto sério e carrancudo da nova ama; mas logo se acostumou e passou a amá-la profundamente. A própria Liza era uma criança séria; os seus traços lembravam o caráter ríspido e correto de Kalitin; apenas os olhos da filha não eram do pai; cintilavam de bondade e de uma atenção silenciosa, fato raro entre crianças. Não gostava de brincar de boneca, não ria alto nem muito, comportava-se com cerimônia. Mergulhava em pensamentos com pouca frequência, mas quase sempre com um objetivo: depois de certo tempo calada, costumava terminar por se dirigir aos mais velhos com perguntas que demonstravam que a cabeça se pusera a elaborar novas impressões. Parou de trocar as letras muito cedo e já no terceiro ano de vida falava sem nenhum erro. Do pai, tinha medo; o sentimento pela mãe era algo indeterminado – não a temia, mas também não se desfazia em carinhos; a propósito, também não dispensava carinhos a Agáfia, embora ela fosse a única pessoa a quem amava. Agáfia não se separava de Liza. Era estranho ver as duas juntas. Às vezes, toda de preto, com um lenço escuro na cabeça, com seu rosto emagrecido, pálido como cera, mas ainda bonito e expressivo, Agáfia sentava-se ereta e tecia meias; a seus pés, numa poltroninha, sentava-se Liza e também se ocupava de algum trabalho ou então erguia os olhinhos claros com imponência e ouvia o que dizia a ama; e Agáfia contava-lhe histórias: com voz regular, moderada, contava histórias da vida da Virgem, de ermitãos, de santos e mártires; contava a Liza como os santos viviam no deserto, como sobreviviam, como suportavam a fome e as privações – e não temiam tsares, seguiam a Cristo; como as aves dos céus os alimentavam, como as feras da floresta os ouviam; contava que brotavam flores dos lugares manchados com o seu sangue.

– Alelis? – perguntou certa vez Liza, que gostava muito de flores...

Agáfia conversava com Liza em um tom cerimonioso e humilde, como se sentisse que não devia ser ela a pronunciar palavras tão elevadas e sagradas. Liza escutava – e a imagem de um Deus onisciente penetrava em sua alma com uma força doce, deixava-a repleta de um pavor puro e santificado, enquanto Cristo se tornava para ela alguém próximo, conhecido, quase um parente. Agáfia ensinou-a também a rezar. Às vezes acordava Liza bem cedo, ao amanhecer, trocava-lhe a roupa às pressas e dirigia-se com ela às matinas; Liza seguia Agáfia na ponta dos pés, mal respirando; o frio e a semiclaridade do alvorecer, o frescor e o vazio da igreja, o próprio caráter secreto daquelas escapadas inesperadas e a volta cuidadosa para casa, para a caminha – toda essa mistura de proibido, estranho e sagrado abalavam a menina, penetravam no mais profundo do seu ser. Agáfia nunca censurava ninguém e também não recriminava Liza por travessuras. Quando acontecia de ficar insatisfeita com algo, apenas se calava; e Liza compreendia o silêncio; com rápida perspicácia infantil, do mesmo modo compreendia muito bem quando Agáfia não estava satisfeita com outras pessoas – com Maria Dmítrievna, com o próprio Kalitin. Por mais de três anos, Agáfia cuidou de Liza; a senhorita Moreau veio substituí-la; mas a inconsequente francesinha, com seus trejeitos secos e a exclamação: "*Tout ça c'est des bêtises*", não foi capaz de ocupar o lugar da querida ama no coração de Liza: as sementes lançadas criaram raízes profundas demais. Além disso, embora não cuidasse mais de Liza, Agáfia continuava na casa e via com frequência a pupila, que confiava nela como antes.

Entretanto, Agáfia não se deu bem com Marfa Timoféievna, quando esta se transferiu para a casa dos Kalitin. A grave seriedade da "ex-camponesa patroa" não agradou à velha impaciente e voluntariosa. Agáfia obteve permissão para uma jornada de peregrinação e não voltou mais. Corriam vagos boatos de que ela teria aderido a uma seita de cismáticos. Mas os rastros deixados por ela na alma de Liza não se apagaram. Assim como antes, Liza ia às vésperas como se fosse a uma festa, rezava com regozijo, com um impulso envergonhado e contido, o que, no íntimo, muito surpreendia Maria Dmítrievna, e a própria Marfa Timoféievna, embora não coibisse Liza, tentava conter o seu ardor e não permitia que ela fizesse reverências profundas, levando a testa ao chão: afinal, fidalgos não tinham esse costume.

Liza era estudiosa, ou seja, estudava com afinco; Deus não a agraciara com brilhantes habilidades nem com muita inteligência; sem esforço, ela não conseguia nada. Tocava bem o piano, mas só Lemm sabia o que isso lhe custava. Lia pouco; não tinha "suas próprias palavras", mas tinha suas próprias ideias e seguia o seu caminho. Não era à toa que se parecia com o pai: ele também não perguntava aos outros o que fazer. Assim cresceu Liza – sossegada, sem pressa; assim completou os dezoito anos de idade. Era muito graciosa, sem nem desconfiar disso. Em cada movimento, manifestava-se uma graça involuntária, um tanto sem jeito; a sua voz soava como prata de uma juventude intocada; a menor sensação de satisfação já despertava um sorriso encantador em seus lábios, já transmitia a seus olhos um brilho profundo e uma meiguice misteriosa. Inteiramente penetrada pelo sentimento do dever, pelo medo de ofender alguém de alguma forma, dona de um coração bondoso e dócil, ela gostava de todos e de ninguém em particular; e amava a Deus de modo solene, obediente e manso. Lavriétski foi o primeiro a destruir a sua calma vida interior. Assim era Liza.

XXXVI

No dia seguinte, por volta das doze horas, Lavriétski dirigiu-se à casa dos Kalitin. Pelo caminho, encontrou Panchin, que passou direto a galope, com o chapéu enfiado na cabeça até as sobrancelhas. Na casa dos Kalitin, não receberam Lavriétski – pela primeira vez, desde que ele se apresentara. Maria Dmítrievna "está repousando", assim comunicou o criado; "a senhora" estava com dor de cabeça. Marfa Timoféievna e Lizavieta Mikháilovna tinham saído. Lavriétski deu uma volta perto do jardim na vaga esperança de encontrar Liza, mas não viu ninguém. Voltou passadas duas horas e recebeu a mesma resposta; além disso, o criado lançou-lhe um olhar enviesado. Lavriétski julgou inconveniente tentar ainda uma terceira vez naquele mesmo dia; além disso, decidira ir a Vassílevskoe, onde tinha trabalho a fazer. Pelo caminho, traçava diversos planos, cada um mais maravilhoso do que o outro; mas, nas terras de sua tia, caiu em tristeza; começou a conversar com Anton e, na cabeça do velho, como se de propósito, havia apenas pensamentos amargurados. Ele contou a Lavriétski que Glafira Petróvna, à beira da morte, mordera a própria mão e, depois de um instante de silêncio, disse num suspiro:

– Todas as pessoas, senhor patrãozinho, estão destinadas a se devorar.

Já era tarde quando Lavriétski tomou o caminho de volta. Os sons do anoitecer envolveram-no, a imagem de Liza ergueu-se em sua alma com todo o seu brilho suave; ele se comoveu ao pensar que ela o amava e aproximou-se de sua casa na cidade sossegado e feliz.

O que primeiro o impressionou, logo na entrada, foi o detestável cheiro de patchuli; bem ali havia algumas arcas grandes e baús. O rosto do camareiro, que lhe acorreu ao encontro, pareceu-lhe estranho. Sem conseguir desvendar as próprias impressões, Lavriétski atravessou a soleira da sala de visitas... Do sofá, ergueu-se e caminhou em sua direção uma mulher vestida de seda preta com babados e, erguendo do rosto pálido o véu de cambraia, deu alguns passos, inclinou a cabeça perfumada e bem penteada – e caiu a seus pés... Só então ele a reconheceu: aquela dama era sua esposa.

Lavriétski teve dificuldade de respirar... Apoiou-se à parede.

– Teodor, não me expulse! – disse ela em francês, e a sua voz penetrou como uma faca no coração dele.

Lavriétski olhou para ela, apalermado, ao mesmo tempo em que, involuntariamente, reparava que ela estava mais branca e mais dotada de carnes.

– Teodor! – continuou ela, erguendo os olhos de vez em quando e dobrando com cuidado os dedos incrivelmente belos, de unhas rosadas e luzidias. – Teodor, eu sou culpada, profundamente culpada, e digo mais, sou uma criminosa; mas o senhor me escute, por favor, o arrependimento está me torturando, sou um peso para mim mesma, não consigo mais suportar esta situação; quantas vezes não pensei em procurá-lo, mas temia a sua ira; eu decidi romper todos os laços com o passado... *puis, j'ai été si malade*, eu estava doente –, acrescentou ela, levando a mão à testa e às faces –, aproveitei o boato que espalharam sobre a minha morte e abandonei tudo; não parei nem um minuto, viajei dia e noite até chegar aqui; por muito tempo, hesitei em apresentar-me diante do senhor, meu juiz – *paraître devant vous* –, mas, finalmente, quando me lembrei da sua perene bondade, decidi vir a seu encontro; informei-me sobre o seu endereço em Moscou. Acredite – continuou ela, erguendo-se lentamente do chão e sentando-se bem na beirada da poltrona –, eu pensava na morte a todo momento e teria encontrado em mim coragem suficiente para tirar a própria vida. Oh, a vida para mim agora é um fardo insuportável! Mas, em seguida, lembrava-me de minha filha, minha Ádotchka[34], e então me detinha; ela está aqui, está dormindo no quarto ao lado, pobre criança! Está cansada – o senhor a verá: ela não tem culpa de absolutamente nada, e eu estou tão infeliz, tão infeliz! – exclamou a senhora Lavriétskaia e caiu em pranto.

Afinal Lavriétski voltou a si; despregou-se de onde estava e voltou-se na direção da porta.

– O senhor vai sair? – perguntou-lhe a esposa, desesperada. – Oh, que crueldade! Não vai me dizer nem uma palavra, nem mesmo uma recriminação... Este desprezo me destrói, é terrível!

Lavriétski parou.

– O que a senhora deseja ouvir de mim? – perguntou ele em voz baixa.

– Nada, nada – secundou-lhe a esposa com vivacidade –, eu sei que não tenho o direito de exigir nada; eu não sou louca, acredite; eu não tenho esperanças, não posso ter esperanças de receber o seu perdão; eu apenas ouso rogar ao senhor que me ordene o que devo fazer, onde devo viver. Eu, como uma escrava, cumprirei a sua ordem, seja ela qual for.

– Não tenho nenhuma ordem a lhe dar – replicou Lavriétski, no mesmo tom de voz –, a senhora sabe, entre nós está tudo terminado... e agora ainda mais do que antes. A senhora pode viver onde lhe aprouver; e caso a sua pensão não seja...

---

34. Apelido carinhoso do prenome Adelaída. (N.T.)

– Oh, não diga essas palavras terríveis – interrompeu-o Varvára Pávlovna –, tenha piedade de mim, ainda que seja... ainda que seja por esse anjo...

E, depois de dizer essas palavras, Varvára Pávlovna entrou correndo no outro cômodo e, num instante, voltou trazendo pela mão uma menininha pequena, vestida com muita elegância. Volumosas madeixas castanho-claras caíam sobre o rostinho lindo e rosado, sobre os grandes olhos negros e sonolentos; ela sorria e apertava os olhos por causa da luz, segurando-se no pescoço da mãe com a mãozinha rechonchuda.

– *Ada, vois, c'est ton père* – disse Varvára Pávlovna, afastando-lhe as madeixas dos olhos e beijando-a com ardor –, *prie le avec moi*[35].

– *C'est ça papa...* – balbuciou a menina, com sua pronúncia infantil.

– *Oui, mon enfant, n'est-ce pas que tu l'aimes*[36]?

Mas isso Lavriétski não conseguiu suportar.

– Qual é o melodrama em que aparece esta cena? – lançou ele e foi embora.

Varvára Pávlovna ficou algum tempo parada no lugar, depois ergueu levemente os ombros, levou a menina para o outro cômodo, trocou-lhe a roupa e colocou-a para dormir. Em seguida, pegou um livrinho, sentou-se sob o abajur e ficou esperando por cerca de uma hora; finalmente, resolveu se deitar.

– *Eh bien, madame?* – perguntou-lhe a criada francesa, trazida por ela de Paris, enquanto lhe tirava o corselete.

– *Eh bien, Justine* – respondeu ela. – Ele envelheceu muito, mas, pelo visto, continua tão bondoso quanto

---

35. Veja, Ada, este é seu pai. Peça-lhe, junto comigo. (N.T.)
36. Sim, minha criança, você o ama, não é mesmo? Em francês no original. (N.T.)

antes. Pegue as minhas luvas de dormir, prepare para o dia de amanhã o vestido cinza sem decote; e não se esqueça da carne de carneiro para Ada... Verdade, é difícil achar essa carne por aqui; mas faça o possível.

– *À la guerre comme à la guerre*[37] – manifestou-se Justina e apagou a vela.

---

37. Guerra é guerra. Em francês no original. (N.T.)

XXXVII

Lavriétski vagou pelas ruas da cidade por mais de duas horas. Veio-lhe à mente a noite que passara nos arredores de Paris. O seu coração estava despedaçado e os mesmos pensamentos sombrios, insensatos e perversos giravam na cabeça vazia e ensurdecida o tempo todo. "Ela está viva, ela está aqui", murmurava ele repetidas vezes e com igual assombro. Sentia que perdera Liza. A bile sufocava-o; o golpe atingira-o inesperadamente. Como fora capaz de acreditar com tanta facilidade na fofoca leviana de um folhetim, de um pedaço de papel? "Mas e se eu não tivesse acreditado", pensou ele, "qual teria sido a diferença? Eu não saberia que Liza me ama; nem ela própria saberia disso." Ele não conseguia tirar da cabeça a imagem, a voz, os olhares da esposa... e amaldiçoava-se, amaldiçoava tudo na Terra.

Atormentado, Lavriétski dirigiu-se à casa de Lemm antes do amanhecer. Bateu e ficou muito tempo esperando que abrissem a porta; finalmente surgiu à janela um gorro e a cabeça do velho, azeda, vincada; agora não lembrava em nada aquela cabeça inspiradamente severa, que fitara Lavriétski vinte e quatro horas antes, da altura de sua artística grandeza imperial.

– O que o senhor deseja? – perguntou Lemm. – Não posso tocar toda noite, eu tomei uma decocção.

Mas percebia-se que havia algo estranho no rosto de Lavriétski: o velho ajeitou as mãos sobre os olhos como uma viseira, examinou o visitante noturno e deixou-o entrar.

Lavriétski entrou no cômodo e largou-se na cadeira; o velho parou diante dele, fechou as abas do roupão variegado e roto, enrodilhou-se, mascando com os lábios.

– A minha mulher está aqui – disse Lavriétski; ele ergueu a cabeça e, de repente, involuntariamente, desatou a rir.

O rosto de Lemm manifestou espanto, mas ele nem chegou a sorrir, apenas apertou-se ainda mais ao roupão.

– O senhor não sabe – continuou Lavriétski –, eu pensava... eu li no jornal que ela não estava mais neste mundo.

– O-o, faz muito tempo que o senhor leu isso? – perguntou Lemm.

– Pouco tempo.

– O-o – repetiu o velho e ergueu alto as sobrancelhas. – E ela está aqui?

– Está. Está na minha casa agora; e eu... sou um infeliz.

E de novo deu um sorrisinho.

– O senhor é um infeliz – repetiu Lemm lentamente.

– Khistofór Fiódoritch – começou Lavriétski –, será que poderia se encarregar de entregar um bilhete?

– Humm. Pode-se saber para quem?

– Lizav...

– Sim, sim, compreendo. Está certo. Mas quando o bilhete deve ser entregue?

– Amanhã, o mais cedo possível.

– Humm. Pode-se enviar a minha cozinheira Katrin. Não, eu mesmo irei.

– E trará a resposta?

– Sim, trarei a resposta.

Lemm suspirou.

– É, meu pobre amigo; o senhor realmente é um jovem infeliz.

Lavriétski escreveu duas palavras a Liza: comunicou a chegada da esposa e pediu-lhe um encontro; então se largou no sofá estreito, com o rosto voltado para a parede; enquanto isso, o velho deitou-se e passou um longo tempo revirando-se na cama, tossindo e bebericando a decocção.

O dia amanheceu e ambos se levantaram. Trocaram olhares estranhos. Lavriétski queria matar-se naquele mesmo instante. A cozinheira Katrin serviu-lhe um café horrível. Bateram oito horas. Lemm colocou o chapéu e saiu depois de dizer que teria aula na casa dos Kalitin às dez, mas encontraria uma desculpa razoável. Lavriétski de novo se largou no sofazinho e de novo um riso amargo sacudiu-se do fundo de sua alma. Ele pensou em como a esposa o expulsara de casa; imaginou a situação de Liza, fechou os olhos e lançou as mãos à cabeça. Finalmente Lemm voltou e trouxe-lhe um pedacinho de papel, em que Liza traçara a lápis as seguintes palavras: "Hoje não podemos nos ver; talvez amanhã no final da tarde. Adeus". Lavriétski agradeceu a Lemm seca e distraidamente, depois foi para casa. Chegou quando a esposa tomava o café; Ada, com os cabelos em bucle e usando um vestidinho branco com fitas azul-claras, comia bolinhos de carne de carneiro. Varvára Pávlovna ergueu-se assim que Lavriétski entrou no cômodo e aproximou-se dele com uma expressão de submissão no rosto. Ele pediu que ela o seguisse até o gabinete, trancou a porta atrás de si e começou a andar de um lado a outro; ela sentou-se, colocou humildemente uma mão sobre a outra e pôs-se a acompanhá-lo com os olhos ainda encantadores, apesar de um pouco retocados.

Lavriétski não conseguia falar; sentia que não tinha domínio de si; via claramente que Varvára Pávlovna não o temia nem um pouco, mas simulava uma expressão de quem está a ponto de desmaiar.

— Ouça-me, senhora — começou ele afinal, respirando com dificuldade e cerrando os dentes de tempos em tempos —, nós não temos por que dissimular; eu não acredito no seu arrependimento; e, ainda que ele fosse sincero, unir-me de novo à senhora, viver com a senhora: seria impossível.

Varvára Pávlovna apertou os lábios e franziu a testa. "Esta repugnância é um caso perdido!", pensou ela. "Para ele não sou mais nem mulher."

— Impossível — repetiu Lavriétski e abotoou-se até em cima. — Eu não sei para que a senhora se dignou vir aqui se queixar: provavelmente ficou sem dinheiro.

— Que desgosto! O senhor me ofende — murmurou Varvára Pávlovna.

— Apesar de tudo o que aconteceu, de qualquer modo, infelizmente, a senhora é minha esposa. Eu não posso expulsá-la daqui... portanto, eis o que lhe proponho. A senhora pode ir para Lávriki hoje mesmo, se for do seu gosto, pode morar lá; a senhora sabe, lá há uma boa casa; a senhora receberá tudo que for necessário, além da pensão... Concorda?

Varvára Pávlovna levou o lenço bordado ao rosto.

— Eu já lhe disse — pronunciou ela, contraindo os lábios nervosamente — que concordarei com tudo que o senhor julgar adequado para mim; desta vez, resta-me perguntar-lhe: o senhor permite que eu, pelo menos, agradeça a sua generosidade?

— Sem agradecimentos, por favor, assim é melhor — apressou-se Lavriétski. Quer dizer que — continuou ele, aproximando-se da porta — posso contar com...

— Amanhã estarei em Lávriki — anunciou Varvára Pávlovna, erguendo-se cerimoniosamente do lugar. — Mas, Fiódor Ivánitch (ela não o chamava mais de Teodor)...

— O que a senhora deseja?

– Eu sei que ainda não fiz por merecer o seu perdão, mas será que posso esperar que, com o tempo...

– É, Varvára Pávlovna – interrompeu-a Lavriétski –, a senhora é uma mulher inteligente, mas eu, veja bem, não sou estúpido; eu sei que a senhora não precisa de nada disso. E há muito a perdoei; mas entre nós sempre houve um abismo.

– Eu sei me submeter – disse Varvára Pávlovna e baixou a cabeça. – Eu não me esqueci da minha própria culpa; eu não me surpreenderia em saber que o senhor ficou feliz com a notícia da minha morte – acrescentou ela docilmente, apontando de leve com a mão o folhetim esquecido por Lavriétski sobre a mesa.

Fiódor Ivánitch estremeceu: a nota estava destacada a lápis. Varvára Pávlovna fitou o jornal ainda com maior humildade. Estava muito bela nesse momento. O vestido parisiense de cor cinza modelava harmoniosamente o seu talhe flexível, quase igual ao de uma moça de dezessete anos, o pescoço fino e macio envolvido pela gola branca, o peito num arfar moderado, os braços e mãos sem braceletes e sem anéis – toda a sua figura, desde os cabelos reluzentes até a pontinha das botas que mal se divisavam, era tão graciosa...

Lavriétski lançou-lhe um olhar injetado de ódio, por pouco não exclamou: "Bravo!", por pouco não lhe deu um soco na têmpora, e saiu. Uma hora depois já se dirigia a Vassílevskoe; duas horas depois, Varvára Pávlovna ordenava que alugassem a melhor carruagem da cidade, pegava um chapéu comum, de palha, com um véu negro, e uma mantilha modesta, entregava Ada aos cuidados de Justina e dirigia-se à casa dos Kalitin: pelas perguntas que fizera à criadagem, ficara sabendo que o marido os visitava todos os dias.

XXXVIII

O dia da chegada da esposa de Lavriétski na cidade de O..., infeliz para ele, foi igualmente difícil para Liza. Ela ainda não tivera tempo de descer para cumprimentar a mãe quando, sob sua janela, sou um trote de cavalos, e, com íntimo pavor, ela viu Panchin entrar no pátio. "Ele chegou assim tão cedo para fazer uma declaração final", pensou ela, e não se enganava; depois de circular pela sala de visitas, ele a convidou a passear no jardim e exigiu a decisão a propósito de seu destino. Liza criou ânimo e comunicou-lhe que não podia ser sua esposa. Ele a ouviu até o fim, de pé, com o chapéu enterrado na cabeça; polidamente, mas com voz alterada, perguntou-lhe: seria esta a sua última palavra e não teria ele próprio dado algum motivo para tal mudança de ideias? Depois levou a mão aos olhos, deu suspiros breves e entrecortados e retirou bruscamente a mão do rosto.

– Eu não queria seguir um caminho repisado – disse ele com voz surda –, queria encontrar uma companheira pelo impulso do coração; mas, pelo visto, não deve ser assim. Adeus, sonho!

Ele fez uma reverência profunda a Liza e voltou para dentro da casa.

Ela esperava que ele partisse no mesmo instante; mas ele se dirigiu ao gabinete de Maria Dmítrievna e ficou por lá cerca de uma hora. Ao sair, disse a Liza:

– *Votre mère vous appele; adieu à jamais...*[38] – montou no cavalo e de onde estava pôs-se a galopar a toda.

---

38. A mãe lhe chama; adeus para sempre. Em francês no original. (N.T.)

Liza foi procurar Maria Dmítrievna e encontrou-a em lágrimas: Panchin havia relatado a própria infelicidade.

– Por que você me apunhalou? Por que me apunhalou? – assim começaram as suas queixas de viúva ofendida. – Quem pode ser melhor do que ele? Por que ele não é um bom partido? Um promissor camareiro! E não interessa! Em Petersburgo, poderia se casar com qualquer dama de honra. E eu, eu tinha esperanças! Quando é que mudou a sua atitude em relação a ele? De onde é que soprou essa nuvem? Não pode ter vindo por conta própria. Não teria sido daquele simplório? Que excelente conselheiro!

– Mas ele, o meu querido – continuou Maria Dmítrievna –, como é honrado, tão atencioso no momento mais amargo! Prometeu que não me abandonará. Ai, eu não vou suportar isso! Ai, a minha cabeça está explodindo! Chamem Palachka. Você vai me matar se não repensar, ouviu? – E, depois de xingar Liza de infame duas vezes, mandou-a embora.

Liza foi para o seu quarto. Mas não havia ainda se recuperado da conversa com Panchin e com a mãe quando outra tempestade desabou sobre ela, e justamente de uma direção da qual ela menos esperava. Marfa Timoféievna entrou no quarto e fechou a porta com estrondo. O rosto da velhinha estava pálido, a touca, revirada, os olhos, fuzilantes, os lábios, trêmulos. Liza assustou-se: nunca vira a sua tia, inteligente e ponderada, nesse estado.

– Muito bem, senhorita – começou Marfa Timoféievna, com voz trêmula e entrecortada –, muito bem! Mãe do céu, onde será que lhe ensinaram uma coisa dessas... Dê-me água; não consigo falar.

– Acalme-se, titia, o que há com a senhora? – perguntou Liza, entregando-lhe um copo de água. – Parecia que a senhora não se importava muito com o senhor Panchin.

Marfa Timoféievna devolveu o copo.

– Não consigo beber: vou quebrar meus últimos dentes. Quem é que está falando de Panchin? O que Panchin tem a ver com isso? É melhor que me diga logo quem a ensinou a marcar encontros noturnos, hein?

Liza empalideceu.

– E, por favor, nem pense em negar – continuou Marfa Timoféievna. – Chúrotchka viu tudo e me contou. Eu proibi que fizesse fofocas, mas ela não mente.

– Eu não vou negar, titia – disse Liza bem baixinho.

– Ah! Então é isso, mãe do céu; você marcou um encontro com ele, com aquele velho pecador, com aquele santo do pau oco.

– Não.

– Como assim?

– Eu desci à sala para pegar um livrinho. Ele estava no jardim e me chamou.

– E você foi? Que maravilha. Quer dizer que o ama?

– Amo – respondeu Liza, baixinho.

– Mãe do céu! Ela o ama! – Marfa Timoféievna arrancou a touca da cabeça. – Ama um homem casado! Hein? Ama!

– Ele me disse... – começou Liza.

– O que foi que ele disse, hein, esse falcãozinho?

– Ele me disse que a esposa faleceu.

Marfa Timoféievna persignou-se.

– Que esteja no Reino dos Céus – murmurou ela , era uma mulherzinha tola, que não seja lembrada por isso. Quer dizer: é viúvo, então. Sim, estou vendo, ele sabe fazer as coisas. Levou uma mulher à morte e saiu à cata de outra. Que sonso, hein? Mas eis o que vou lhe dizer, sobrinha: no tempo em que eu era moça, as donzelas eram severamente punidas por causa desses descaminhos. Não se ofenda, mãe do céu; só os tolos se ofendem com a verdade. Eu hoje mandei que não o deixassem entrar. Eu o amo, mas não o perdoo. Veja só, viúvo! Dê-me água. Por ter despachado Panchin, por isso eu só posso elogiar; mas não fique por aí com esse bode velho à noite; não cause aborrecimentos a esta velha! Pois eu não sei apenas fazer carinhos, sei morder também... Viúvo!

Marfa Timoféievna saiu, enquanto Liza ficou sentada num canto, chorando. Sentia uma amargura na alma; não merecia aquela humilhação. Não sentira alegria ao declarar o seu amor: era a segunda vez que chorava desde a última tarde. Em seu coração apenas acabara de nascer um sentimento novo e inesperado e ela já pagava tão caro por ele, quão grosseiramente mãos estranhas haviam tocado o seu íntimo segredo! Quanta vergonha, amargura e dor; mas não havia dúvida, nem medo, e Lavriétski tornava-se ainda mais querido. Ela hesitara enquanto não entendia bem; mas, depois do encontro, depois do beijo, já não podia hesitar; ela sabia que amava, e amava sinceramente, sem brincadeiras, afeiçoara-se fortemente para toda a vida – e não temia ameaças, sentia que esse elo não seria desfeito à força de violências.

XXXIX

Maria Dmítrievna ficou muito preocupada quando lhe comunicaram que Varvára Pávlovna Lavriétskaia estava à porta; ela não conseguia nem mesmo decidir se devia recebê-la, tinha medo de ofender Fiódor Ivánitch. Afinal, a curiosidade triunfou. "Que mal há nisso, também é parente", pensou ela; então se sentou na poltrona e disse ao criado:

– Deixe-a entrar!

Passaram-se alguns instantes e a porta abriu-se; com passos quase inaudíveis, Varvára Pávlovna aproximou-se rapidamente de Maria Dmítrievna e, impedindo-a de erguer-se, por pouco não lhe fez uma reverência profunda.

– Agradecida, titia – começou ela, em russo, com voz tocada e baixa –, agradecida; eu não esperava tanta condescendência da parte da senhora; a senhora é muito bondosa, como um anjo.

Tendo dito essas palavras, Varvára Pávlovna, inesperadamente, tomou uma das mãos de Maria Dmítrievna e, movendo-a de leve entre as suas luvas francesas Jouvin, numa atitude servil, levou-a aos lábios rosados e fartos. Maria Dmítrievna desconcertou-se inteiramente ao ver aquela mulher bonita e bem vestida quase a seus pés; não sabia como agir: queria ao mesmo tempo retirar a própria mão, fazer com que ela se sentasse e dizer-lhe algo carinhoso; acabou por erguer-se e beijar-lhe a testa lisa e perfumada. Varvára Pávlovna esmoreceu inteira sob a ação desse beijo.

– Salve, *bonjour* – disse Maria Dmítrievna –, é claro que eu... não imaginava... aliás, é claro, estou feliz em vê-la. A senhora compreende, minha querida: não cabe a mim ser o juiz entre mulher e marido...

— O meu marido agiu corretamente — interrompeu-a Varvára Pávlovna —, a culpada sou eu.

— Sentimentos muito louváveis — manifestou-se Maria Dmítrievna —, muito. A senhora chegou faz tempo? Encontrou-se com ele? Ah, por favor, sente-se.

— Cheguei ontem — respondeu Varvára Pávlovna, sentando-se, obediente, numa cadeira —, vi Fiódor Ivánitch, falei com ele.

— Ah! Então, e ele?

— Eu temia que a minha chegada inesperada despertasse a sua ira — continuou Varvára Pávlovna —, mas ele não se recusou a me receber.

— Quer dizer que ele não... Sim, sim, eu entendo — articulou Maria Dmítrievna. — Ele só parece um pouco grosseiro, mas tem bom coração.

— Fiódor Ivánitch não me perdoou; não quis me ouvir... Mas foi tão bondoso que designou Lávriki para minha morada.

— Ah! Uma propriedade maravilhosa!

— Amanhã mesmo irei para lá, atender à vontade dele, mas, antes, considerei um dever vir visitá-la.

— Estou muito, muito agradecida, minha querida. Não se deve nunca esquecer os parentes. E, sabe de uma coisa, estou surpresa, como a senhora fala bem o russo. *C'est étonnant.*[39]

Varvára Pávlovna suspirou.

— Fiquei tempo demais no exterior, Maria Dmítrievna, sei disso; mas o meu coração sempre foi russo e não me esqueci da terra natal.

— Certo, certo, não há nada melhor. Entretanto, com certeza, Fiódor Ivánitch não esperava a senhora... Sim,

---

39. É surpreendente! Em francês no original. (N.T.)

confie em minha experiência: *la patrie avant tout*[40]. Ah, mostre-me, por favor, que mantilha encantadora é essa?

– A senhora gostou? – Varvára Pávlovna tirou-a dos ombros agilmente. – É muito simples, de madame Baudran.

– Logo se vê. De madame Baudran... Que delicadeza, que gosto! Estou certa de que a senhora trouxe consigo várias coisas surpreendentes. Teria prazer em vê-las.

– Toda a minha toalete está à sua disposição, amabilíssima titia. Se permitir, posso mostrar algo à sua camareira. Trouxe comigo uma criada de Paris, que costura maravilhosamente bem.

– Que bondade a sua, minha querida. Mas, na verdade, sinto-me constrangida.

– Constrangida... – repetiu Varvára Pávlovna, com ar de reprovação. – Se quiser me dar uma alegria, trate-me como alguém de casa.

Maria Dmítrievna cedeu.

– *Vous êtes charmante* – pronunciou ela. – Mas por que a senhora não tira o chapéu, as luvas?

– Como? Permite? – perguntou Varvára Pávlovna e postou as mãos com leveza, como se enternecida.

– Provavelmente, almoça conosco, eu espero. Vou... vou apresentá-la à minha filha. – Maria Dmítrievna perturbou-se um pouco. "Ah! Até onde cheguei!", pensou ela. – A minha filha não está se sentindo muito bem hoje.

– Oh, *ma tante*, como a senhora é bondosa! – exclamou Varvára Pávlovna e levou o lenço aos olhos.

Kazatchok anunciou a chegada de Guedeónovski. O velho tagarela entrou, fazendo reverências profundas e dando risinhos. Maria Dmítrievna apresentou-o à visita. No início, foi como se ele estivesse desconcertado,

---

40. A pátria acima de tudo. Em francês no original. (N.T.)

mas Varvára Pávlovna tratou-o com tanta consideração e coquetismo que as suas orelhas logo arderam e invencionices, mexericos e galanteios começaram a jorrar de sua boca como mel. Varvára Pávlovna ouvia-o, sorria contidamente e também falava um pouco. Modestamente contou sobre Paris, sobre suas viagens, sobre Baden; umas duas vezes provocou riso da parte de Maria Dmítrievna e, a cada vez, em seguida suspirava gentilmente, como se repreendesse a si mesma em pensamento pela inconveniência da demonstração de alegria; pediu permissão para trazer Ada; tirou as luvas e mostrou, com suas mãos macias, lavadas com sabonete *a la guimauve*[41], como e onde usam babados, volantes, rendas, laços suntuosos; prometeu levar um frasco de um novo perfume inglês: Victoria's Essence, e alegrou-se como uma criança quando Maria Dmítrievna concordou em receber o frasco de presente; chegou a chorar ao lembrar do sentimento experimentado quando ouviu pela primeira vez os sinos russos:

– Quão profundamente eles tocaram o meu coração – contou ela.

Nesse instante, entrou Liza.

Desde cedo, desde o exato minuto em que, sentindo um calafrio de pavor, lera o bilhete de Lavriétski, Liza preparava-se para o encontro com a sua esposa; pressentiu que a veria. Decidiu não fugir dela, como forma de castigo por suas esperanças criminosas, como ela própria as classificava. A súbita mudança em seu destino abalou-a profundamente; no prazo de umas duas horas, o seu rosto encovou; mas não derramou nenhuma lágrima. "Foi merecido!", dizia ela consigo mesma, reprimindo da alma, com dificuldade e inquietação, os impulsos amargos e maldosos que a assustavam. "Bem, é preciso ir!",

---

41. De malva. Em francês no original. (N.T.)

pensou ela assim que soube da chegada de Lavriétskaia, e então foi... Por muito tempo, ficou parada diante da porta da sala de visitas antes de se decidir a abri-la; com o pensamento "Eu sou culpada", atravessou a soleira da porta e obrigou-se a olhar para ela, obrigou-se a sorrir. Varvára Pávlovna foi ao encontro dela assim que a viu e inclinou--se pouco, mas, de qualquer modo, com deferência.

– Permita que eu me apresente – começou ela, com voz insinuante –, a sua *maman* foi tão condescendente comigo que eu espero que também a senhorita... seja bondosa.

A expressão do rosto de Varvára Pávlovna, quando disse essa última palavra, o seu sorriso sarcástico, o seu olhar frio e meigo ao mesmo tempo, o movimento de suas mãos e ombros, e até o seu vestido, todo o seu ser despertou tal sentimento de repulsa em Liza que ela não conseguiu dizer nada em resposta e, só com muito esforço, estendeu-lhe a mão. "Essa senhorita sente aversão por mim", pensou Varvára Pávlovna, apertando com força os dedos frios de Liza, e, voltando-se para Maria Dmítrievna, pronunciou a meia-voz:

– *Mais elle est délicieuse!*[42]

Liza corou levemente: percebera um tom de zombaria, de ofensa naquela exclamação, mas decidiu não confiar nas próprias impressões e sentou-se à janela, junto ao bastidor. Varvára Pávlovna nem assim a deixou em paz: aproximou-se dela, começou a elogiar-lhe o gosto, a mestria no bordado... O coração de Liza batia forte, adoentado: ela mal conseguia se controlar e ficar sentada, quieta. Parecia-lhe que Varvára Pávlovna sabia de tudo e, comemorando em silêncio, zombava dela. Para sua felicidade, Guedeónovski pôs-se a conversar com Varvára Pávlovna e distraiu a sua atenção. Liza inclinou-se

---

42. Mas ela é encantadora! Em francês no original. (N.T.)

sobre o bastidor e ficou a observá-la às escondidas. "Essa é a mulher que *ele* amava", pensou ela. Mas, no mesmo instante, expulsou da mente o pensamento a respeito de Lavriétski: ela temia perder o controle si mesma; sentia que a cabeça começava a rodar. Maria Dmítrievna falava sobre música.

– Ouvi dizer, minha querida – começou ela –, que a senhora é uma incrível virtuose.

– Há muito não toco – manifestou-se Varvára Pávlovna, sentando-se logo ao piano e correndo os dedos habilmente pelo teclado. – Permite?

– Faça a gentileza.

Varvára Pávlovna tocou com mestria um estudo brilhante e difícil de Herz. Tinha muita força e agilidade.

– Sílfide! – exclamou Guedeónovski.

– Extraordinário! – concordou Maria Dmítrievna. – Sim, Varvára Pávlovna, reconheço que a senhora me surpreendeu – afirmou ela, tratando-a pela primeira vez pelo nome. – Poderia até dar concertos. Aqui há um músico, um velho alemão excêntrico, muito instruído; ele dá aulas a Liza; com certeza, perderá a cabeça ao ouvi-la tocar.

– Lizavieta Mikháilovna também é musicista? – perguntou Varvára Pávlovna, voltando de leve a cabeça na direção de Liza.

– Sim, ela não toca mal e ama a música; mas o que isso significa diante da senhora? Mas aqui há ainda um jovem, eis quem a senhora deve conhecer. Tem alma de artista e compõe encantadoramente. Só ele poderá julgá-la com justiça.

– Um jovem? – perguntou Varvára Pávlovna. – Quem é ele? Algum pobretão?

– Por favor, é cavalariano aqui, e não só aqui, *et à Petersbourg*. Camareiro-mor, recebido na melhor sociedade. A senhora, provavelmente, ouviu falar dele: Panchin, Vladímir Nikolaitch. Está aqui em missão da caserna... futuro ministro, por favor!

– É artista também?

– Tem alma de artista e é tão amável. A senhora verá. Todo esse tempo ele tem vindo aqui com frequência; eu o convidei para hoje à noite; *espero* que venha – acrescentou Maria Dmítrievna, com um breve suspiro e um sorriso amargo e torto.

Liza compreendeu o significado daquele sorriso, porém tinha mais em que pensar.

– E é jovem? – perguntou de novo Varvára Pávlovna, modulando de leve o tom.

– Vinte e oito anos e a mais feliz das aparências. *Un jeune homme accompli*[43], sem dúvida.

– Um jovem exemplar, pode-se dizer – observou Guedeónovski.

Num impulso, Varvára Pávlovna começou a tocar uma rumorosa valsa de Strauss, cujo início era um trilo tão forte e rápido que Guedeónovski até estremeceu; bem no meio da valsa, de repente, ela passou a um motivo triste e terminou com a ária de *Lucia*: *Fra poco*[44]... Ela percebera que uma música alegre não combinava bem com a própria situação. A ária de *Lucia*, com força nas notas sentimentais, tocou profundamente Maria Dmítrievna.

– Que alma – disse ela a Guedeónovski, a meia-voz.

– Sílfide! – secundou Guedeónovski e ergueu os olhos ao céu.

Chegou a hora do almoço. Marfa Timoféievna desceu quando a sopa já estava na mesa. Tratou Varvára

---

43. Um verdadeiro homem de sociedade. Em francês no original. (N.T.)

44. Logo depois... Em italiano no original. (N.T.)

Pávlovna muito secamente, respondeu com meias palavras às suas gentilezas, não lhe dirigiu o olhar. Varvára Pávlovna, por sua vez, compreendeu logo que daquela velha não receberia ajuda nenhuma e deixou-a de lado; em compensação, Maria Dmítrievna tornou-se ainda mais carinhosa com a visita: a grosseria da tia irritou-a. Aliás, Marfa Timoféievna não olhou para ninguém, nem mesmo para Liza, embora seus olhos brilhassem significativamente. Liza parecia tranquila; e realmente era assim: a sua alma aquietara-se; havia nela uma indiferença estranha, a indiferença de um condenado. Durante o almoço, Varvára Pávlovna falou pouco: era como se de novo estivesse intimidada e produzisse no rosto uma expressão de humilde melancolia. Só Guedeónovski animava a conversa com suas histórias, embora de vez em quando olhasse para Marfa Timoféievna medrosamente e tossisse – ele tinha acessos de tosse sempre que começava a mentir diante dela –, mas ela não o incomodava, não o interrompia. Depois do almoço, ficaram sabendo que Varvára Pávlovna era grande amante de jogos de cartas; Maria Dmítrievna ficou tão encantada que até se enterneceu e pensou consigo mesma: "Mas que estúpido deve ser Fiódor Ivánitch, não foi capaz de compreender uma mulher como essa!".

Sentaram-se para jogar cartas, juntamente com Guedeónovski, enquanto Marfa Timoféievna acompanhava Liza até o quarto depois de ter dito que ela estava completamente sem cor e que provavelmente tinha dor de cabeça.

– Sim, está com uma dor de cabeça horrível – disse Maria Dmítrievna, dirigindo-se a Varvára Pávlovna e erguendo os olhos. – Eu também costumo ter essas enxaquecas...

– Não me diga! – manifestou-se Varvára Pávlovna.

Liza entrou no quarto da tia e, esgotada, desabou na cadeira. Marfa Timoféievna ficou a observá-la em silêncio por longo tempo, depois se ajoelhou diante dela e pôs-se, ainda em silêncio, a beijar as suas mãos alternadamente. Liza inclinou-se para frente, enrubesceu e começou a chorar, mas não ergueu Marfa Timoféievna e nem retirou as mãos; ela sentia que não tinha o direito de retirá-las, não tinha o direito de incomodar a velhinha, de interromper a sua manifestação de contrição, compaixão, o seu pedido de desculpas pelo dia anterior; e Marfa Timoféievna não conseguia parar de beijar aquelas pobres mãozinhas, pálidas, sem força; lágrimas mudas caíam de seus olhos e dos olhos de Liza; enquanto isso, o gato Matrós ronronava no amplo sofá, junto ao novelo e à meia de lã, a alongada chama da vela votiva movia-se e tremulava de leve diante do ícone, no cômodo vizinho, do outro lado da porta, Nastássia Kárpovna limpava os olhos às escondidas, com um lencinho xadrez enrolado na forma de uma bolinha.

XL

Enquanto isso, na sala de visitas, o jogo de cartas continuava; Maria Dmítrievna ganhava e estava de muito bom humor. O criado entrou e anunciou a chegada de Panchin.

Maria Dmítrievna largou as cartas e ajeitou-se na poltrona; Varvára Pávlovna olhou primeiro para ela com um risinho nos lábios, depois para a porta. Surgiu Panchin, de fraque preto com colarinho inglês alto, abotoado até o pescoço. "Foi muito difícil atendê-la, mas, como podem ver, consegui chegar", eis o que expressava o seu rosto recém-escanhoado e sério.

– Faça-me o favor, Voldemar – exclamou Maria Dmítrievna. – Antes o senhor entrava sem se fazer anunciar.

Panchin respondeu a Maria Dmítrievna apenas com o olhar, fez-lhe uma reverência polida, mas não se aproximou de sua mão. Ela apresentou-lhe Varvára Pávlovna, ele recuou um passo, inclinou-se tão polidamente quanto antes, porém com um traço de distinção e respeito, e sentou-se à mesa de cartas. O jogo logo terminou. Panchin informou-se sobre Lizavieta Mikháilovna, ficou sabendo que ela não estava se sentindo muito bem e manifestou pesar; depois pôs-se a conversar com Varvára Pávlovna, ponderando e escandindo cada palavra diplomaticamente, ouvindo as respostas de modo respeitoso, até o fim. Mas a imponência do seu tom diplomático não afetou Varvára Pávlovna, não se transmitiu a ela. Ao contrário: ela fitava o rosto de Panchin com animada atenção, falava sem cerimônia, e as suas finas narinas trepidavam de leve, como se num acesso de riso contido. Maria Dmítrievna começou a exaltar o talento de Varvára Pávlovna, Panchin inclinou a cabeça cortesmente, tanto quanto lhe permitia o colarinho, afirmou que "estava certo disso de antemão" e conduziu a conversa quase até o príncipe do Império Austríaco. Varvára Pávlovna entrecerrou os olhos aveludados, disse a meia-voz:

– Quer dizer então que o senhor também é artista, um *confrère*[45] – e acrescentou em um tom ainda mais baixo: – *Venez!* – e virou a cabeça na direção do piano.

Essa única palavra lançada por ela: "*Venez!*" mudou instantaneamente, como se por mágica, toda a figura de Panchin. A postura preocupada desapareceu; ele sorriu, animou-se, desabotoou o fraque e, repetindo: "Eu, artista? Infelizmente não! A senhora, sim, pelo que ouvi dizer, é uma verdadeira artista", seguiu Varvára Pávlovna até o piano.

– Faça com que ele cante a romança "Como a lua navega" – exclamou Maria Dmítrievna.

– O senhor canta? – sussurrou Varvára Pávlovna, iluminando-o com um olhar rápido e brilhante.

Panchin pôs-se a dissuadi-la.

– Sente-se – disse ela, batendo imperativamente no encosto da cadeira.

Ele se sentou, tossiu, afrouxou o colarinho e começou a cantar a romança.

– *Charmant* – pronunciou Varvára Pávlovna –, o senhor canta maravilhosamente bem, *vous avez du style*; mais uma vez.

Ela circulou o piano e ficou na frente de Panchin. Ele repetiu a romança, dando um tremor melodramático à própria voz. Varvára Pávlovna olhava para ele fixamente, com os cotovelos apoiados no piano e as mãos alvas na altura dos lábios.

---

45. Confrade. Em francês no original. (N.T.)

Panchin terminou.

– *Charmant, charmante idée* – disse ela, com a calma segurança de uma especialista. – Diga-me, o senhor escreveu algo para voz feminina, para meio-soprano?

– Eu praticamente não escrevo – manifestou-se Panchin –, fiz isso ao acaso, no intervalo do trabalho... Quer dizer que a senhora canta?

– Canto.

– Oh! Cante algo para nós... – pediu Maria Dmítrievna.

Com a mão, Varvára Pávlovna afastou os cabelos da face enrubescida e meneou a cabeça.

– Parece que nossas vozes... combinam uma com a outra – disse ela, voltando-se para Panchin. – Cantemos um dueto. O senhor conhece "Son geloso", "La ci darem" ou "Mira la bianca luna"?

– Cantei certa vez "Mira la bianca luna" – respondeu Panchin –, mas isso há tempos, esqueci.

– Não importa, ensaiaremos a meia-voz. Permita-me.

Varvára Pávlovna sentou-se ao piano. Panchin ficou a seu lado. Cantaram o dueto a meia-voz, Varvára Pávlovna corrigiu-o algumas vezes, depois cantaram em voz alta, depois repetiram duas vezes: Mira la bianca lu... u... una. A voz de Varvára Pávlovna perdera o frescor, mas ela a dominava com muita habilidade. No início, Panchin intimidou-se e dissonou um pouco, depois se deixou arrebatar e, se não cantava irrepreensivelmente, de qualquer modo, mexia os ombros, balançava todo o tronco e erguia a mão de tempos em tempos, como um cantor de verdade. Varvára Pávlovna cantou ainda mais uns três trechos de Thalberg e, num tom coquete, "recitou" uma arieta francesa. Maria Dmítrievna já não sabia como expressar satisfação; várias vezes quis chamar

Liza; Guedeónovski também não encontrava palavras e apenas balançava a cabeça, mas, de repente, bocejou inesperadamente e mal teve tempo de colocar a mão sobre a boca. Esse bocejo não passou despercebido a Varvára Pávlovna; de repente, ela voltou as costas para o piano e anunciou:

– *Assez de musique comme ça*[46], vamos conversar – e cruzou os braços.

– *Oui, assez de musique* – repetiu alegremente Panchin e iniciou com ela uma conversa animada, leve, em francês.

"Exatamente como no melhor salão de Paris", pensava Maria Dmítrievna, ouvindo o diálogo evasivo e alvoroçado dos dois. Panchin sentia-se inteiramente satisfeito; seus olhos cintilavam, ele sorria; no início, quando acontecia de encontrar o olhar de Maria Dmítrievna, ele passava a mão no rosto, franzia o cenho e dava suspiros entrecortados, mas, depois, esqueceu-se completamente dela e entregou-se inteiro ao deleite daquela conversa meio mundana, meio artística. Varvára Pávlovna mostrava-se uma grande filósofa: tinha resposta pronta para tudo, não vacilava, não hesitava em nada; via-se que ela costumava conversar muito com pessoas inteligentes de vários tipos. Todos os seus pensamentos e sentimentos giravam em torno de Paris. Panchin conduziu a conversa para a literatura; pelo visto ela, assim como ele, lia apenas livrinhos franceses. George Sand a deixara indignada. Balzac, ela admirava, embora ele a entediasse; em Sue e Scribe, via grandes entendedores do coração humano; adorava Dumas e Féval; no fundo, entre todos, preferia Paul de Kock[47], mas, obviamente, não fez a menor ques-

---

46. Bem, chega de música. Em francês no original. (N.T.)
47. Charles Paul de Kock (1793-1871), cuja obra era considerada frívola e de segunda categoria. (N.T.)

tão de mencioná-lo. Para falar a verdade, ela não se ocupava muito de literatura. Varvára Pávlovna evitava, muito habilmente, tudo que pudesse fazer lembrar, ainda que de longe, a sua situação; suas conversas nunca mencionavam o amor; ao contrário, apelavam mais à severidade em relação aos prazeres da paixão, à decepção, ao conformismo. Panchin retrucou-lhe; ela não concordou com ele... Mas que estranho! Ao mesmo tempo em que de seus lábios saíam palavras de condenação, frequentemente severas, o som dessas palavras acariciava e acalentava e os seus olhos diziam... difícil contar o que exatamente transmitiam aqueles olhos; mas eles nada diziam de severidade nem de clareza, eram doces. Panchin esforçava-se para compreender aqueles pensamentos secretos, esforçava-se para falar com os olhos, mas sentia que não saía nada; ele entendia que Varvára Pávlova, na qualidade de uma verdadeira leoa estrangeira, pairava acima dele e, por isso, ele não se sentia seguro. Varvára Pávlovna tinha o hábito de, durante a conversa, tocar muito de leve a manga da roupa do seu interlocutor; esses toques fugazes perturbavam muito Vladímir Nikolaitch. Varvára Pávlovna era capaz de aproximar-se facilmente de qualquer um; não se passaram nem duas horas e Panchin tinha a impressão de conhecê-la há um século, enquanto Liza, aquela mesma Liza que ele de algum modo amava, da qual ele pedira a mão no dia anterior, desaparecia como se estivesse em um nevoeiro. Serviram o chá; a conversa correu ainda mais facilmente. Maria Dmítrievna chamou a criada cossaca e ordenou-lhe que dissesse a Liza para descer, caso a dor de cabeça tivesse melhorado. Ao ouvir o nome de Liza, Panchin pôs-se a falar sobre o espírito de sacrifício, sobre quem é mais capaz de se sacrificar – o homem ou a mulher. No mesmo instante, Maria Dmítrievna perturbou-se, garantiu que a mulher é mais propensa a sacrifícios, disse que podia provar isso em duas palavras, confundiu-se e acabou por fazer uma comparação muito infeliz. Varvára Pávlovna pegou o caderno de partituras, escondeu parcialmente o rosto com ele e, inclinando-se na direção de Panchin, mordiscando o *biscuit*, com um sorriso tranquilo nos lábios e no olhar, pronunciou à meia-voz:

– *Elle n'a pas inventé la poudre, la bonne dame*[48].

Panchin assustou-se um pouco e ficou surpreso com a ousadia de Varvára Pávlovna; mas ele não compreendeu quanto de desprezo por ele próprio escondia-se nesse inesperado desabafo e, deixando de lado o carinho e a dedicação de Maria Dmítrievna, tendo esquecido os almoços com os quais ela o alimentara, os valores que ela lhe emprestara, com aquele mesmo sorrisinho e aquela mesma voz, ele disse (infeliz!):

– *Je crois bien*[49], e nem "*Je crois bien*", mas "*J'crois ben*!".

Varvára Pávlovna lançou-lhe um olhar amistoso e ergueu-se. Liza entrou; Marfa Timoféievna em vão tentara convencê-la a não descer: ela decidira suportar a provação até o fim. Varvára Pávlovna foi ao seu encontro junto com Panchin, em cujo rosto surgiu a antiga expressão diplomática.

– Como está a sua saúde? – perguntou ele a Liza.

– Sinto-me melhor, obrigada – respondeu ela.

– Aqui embaixo estávamos ocupados com a música; é pena que a senhorita não tenha ouvido Varvára Pávlovna. Ela canta magnificamente, "*en artiste consommée*[50]".

---

48. Ela, essa boa dama, não inventou a pólvora. Em francês no original. (N.T.)

49. Sim, também acho. Em francês no original. (N.T.)

50. Uma artista consumada. Em francês no original. (N.T.)

— Venha até aqui, "ma chère" — soou a voz de Maria Dmítrievna.

No mesmo instante, com a submissão de uma criança, Varvára Pávlovna aproximou-se dela e sentou-se em um pequeno tamborete junto a seus pés. Maria Dmítrievna chamou-a para si a fim de deixar a filha sozinha com Panchin, mesmo que por um minuto: no fundo, ainda tinha esperanças de que Liza tomasse tento. Além disso, viera-lhe uma ideia à cabeça que ela queria logo comunicar a Varvára Pávlovna.

— Sabe — sussurrou ela —, eu quero tentar reconciliar a senhora com o seu marido; não garanto êxito, mas tentarei. Ele me respeita muito, a senhora sabe.

Varvára Pávlovna ergueu lentamente os olhos para Maria Dmítrievna e juntou as mãos com leveza.

— A senhora seria a minha salvadora, "ma tante" — disse ela com voz sofrida —, eu não sei como agradecer por todos os seus carinhos; mas sou muito culpada diante de Fiódor Ivánitch; ele não pode me perdoar.

— Mas então... será que a senhora... realmente... — começou Maria Dmítrievna, curiosa.

— Não me pergunte isso — interrompeu-a Varvára Pávlovna e baixou os olhos. — Eu era jovem, imprudente... Aliás, não quero me justificar.

— Sim, está certo, mas por que não tentar? Não perca as esperanças — consolou-a Maria Dmítrievna e teve o impulso de tocar-lhe a face, mas fitou-lhe os olhos e intimidou-se. "Humilde, humilde", pensava ela, "mas aqui temos uma leoa."

— A senhorita está doente? — perguntava enquanto isso Panchin a Liza.

— Sim, não estou bem.

— Eu a compreendo — manifestou ele depois de um silêncio prolongado. — Sim, eu a compreendo.

– Como?

– Eu a compreendo – repetiu Panchin significativamente, apenas porque não sabia o que dizer.

Liza desconcertou-se e depois pensou: "Que seja!". Panchin assumiu uma expressão misteriosa e silenciou-se, olhando severamente para o lado.

– Parece que já bateu onze horas – observou Maria Dmítrievna.

As visitas entenderam a menção e começaram as despedidas. Varvára Pávlovna tinha de confirmar se viria almoçar no dia seguinte e se traria Ada; Guedeónovski, que por pouco não cochilava, sentado em um canto, ofereceu-se para acompanhá-la até a casa. Panchin fez reverências solenes a todos, mas na saída, depois de sentar Varvára Pávlovna na carruagem, apertou-lhe a mão e gritou-lhe quando ela partiu:

– *Au revoir*!

Guedeónovski sentou-se ao lado dela; durante todo o trajeto, ela se divertiu com a atitude de pousar, como se por acaso, a pontinha da unha na perna dele; ele perturbava-se e ela fazia-lhe elogios, dava risinhos e dirigia-lhe olhares de coquete quando a luz dos lampiões de rua iluminava o interior da carruagem. A valsa que ela própria tocara soava em sua cabeça, deixava-a agitada; não importava onde estivesse, bastava-lhe imaginar as velas, a sala de baile, os giros rápidos sob o som da música, e a sua alma ardia de tal modo que os olhos cintilavam estranhamente, o sorriso passeava pelos lábios, algo grandioso e importante vertia por todo o corpo. Ao chegar à casa, Varvára Pávlovna saltou agilmente da carruagem – apenas leoas conseguem saltar assim –, voltou-se para Guedeónovski e, de repente, pôs-se a rir sonoramente bem à frente dele.

"Que mulher agradável", pensava o conselheiro estatal a caminho de casa, onde o esperava o criado com o unguento antirreumático – "ainda bem que sou um homem ponderado... mas de que será que ela estava rindo?"

Marfa Timoféievna passou a noite inteira à cabeceira de Liza.

XLI

Lavriétski passou um dia e meio em Vassílievskoe e quase todo o tempo vagou pelas redondezas. Não conseguia ficar muito tempo parado em um só lugar: a angústia o corroía; ele experimentava o tormento de ininterruptos e impotentes impulsos arrebatadores. Lembrava-se do sentimento que tomara a sua alma anteriormente, quando ele voltara à propriedade da família; lembrava-se das próprias intenções naquela época e indignava-se severamente contra si próprio. O que será que o afastara daquilo que ele considerava então como o seu dever, a única tarefa de toda a sua vida futura? A sede de felicidade – mais uma vez, a sede de felicidade! "Pelo visto, Mikhaliévitch estava certo", pensou ele. "Pela segunda vez você quis experimentar a felicidade na vida", disse ele consigo mesmo, "esqueceu que receber isso, ainda que uma única vez, é um luxo, uma dádiva imerecida. Você vai dizer que não foi verdadeira aquela felicidade, foi falsa: e se considera então merecedor da verdadeira felicidade! Olhe a seu redor, quem é bem-aventurado? Quem passa uma vida de delícias? Veja o mujique que sai para ceifar; pensa que ele está satisfeito com o próprio destino? Será? Você gostaria de trocar de lugar com ele? Lembre-se de sua mãe: ela pedia tão pouco, e o que foi que recebeu? Vê-se que você apenas se jactava diante de Panchin quando lhe disse que voltou à Rússia para lavrar a terra; você veio passar a velhice correndo atrás de mocinhas. Assim que chegou a notícia de sua liberdade, abandonou tudo, esqueceu tudo, saiu correndo como um garoto atrás de borboletas..." A imagem de Liza surgia diante dele o tempo todo, em meio às reflexões; ele afastava com grande esforço essa imagem, assim como uma outra, obsessiva, com traços impassíveis e ardilosos, belos e odiosos. O velho Anton notou que o senhor não estava em um bom dia; depois de suspirar algumas vezes atrás da porta e ainda junto à soleira, tomou coragem e aproximou-se, aconselhou-o a beber algo bem quentinho. Lavriétski gritou com ele, ordenou-lhe que saísse, mas depois se desculpou; Anton, entretanto, por causa disso apiedou-se ainda mais. Lavriétski não conseguia ficar na sala de visitas: tanto lhe parecia que o bisavô Andrei, de dentro da tela, dirigia um olhar de desprezo a seu descendente. "Eh, você! Um nada", pareciam dizer aqueles lábios revirados para o lado. "Será que eu não vou conseguir lidar com tudo isso? Vou sucumbir a essa... besteira? (Quem sofre um ferimento grave na guerra sempre chama a própria ferida de besteira. Sem se enganar, não há como viver neste mundo.) "O que sou, na verdade, um garoto? Pois sim: vi de perto a chance de ser feliz para sempre, quase a segurei, mas ela sumiu de repente; é como na loteria, se a roleta girasse mais um pouquinho, o pobre, quem sabe, viraria rico. Não aconteceu, então não aconteceu – e fim. Vou cerrar os dentes e cuidar dos meus negócios, e ficarei calado; dará certo, não é a primeira vez que tenho de me recolher. E por que fugi para cá, por que estou aqui sentado, afastado de tudo, como um avestruz com a cabeça enfiada na terra? É pavoroso encarar a tragédia... besteira!"

– Anton! – gritou ele bem alto –, ordene agora mesmo que preparem a sege.

"Sim", voltou a pensar, "é preciso se conter, ficar calado e mergulhar no trabalho."

Com essas reflexões, Lavriétski tentava curar a dor, mas ela era imensa e resistente; e até Aprakseia, que tinha sobrevivido a tantos sofrimentos, nem tanto da mente, mas da alma, balançou a cabeça e acompanhou-o com o olhar, penalizada, enquanto ele se sentava na sege para ir à cidade. Os cavalos partiram; ele estava imóvel e ereto, e imóvel olhava a estrada à sua frente.

XLII

No dia anterior, Liza escrevera a Lavriétski, pedindo-lhe que fosse vê-la no final da tarde, mas ele passou primeiro no próprio apartamento. Não encontrou em casa nem a esposa, nem a filha; pelos criados, soube que ela fora visitar os Kalitin. Essa notícia deixou-o aturdido e furioso. "Pelo visto, Varvára Pávlovna decidiu não me dar paz", pensou ele, com o coração inquieto. Começou então a andar de um lado para o outro, o tempo todo afastando com os pés e as mãos brinquedos e livrinhos infantis e vários itens femininos; depois chamou Justina e ordenou-lhe que limpasse todo aquele "lixo".

– *Oui, monsieur* – disse ela, com um trejeito coquete, e começou a arrumar o cômodo, inclinando-se graciosamente e, a cada movimento, deixando claro a Lavriétski que ela o considerava um urso ignorante.

Ele fitava com ódio o seu rosto parisiense desgastado, mas ainda "picante" e malicioso, as luvas brancas longas, o avental de seda e a touquinha fina. Finalmente Lavriétski dispensou-a e, depois de longa hesitação (Varvára Pávlovna ainda não voltara), resolveu dirigir-se à casa dos Kalitin – para procurar não Maria Dmítrievna (por nada no mundo ele entraria na sala dela, naquela sala onde estava a própria esposa), mas Marfa Timoféievna; lembrou-se de que a escada dos fundos, da entrada de serviço, levava diretamente ao quarto dela. Assim o fez. O acaso ajudou-o: no portão, ele encontrou Chúrotchka; ela levou-o até Marfa Timoféievna. Ao contrário do habitual, ele a encontrou sozinha; estava sentada no cantinho, com os cabelos descobertos, encurvada, com as mãos cruzadas no peito. Ao ver Lavriétski, a velhinha alarmou-se completamente, ergueu-se de súbito e começou a andar pelo cômodo, de um lado a outro, em busca da touca.

– Ah, então você veio, você veio – disse ela, agitada, fugindo do olhar de Lavriétski. – Pois sim, bom dia. E então? O que fazer? Onde o senhor esteve ontem? Pois então, ela veio, sim, veio. Então... bem... ia acontecer, de um modo ou de outro.

Lavriétski largou-se na cadeira.

– Sim, sim, sente-se – continuou a velhinha. – Você veio direto para cá? Sim, sim, é claro. E então? Veio ver como estou? Obrigada.

A velhinha calou-se; Lavriétski não sabia o que dizer, mas ela o compreendia.

– Liza... sim, Liza estava aqui agora mesmo – continuou Marfa Timoféievna, enquanto amarrava e desamarrava os cordões de uma pequena bolsa. – Ela não está passando bem. Chúrotchka, onde está você? Venha cá, mãe do céu, porque não consegue ficar quieta no lugar? A minha cabeça está doendo. Deve ser por conta dessa cantoria, da música.

– Que música, titia? –

– Como assim, que música? Da cantoria daqueles, eles já começaram, como dizem, os duetos. E tudo em italiano: *tchi-tchi*, *tcha-tcha*, feito pio de passarinho. Começam a soar as notas e logo parece que vão arrancar a alma. Aquele Panchin e aquela sua esposa. E como ajeitaram tudo isso rapidinho, como parentes, sem cerimônia. Aliás, temos de admitir, até um cachorro sai procurando abrigo, ninguém fica perdido por aí quando há quem o acolha.

– Sim, preciso reconhecer que eu não esperava por isso – manifestou-se Lavriétski –, é preciso muita ousadia.

— Não, meu querido, isso não é ousadia, foi tudo bem calculado. Que Deus cuide dela! Dizem que você a deixou ficar em Lávriki, é verdade?

— Sim, eu ofereci a minha propriedade a Varvára Pávlovna.

— Ela pediu dinheiro?

— Por enquanto não.

— Isso não vai demorar muito. Mas nem reparei em você ainda. Está bem de saúde?

— Sim, estou.

— Chúrotchka — exclamou de repente Marfa Timoféievna —, vá e diga a Lizavieta Mikháilovna, quer dizer, não, pergunte a ela... bem, ela está lá embaixo?

— Está sim, senhora.

— Certo, então pergunte onde ela enfiou o meu livrinho. Com certeza ela sabe.

— Sim, senhora.

A velhinha de novo se inquietou, começou a abrir as gavetas da cômoda. Lavriétski continuava sentado na cadeira, imóvel.

De repente, soaram passos leves na escada: Liza entrou.

Lavriétski ergueu-se e fez-lhe uma reverência; Liza ficou parada junto à porta.

— Liza, Lízotchka — começou Marfa Timoféievna, conturbada —, onde você colocou o meu livrinho, o livrinho, onde colocou?

— Qual livrinho, titia?

— Ora, meu Deus, o livrinho! Aliás, eu não pedi que você subisse... Ah, tanto faz. O que você estava fazendo lá embaixo? Pois Fiódor Ivánitch chegou. E a cabeça, está melhor?

— Não foi nada.

— Só sabe dizer "não foi nada". O que está acontecendo lá embaixo, música de novo?

– Não, estão jogando cartas.

– Vejam só, ela sabe fazer tudo. Chúrotchka, estou vendo que você quer dar uma volta no jardim. Vá logo.

– Não, Marfa Timoféievna...

– Por favor, não discuta, vá. Nastássia Kárpovna foi ao jardim sozinha, você fará companhia a ela. Respeite esta velha.

Chúrotchka saiu.

– E onde é que está a minha touca? Onde ela foi parar, hein?

– Deixe, eu procuro – disse Liza.

– Sente-se, sente-se; eu ainda tenho pernas. Ela deve estar no meu quarto.

E, lançando um olhar de soslaio a Lavriétski, Marfa Timoféievna sumiu. Ela tinha deixado a porta aberta, mas voltou de repente e fechou-a.

Liza apoiou-se no encosto da poltrona e levou as mãos ao rosto, em silêncio; Lavriétski continuou onde estava.

– Eis em que situação fomos nos encontrar – disse ele finalmente.

Liza tirou as mãos do rosto.

– Sim – disse ela com voz surda –, nossa punição veio logo.

– Punição – repetiu Lavriétski. – E por que motivo a senhora receberia uma punição?

Liza ergueu os olhos na direção dele. Não havia neles nem amargura, nem inquietação; pareciam menores e mais opacos. O rosto estava pálido, os lábios entreabertos também tinham empalidecido.

O coração de Lavriétski estremeceu de compaixão e amor.

– A senhora me escreveu: tudo terminado – sussurrou ele. – Sim, tudo terminado, antes mesmo de começar.

— Precisamos esquecer tudo isso — replicou Liza. — Foi bom o senhor ter vindo; eu queria lhe escrever, mas assim é melhor. Temos de aproveitar bem esses minutos. Cada um de nós deve cumprir a sua obrigação. O senhor, Fiódor Ivánitch, deve se reconciliar com a sua esposa.

— Liza!

— Eu lhe imploro; só assim será possível apagar... tudo o que houve. O senhor pense nisso e não recuse o meu pedido.

— Liza, por Deus, a senhora está pedindo o impossível. Eu estou pronto a fazer tudo o que ordenar, mas me reconciliar com ela! Concordo com tudo, esqueço tudo; mas não posso obrigar o meu coração... Tenha pena de mim, isso é muito cruel!

— Eu não exijo do senhor... isso de que está falando; se não puder, não viva com ela; mas se reconcilie — completou Liza e de novo levou a mão aos olhos. — Lembre-se de sua filhinha; faça isso por mim.

— Muito bem — respondeu Lavriétski entre dentes —, digamos que eu faça isso; assim cumprirei a minha obrigação. Mas e quanto à senhora: qual seria o seu dever?

— Eu sei muito bem o que é.

De repente Lavriétski sentiu o coração palpitar.

— Será que a senhora decidiu se casar com Panchin? — perguntou ele.

Liza sorriu quase imperceptivelmente.

— Oh, não! — exclamou ela.

— Ah, Liza, Liza! — replicou Lavriétski. — Como poderíamos ter sido felizes!

Liza de novo o fitou.

— Agora o senhor está vendo, Fiódor Ivánitch, que a felicidade não depende de nós, mas de Deus.

— Sim, mas por que a senhora...

A porta do cômodo vizinho abriu-se rapidamente e Marfa Timoféievna entrou com a touca na mão.

– Custei a achar – disse ela, colocando-se entre Lavriétski e Liza. – Fui eu que a guardei. Vejam só o que é a velhice, uma desgraça! A propósito, a juventude não é melhor. Então: o senhor vai com a esposa para Lávriki? – acrescentou ela, voltando-se para Fiódor Ivánitch.

– Com ela em Lávriki? Eu? Não sei – disse ele, depois de uma pausa.

– O senhor não vai descer?

– Hoje não.

– Está certo, como quiser; quanto a você, Liza, acho que deve descer. Ai, santo Deus, esqueci de dar comida ao passarinho. Esperem um pouco, volto já...

E Marfa Timoféievna saiu às pressas, sem colocar a touca.

Lavriétski aproximou-se rapidamente de Liza.

– Liza – recomeçou ele, com voz suplicante –, vamos nos separar para sempre, o meu coração está em pedaços; dê-me sua mão em despedida.

Liza ergueu a cabeça. Pousou em Lavriétski o olhar cansado, quase apagado...

– Não – respondeu ela e puxou a mão já estendida –, não, Lavriétski (era a primeira vez que ela o chamava assim), não darei ao senhor a minha mão. Para quê? Vá embora, eu lhe peço. O senhor sabe, eu o amo... sim, eu o amo... – acrescentou ela, com esforço –, mas não... não.

E ela levou o lenço aos lábios.

– Então, pelo menos, dê-me este lenço.

A porta rangeu... O lenço escorregou entre os joelhos de Liza. Lavriétski pegou-o antes que caísse no chão, meteu-o rapidamente no bolso lateral e, voltando-se, cruzou o olhar com o de Marfa Timoféievna.

– Lízotchka, parece que a sua mãe está chamando – disse a velhinha.

Liza ergueu-se no mesmo instante e saiu.

Marfa Timoféievna sentou-se de novo no cantinho. Lavriétski começou a se despedir.

– Fiédia – disse ela de súbito.

– O que foi, titia?

– Você é um homem honesto?

– Como?

– Fiz uma pergunta: você é um homem honesto?

– Espero que sim.

– Hum. Quero a sua palavra de homem honesto.

– Está dada. Mas por que isso?

– Eu sei bem o porquê. E você, meu chefe de família, pense muito direitinho, afinal, não é estúpido, e vai descobrir facilmente por que perguntei isso. Agora adeus, querido. Obrigada por ter vindo me visitar; e lembre-se da palavra dada, Fiédia; agora me dê um beijo. Oh, minha boa alma, eu sei, é difícil, mas não é fácil para ninguém. Pois, veja só, houve época em que eu invejava as moscas: aí está, pensava eu, quem vive bem neste mundo; só que depois, certa noite, ouvi uma mosca se retorcendo na teia de aranha. Então pensei: não, elas também enfrentam tempestades. O que fazer, Fiédia? De qualquer modo, lembre-se da palavra dada. Agora vá.

Lavriétski saiu pela porta dos fundos e já se aproximava do portão... O criado alcançou-o.

– Maria Dmítrievna mandou pedir que o senhor faça o favor de ir vê-la – informou a Lavriétski.

– Diga-lhe, irmão, que agora eu não posso... – começou Fiódor Ivánitch.

– A senhora ordenou pedir encarecidamente – continuou o criado –, mandou dizer que está sozinha.

– Então os convidados foram embora? – perguntou Lavriétski.

– Exatamente – manifestou-se o criado, mostrando os dentes.

Lavriétski deu de ombros e seguiu-o.

XLIII

Maria Dmítrievna estava sozinha no gabinete, sentada em uma poltrona de tipo voltairiano, cheirando a água-de-colônia; havia um copo de água com *fleurs d'orange* na mesinha ao lado. Ela estava nervosa e parecia amedrontada.

– A senhora queria me ver – disse ele, inclinando-se numa fria reverência.

– Sim – pronunciou Maria Dmítrievna e tomou um golinho de água. – Fiquei sabendo que o senhor foi direto para o quarto da titia; pedi que o trouxessem para cá; preciso conversar com o senhor. Sente-se, por favor.

Maria Dmítrievna tomou fôlego.

– O senhor sabe – continuou ela –, a sua esposa voltou.

– Sim, é do meu conhecimento – pronunciou Lavriétski.

– Pois bem, eu queria lhe dizer: ela veio me procurar e eu a recebi; eis o motivo pelo qual quero me explicar com o senhor, Fiódor Ivánitch. Eu, graças a Deus, sou merecedora, posso dizer, de todo respeito e por nada neste mundo farei algo que vá contra os bons costumes. Embora eu tenha previsto que isso o desagradaria, Fiódor Ivánitch, entretanto, não tomei a decisão de barrar a entrada dela; ela é minha parente, da parte do senhor; coloque-se na minha posição, que direito teria eu de impedir a entrada dela nesta casa? O senhor concorda?

– A senhora está preocupada à toa, Maria Dmítrievna – exprimiu-se Lavriétski –, a senhora fez muito bem; eu não me ofendo nem um pouco. Não tenho nenhuma intenção de privar Varvára Pávlovna da possibilidade de ver seus conhecidos; hoje eu não vim ver a senhora apenas porque não queria me encontrar com ela: e isso é tudo.

— Ah, como fico aliviada em ouvir isso do senhor, Fiódor Ivánitch — exclamou Maria Dmítrievna. — Aliás, eu sempre esperei algo assim da parte do senhor, um homem de bons sentimentos. Estou preocupada, e isso não deve causar surpresa, porque sou mulher e mãe. A sua esposa... é claro, eu não posso julgar o caso, foi isso que disse a ela, mas a sua esposa é uma dama tão agradável, que não pode trazer nada além de satisfação.

Lavriétski sorriu e pôs-se a mexer no chapéu.

— Eis então o que eu queria lhe dizer, Fiódor Ivánitch — continuou Maria Dmítrievna, aproximando-se dele um pouco mais —, se o senhor visse como ela se comporta com humildade, com respeito! Sim, verdade, é até tocante. E se ouvisse o modo como ela se refere ao senhor! Eu, diz ela, sou inteiramente culpada diante dele! Eu, diz ela, não lhe dei o valor que ele merece. Isso são palavras de um anjo, e não de um ser humano. Sim, podemos dizer: um anjo. O arrependimento dela é tão... Eu, palavra de honra, nunca vi um arrependimento assim!

— Mas, diga-me, Maria Dmítrievna — interpelou-a Lavriétski —, permita-me a curiosidade: disseram-me que Varvára Pávlovna cantou em sua casa; ela cantou no momento do arrependimento ou quando, então?

— Ah, será que não tem vergonha de falar assim? Ela cantou e tocou apenas para atender a um pedido meu, porque eu pedi com insistência, praticamente a obriguei. Eu via que era penoso para ela, muito penoso, mas eu estava procurando algo que pudesse distraí-la; além disso tinha ouvido falar que ela tem um talento excepcional! Seja misericordioso, Fiódor Ivánitch, ela está completamente arrasada, pergunte, se quiser, a Serguei Petróvitch; é uma mulher destruída *tout-a-fait*[51]. Por que está duvidando?

Lavriétski apenas mexeu os ombros.

– E, depois, que anjinho vocês têm, Ádotchka, que encanto! Como é linda e meiga; como fala bem o francês; e entende russo, chamou-me de titia. E, sabe de uma coisa, não é retraída como costuma acontecer com crianças nessa idade, não, ela não se acanha. Parece tanto com o senhor, Fiódor Ivánitch, é impressionante. Os olhos, as sobrancelhas... sim, é a cara do senhor. Eu não gosto muito de crianças tão pequenas, reconheço, mas simplesmente me apaixonei por sua filhinha.

– Maria Dmítrievna – pronunciou de repente Lavriétski –, permita-me perguntar-lhe: para que se dá ao trabalho de me dizer tudo isso?

– Para quê? – Maria Dmítrievna de novo cheirou a água-de-colônia e tomou um gole de água. – Eu estou falando tudo isso, Fiódor Ivánitch, para que... veja bem, eu sou parente sua, eu me considero uma parente próxima... sei que o seu coração é boníssimo. Escute, *mon cousin*, eu sou, afinal, uma mulher experiente e não fico dizendo coisas ao vento! Perdoe, perdoe a sua esposa.

Os olhos de Maria Dmítrievna de repente se encheram de lágrimas.

– Pense bem: a juventude, a inexperiência... e também, talvez, um mau exemplo: ela não teve uma mãe que a colocasse no bom caminho. Perdoe-a, Fiódor Ivánitch, ela já fui punida o bastante.

Lágrimas desciam pela face de Maria Dmítrievna; ela não as secava, adorava chorar. Lavriétski permanecia sentado, como em uma cadeira de espinhos. "Meu

---

51. Completamente. Em francês no original. (N.T.)

Deus", pensava ele, "que provação, que dia me reservaram hoje."

– O senhor não responde – recomeçou Maria Dmítrievna. – Como devo entender isso? Será que consegue ser tão insensível? Não, eu não quero acreditar nisso. Eu sinto que as minhas palavras tocaram o senhor. Fiódor Ivánitch, Deus o recompensará por sua bondade se o senhor tomar agora, de minhas mãos, a sua esposa...

Lavriétski ergueu-se automaticamente da cadeira; Maria Dmítrievna também se levantou e, entrando agilmente atrás do biombo, trouxe de lá Varvára Pávlovna. Pálida, mortiça, de olhos baixos, ela parecia ter renunciado a seu intrépido intelecto, a toda vontade própria para se entregar inteiramente à mão de Maria Dmítrievna.

Lavriétski deu um passo para trás.

– A senhora estava aqui! – exclamou ele.

– Não a culpe – apressou-se a dizer Maria Dmítrievna –, ela não queria ficar de jeito nenhum, mas eu a obriguei, eu a coloquei atrás do biombo. Ela me garantiu que isso o deixaria ainda mais irritado; eu é que não a ouvi; eu o conheço melhor do que ela. Receba de minhas mãos a sua esposa; venha, Varia, não tenha medo, caia aos pés de seu marido (ela a segurava pela mão) e receba a minha benção...

– Pare, Maria Dmítrievna – interrompeu-a Lavriétski, com voz surda, mas trêmula. – A senhora provavelmente gosta de cenas sentimentais (Lavriétski não se enganava: Maria Dmítrievna, ainda da época do instituto, conservara a paixão por certa teatralidade); elas divertem; mas outros ficam mal por causa delas. Aliás, eu não vou discutir com a senhora: *nesta* cena, não é a senhora o personagem principal. O que *a senhora* quer de mim, madame? – acrescentou ele, dirigindo-se à esposa. – Será que não fiz para a senhora tudo que podia?

Não retruque que não foi a senhora quem armou este encontro; eu não confio na senhora, e a senhora bem sabe que eu não posso confiar. O que quer? A senhora é esperta, não faz nada sem um objetivo. Pois deve compreender que não temos nenhuma condição de viver juntos, como era antes; isso não porque eu estou zangado com a senhora, mas sim porque eu me tornei um outro homem. Disse-lhe isso já no segundo dia do seu retorno e a senhora, naquele momento, concordou sinceramente comigo. Mas deseja recuperar o respeito de todos; é pouco viver na minha casa, a senhora quer viver comigo sob o mesmo teto, não é verdade?

– Eu quero que o senhor me perdoe – começou Varvára Pávlovna, sem erguer os olhos.

– Ela queria que o senhor a perdoasse – repetiu Maria Dmítrievna.

– E não por mim, mas por Ada – sussurrou Varvára Pávlovna.

– Não por ela, mas por sua Ada – repetiu Maria Dmítrievna.

– Muito bem. É isso que a senhora quer? – perguntou Lavriétski, com dificuldade. – Que seja, eu concordo também com isso.

Varvára Pávlovna olhou rapidamente para Lavriétski, enquanto Maria Dmítrievna exclamava: "Ah, graças a Deus!" e de novo puxava Varvára Pávlovna pela mão.

– Receba agora das minhas...

– Pare com isso – interrompeu-a Lavriétski. – Eu aceito viver com a senhora, Varvára Pávlovna – continuou ele –, quer dizer, eu a levarei a Lávriki e viverei lá com a senhora enquanto tiver forças, mas, depois, partirei e voltarei de tempos em tempos. Veja bem, eu não quero enganá-la, mas não exija mais nada. A senhora seria a primeira a rir se eu atendesse ao desejo de nossa honrada parenta e a apertasse contra o meu peito, e começasse a dizer que... que o passado não existe mais, que a árvore arrancada vai brotar de novo. Mas eu vejo que a reconciliação é necessária. A senhora não compreende essa palavra... tanto faz. Eu repito... viverei com a senhora... ou melhor, não, eu não posso prometer isso... Eu vou conviver com a senhora, vou considerá-la de novo como minha esposa...

– Então, pelo menos, dê-lhe a mão – pediu Maria Dmítrievna, cujas lágrimas há muito tinham secado.

– Eu, até agora, não enganei Varvára Pávlovna – afirmou Lavriétski –, ela acreditará em mim sem isso. Eu a acompanharei até Lávriki e, lembre-se, Varvára Pávlovna: o nosso acordo será desfeito assim que a senhora sair de lá. Agora, permitam que eu me retire.

Ele fez uma reverência às duas damas e saiu apressadamente.

– O senhor não vai levá-la consigo – gritou-lhe Maria Dmítrievna...

– Deixe-o – sussurrou-lhe Varvára Pávlovna e, no mesmo instante, abraçou-a, pôs-se a agradecer-lhe e a beijar-lhe a mão, chamando-a de minha salvadora.

Maria Dmítrievna recebeu a demonstração de carinho com condescendência; mas, no fundo, não estava satisfeita nem com Lavriétski, nem com Varvára Pávlovna, nem com toda a cena que preparara. Houvera pouco sentimentalismo; em sua opinião, Varvára Pávlovna devia ter se lançado aos pés do marido.

– Parece que a senhora não me entendeu – explicou ela –, pois eu lhe disse: caia aos pés dele.

– Assim foi melhor, querida titia; não se preocupe, tudo correu maravilhosamente bem – afirmou Varvára Pávlovna.

– Sim, bem, e ele então: frio como gelo – observou Maria Dmítrievna. – Também, convenhamos, a senhora não chorou, e eu que me desmanchei diante dele. Quer trancá-la em Lávriki. Quer dizer que a senhora está proibida de me visitar? Os homens são todos insensíveis – concluiu ela e balançou significativamente a cabeça.

– Em compensação, as mulheres sabem valorizar a bondade e a magnanimidade – declarou Varvára Pávlona e, em silêncio, prostrou-se de joelhos diante de Maria Dmítrievna, envolveu toda a sua figura com os braços e apertou o próprio rosto contra ela. O seu rosto sorria às escondidas, enquanto Maria Dmítrievna de novo vertia lágrimas.

Já Lavriétski encaminhou-se para casa, trancou-se no cômodo de seu camareiro, largou-se no sofá e ficou lá até amanhecer.

XLIV

O dia seguinte era um domingo. O som do sino, que chamava para a liturgia matinal, não despertou Lavriétski – ele não havia pregado os olhos a noite inteira –, mas fez com que ele se lembrasse de outro domingo, quando fora à igreja, a pedido de Liza. Ele se levantou às pressas; certa voz misteriosa dizia-lhe que também agora a veria na igreja. Saiu de casa sem alarde, ordenou dizerem a Varvara Pávlovna, ainda deitada, que voltaria para o almoço e, a passos largos, dirigiu-se aonde o conduzia o dobre monótono e pesaroso. Chegou cedo: ainda não havia praticamente ninguém na igreja; no coro, o sacristão lia o ofício divino; de vez em quando, interrompida pela tosse, sua voz soava cadenciadamente, ora baixa, ora alta. Lavriétski posicionou-se perto da entrada. Os devotos chegavam um a um, paravam, persignavam-se, inclinavam-se em todas as direções; seus passos soavam no vazio e no silêncio, repercutindo claramente sob as abóbadas. Uma velhinha decrépita, num agasalho surrado com capuz, estava ajoelhada perto de Lavriétski e rezava aplicadamente; seu rosto desdentado, amarelo e cheio de rugas exprimia tensa comoção; os olhos vermelhos olhavam fatalmente para cima, para as imagens da iconostase; o braço ossudo saía repetidas vezes do agasalho e, lenta e firmemente, descrevia uma cruz grande e ampla. Entrou na igreja um mujique todo amarrotado, de barba espessa, rosto sombrio e cabelos eriçados, postou-se de joelhos num único movimento e, no mesmo instante, pôs-se a persignar-se às pressas, lançando a cabeça para trás num solavanco, após cada reverência. Transmitia-se de seu rosto e de todos os seus movimentos um desgosto tão amargo que Lavriétski decidiu se aproximar e perguntar-lhe o que tinha acontecido. Assustada e gravemente, o mujique recuou e olhou para ele...

– O meu filho morreu – pronunciou ele com rapidez e retomou as reverências...

"Para eles, o que pode substituir o consolo da igreja?", pensou Lavriétski e tentou, ele próprio, rezar; mas o seu coração tornara-se pesado e rude e o pensamento estava longe. Ele continuava à espera de Liza, mas Liza não chegava. A igreja começava a se encher de gente e nada de Liza. A liturgia iniciava, o diácono terminava o evangelho, começavam a chamar para a ave-maria; Lavriétski moveu-se um pouco para a frente e, de repente, viu Liza. Ela chegara antes e ele não a notara; apertada no espaço entre a parede e o coro, Liza não olhava para os lados nem se mexia. Lavriétski não tirou os olhos dela até o final da liturgia: estava se despedindo. O povo começou a se dispersar, enquanto ela continuava parada, de pé; parecia esperar a saída de Lavriétski. Finalmente, Liza persignou-se pela última vez e saiu, sem se voltar: estava acompanhada da camareira. Lavriétski saiu da igreja atrás dela e alcançou-a na rua; ela caminhava com muita rapidez, de cabeça inclinada, com o véu baixado sobre o rosto.

– Bom dia, Lizavieta Mikháilovna – disse ele, com voz forte e uma desenvoltura artificial –, posso acompanhá-la?

Ela não disse nada; ele seguiu andando a seu lado.

– A senhorita está satisfeita comigo? – perguntou ele, baixando a voz. – Ouviu falar do que aconteceu ontem?

– Sim, sim – disse Liza num sussurro –, isso é bom.

E ela começou a andar ainda mais rapidamente.

– Está satisfeita?

Liza apenas assentiu com a cabeça.

– Fiódor Ivánitch – começou ela, numa voz calma, mas fraca –, eu gostaria de lhe pedir: não venha mais nos visitar, vá embora logo; pode ser que depois nos encontremos, num outro momento, daqui a um ano. Mas, agora, faça isso por mim: atenda o meu pedido, pelo amor de Deus.

– Estou pronto a acatar qualquer decisão sua, Lizaviéta Mikhailovna; mas será que devemos nos separar assim? Será que a senhorita não me dirá mais nenhuma palavra?

– Fiódor Ivánitch, veja, agora mesmo o senhor está andando ao meu lado... mas está tão distante, tão distante. E não só o senhor, mas...

– Termine, eu lhe imploro! – exclamou Lavriétski. – O que a senhorita queria dizer?

– Escute-me, talvez... seja lá o que houve, esqueça... Não, não me esqueça, lembre-se de mim.

– Esquecer-me da senhorita...

– Basta, adeus. Não venha atrás de mim.

– Liza – começou Lavriétski...

– Adeus, adeus! – repetiu ela, baixando ainda mais o véu e quase disparando a correr.

Lavriétski acompanhou-a com o olhar e, cabisbaixo, seguiu pela rua na direção contrária. Deu de encontro com Lemm, que também caminhava, de chapéu enterrado na testa, a cabeça abaixada.

Olharam-se em silêncio.

– Bem, o que conta? – falou finalmente Lavriétsvki.

– O que conto? – respondeu Lemm sombriamente. – Não conto nada. Tudo morreu, nós também morremos (*Alles ist todt, und wir sind todt*). Parece que o senhor vai para a direita.

– Para a direita.

– E eu, para a esquerda. Adeus.

Na manhã seguinte, Fiódor Ivánitch e a esposa dirigiram-se a Lávriki. Ela ia à frente, numa carruagem, com Ada e Justina; ele atrás, num coche. A boa menina todo o tempo do percurso não se afastou da janela; admirava-se de tudo: dos mujiques, das camponesas, das isbás, dos poços, dos varais da carruagem, das sinetas e da grande quantidade de gralhas; Justina compartilhava a admiração de Ada; Varvára Pávlovna ria dos comentários e das exclamações das duas. Ela estava de bom humor; antes da partida da cidade de O., havia se entendido com o marido.

– Eu compreendo a sua posição – dissera-lhe, e ele, pela expressão dos olhos sagazes da esposa, pôde concluir que ela compreendia a sua posição inteiramente –, mas o senhor faça-me justiça pelo menos nisto, reconheça que é fácil conviver comigo; eu não o importunarei, não o constrangerei; eu quero garantir o futuro de Ada; não preciso de nada além disso.

– Sim, a senhora alcançou todos os seus objetivos – murmurou Fiódor Ivánitch.

– Agora sonho apenas com uma única coisa: esconder-me para sempre nos confins do mundo; lembrarei eternamente a sua benevolência...

– Fu! Chega – interrompeu-a Lavriétsi.

– E sou capaz de respeitar a sua independência e o seu sossego – terminou ela a frase preparada.

Lavriétski fez-lhe uma profunda reverência. Varvára Pávlovna entendeu que o marido, no íntimo, agradecia-lhe.

No segundo dia de viagem, no final da tarde, chegaram a Lávriki; uma semana depois, Lavriétski dirigiu-se a

Moscou, deixando à esposa uns cinco mil para as despesas, e, no dia seguinte à partida dele, apareceu Panchin, a quem Varvára Pávlovna pedira não esquecê-la na solidão. Melhor não podia ter sido a recepção e, até tarde da noite, os cômodos da parte de cima da casa e o próprio jardim inundaram-se de sons de música, canções e conversas alegres em francês. Panchin hospedou-se por três dias na casa de Varvára Pávlovna; ao se despedir, apertando-lhe as mãos encantadoras com força, prometeu voltar muito em breve – e cumpriu a promessa.

XLV

Liza tinha um quartinho especial no segundo andar da casa de sua mãe; limpo, iluminado, com uma caminha branca, vasos de flores nos cantos e sob as janelas, uma pequena escrivaninha, um montinho de livros e um crucifixo na parede. O cômodo fora chamado de quartinho do bebê; Liza nasceu nele. Ao voltar da igreja, onde vira Lavriétski, ela arrumou as coisas com mais apuro do que nunca, tirou todo o pó, examinou todos os caderninhos e cartas de amigas e amarrou-os com fitinhas, trancou todas as gavetas, regou as plantas e tocou com a mão cada uma das flores. Fez tudo isso sem pressa, sem barulho, com tranquilo e enternecido desvelo no rosto. Finalmente, ela parou no meio do cômodo, olhou demoradamente ao redor e, aproximando-se da mesa sobre a qual pendia o crucifixo, ajoelhou-se, apoiou a cabeça nas mãos unidas e permaneceu imóvel.

Marfa Timoféievna entrou e encontrou-a nessa posição. Liza não notou a sua presença. A velhinha voltou até a porta na ponta dos pés e tossiu alto algumas vezes. Liza ergueu-se rapidamente e limpou os olhos em que brilhavam lágrimas claras, recém-formadas.

– Pois bem, estou vendo que você limpou de novo a sua celinha – gracejou Marfa Timoféievna, inclinando-se profundamente sobre o vaso com uma rosinha fresca. – Que perfume maravilhoso!

Liza olhou pensativa para a titia.

– Veja a palavra que a senhora usou! – sussurrou ela.

– Qual palavra, qual? – replicou a velhinha com vivacidade. – O que você quer dizer? Isso é terrível –

começou ela, de súbito arrancando a touca e sentando-se na caminha de Liza. – Está acima das minhas forças: hoje é o quarto dia em que fervo como dentro de um caldeirão; não posso mais fingir que não estou vendo nada, não suporto ver como você está cada dia mais pálida, seca, em prantos, não posso, não posso.

– O que é isso, titia? – perguntou Liza. – Eu não fiz nada...

– Nada? – exclamou Marfa Timoféievna. – Vá dizer isso a outro, e não a mim! Nada! E quem estava ainda agora de joelhos? Quem está ainda com os cílios molhados de lágrimas? Nada! Olhe bem para você, o que aconteceu com o seu rosto, aonde foram parar os olhos? Nada! Acha que não sei de tudo?

– Vai passar, titia; dê tempo ao tempo.

– Vai passar, sim, mas quando? Senhor Deus, meu soberano! Será que o amava tanto assim? Mas ele é um velho, Lízotchka. Sim, eu não vou discutir, é um homem bom, não morde; mas o que há demais nisso? Nós todos somos boas pessoas; o mundo é grande; sempre haverá muita bondade.

– Eu estou dizendo, tudo isso passará, tudo já passou.

– Ouça o que vou lhe dizer, Lízotchka – disse de repente Marfa Timoféievna, sentando Liza a seu lado na cama e ajeitando ora os cabelos, ora a trança dela. – É só agora, no meio do sofrimento, que parece que não existe cura para a sua dor. Ah, minha querida, só a morte não tem remédio! Apenas diga a si mesma, "Não me entregarei!", e depois vai ficar surpresa ao ver como tudo se arranja bem. Apenas espere um pouco.

– Titia – replicou Liza –, isso tudo já passou, já passou.

– Passou! Não passou nada! Olhe o seu narizinho, tão enfunilado, e você diz: passou. Está certo, "passou"!

— Sim, passou, titia. Se a senhora quer realmente me ajudar – disse Liza, subitamente animada, e lançou-se ao pescoço de Marfa Timoféievna. – Titia querida, seja minha amiga, me ajude, não fique com raiva de mim, me compreenda...

— Sim, sim, mas o que é isso, minha mãe? Não me assuste, por favor; vou começar a gritar agora mesmo, não olhe para mim assim; diga logo o que é!

— Eu... eu quero... – Liza escondeu o rosto no colo de Marfa Timoféievna... – Eu quero ir para o convento – completou ela com voz surda.

A velhinha saltou da cama num instante.

— Faça o sinal da cruz, minha mãe, Lízotchka, tome tento, o que há com você, Deus te ajude – balbuciou ela finalmente. – Deite-se, minha pombinha, durma um pouquinho; isso tudo é por falta de sono, minha queridinha.

Liza ergueu a cabeça, a sua face brilhava.

— Não, titia – pediu ela –, não fale assim; eu decidi, rezei, pedi conselho a Deus; está tudo terminado, minha vida aqui acabou. Uma lição dessas não vem à toa; e não é a primeira vez que penso nisso. A felicidade não foi feita para mim; até quando eu tinha esperanças de ser feliz o meu coração ficava apertado. Eu sei de tudo, conheço os meus erros e os erros dos outros, sei como papai acumulou a nossa riqueza; eu sei de tudo. É preciso romper, romper com tudo isso. Tenho pena da senhora, da mamãe, da Lenótchka; mas não há o que fazer; eu sinto que a minha vida não está aqui; eu já renunciei a tudo, dei adeus a tudo nesta casa pela última vez; estou ouvindo um chamado; não me sinto bem, tenho vontade de ficar enclausurada para sempre. Não me detenha, não tente me convencer, ajude-me, senão farei tudo sozinha...

Marfa Timoféievna, apavorada, ouvia a sobrinha.

"Está doente, delirando", pensava ela, "precisamos chamar o médico, mas qual? Guedeónovski tinha elogiado um deles, de passagem; mas ele mente tanto, mas quem sabe não estava falando a verdade daquela vez." Mas, quando se convenceu de que Liza não estava doente e nem febril, quando a todas as suas objeções Liza respondia invariavelmente a mesma coisa, Marfa Timoféievna assustou-se e realmente sentiu pena, de verdade.

– Mas, minha querida, você não sabe que vida levam no convento! – começou ela, tentando convencer a sobrinha. – Pois saiba, minha amada, que vão alimentar você com aquele óleo de cânhamo, vão dar a você uma roupa de baixo muito, muito grossa, vão obrigar você a sair no frio, e você, Lízotchka, não vai suportar tudo isso. Isso tudo é rastro de Agáfia; foi ela que encheu a sua cabeça. Mas veja que ela não fez nada disso, viveu bem à larga; então viva também assim. Deixe, pelo menos, que eu morra tranquila, depois faça o que quiser. E quem é que disse que por causa de um tal bode de barba, Deus me perdoe, por causa de um homem é preciso ir para o convento? Pois se está com o coração apertado, visite o convento, reze diante do ícone, encomende uma missa, mas não ponha o véu preto do hábito, paizinho do céu, mãezinha minha...

E Marfa Timoféievna chorou amargamente.

Liza consolou-a, limpando as suas lágrimas, também chorou, mas permaneceu inflexível. Desesperada, Marfa Timoféievna tentou lançar uma ameaça: contar tudo à mãe... mas nem isso ajudou. Só depois de insistentes pedidos da velhinha, Liza concordou em adiar em seis meses a realização do seu intento; em compensação, Marfa Timoféievna teve de lhe dar a palavra de que a ajudaria e se ocuparia de conseguir a concordância de

Maria Dmítrievna, caso Liza não voltasse atrás em sua decisão.

Com a chegada dos primeiros frios, Varvára Pávlovna, apesar da promessa de permanecer isolada, aproveitou as economias acumuladas e mudou-se para Petersburgo, onde alugou um apartamento modesto, mas aconchegante, encontrado para ela por Panchin, que ainda antes dela havia deixado a província de O... Nos últimos tempos de sua permanência na província, ele perdera completamente a boa disposição de Maria Dmítrievna; de repente, deixara de frequentar a casa dela, enquanto praticamente não saía de Lávriki. Varvára Pávlovna tinha conseguido escravizá-lo, exatamente escravizá-lo; não se pode expressar com outra palavra o poder ilimitado, irremissível e despótico que ela exercia sobre ele.

Lavriétski passou o verão em Moscou e, na primavera do ano seguinte, chegou a seu conhecimento a notícia de que Liza tinha se recolhido ao convento de B..., em uma das regiões mais remotas da Rússia.

Epílogo

Passaram-se oito anos. De novo entrou a primavera... Mas digamos antes algumas palavras sobre o destino de Mikhaliévitch, de Panchin e da senhora Lavriétski – depois nos despediremos deles. Mikhaliévitch, após longas peregrinações, finalmente conseguiu encontrar o seu verdadeiro ofício: recebeu a posição de inspetor em uma instituição de ensino. Está muito satisfeito com o próprio destino e os educandos o "reverenciam", embora também o arremedem. Panchin escalou categoricamente os degraus do funcionalismo e já visa um cargo de diretor; anda um tanto encurvado: provavelmente a condecoração de Vladímir que ele leva no peito obriga-o a inclinar-se para frente. Nele, o funcionário definitivamente levou vantagem sobre o artista; o seu rosto aparentemente jovem amareleceu, os cabelos rarearam, e ele já não canta, não pinta, mas ocupa-se de literatura em segredo: escreveu uma comediazinha do tipo "proverbial" e, uma vez que atualmente todos aqueles que escrevem revelam, sem falta, alguém ou algum fato real, ele também revelou uma coquete e lê a própria peça furtivamente a duas ou três damas que lhe são benevolentes. Entretanto, não firmou casamento, apesar de terem se apresentado várias ocasiões magníficas para isso: nesse aspecto, a culpada é Varvára Pávlovna. No que diz respeito a ela, passa temporadas em Paris como antes: em proveito próprio, Fiódor Ivánitch deu-lhe uma letra de câmbio e comprou a própria liberdade, livrou-se do risco de uma segunda investida. Ela envelheceu e engordou, mas continua bonita e elegante. Cada ser humano tem um ideal: Varvára Pávlovna encontrou o seu nas obras dramáticas do senhor Dumas filho. Frequenta assiduamente os teatros em que entram em cena Camélias tísicas e sentimentais; ser a senhora Eugénie Doche parece-lhe a máxima expressão da felicidade humana: certa vez anunciou que não desejava melhor sorte para a própria filha. Resta esperar que o destino livre *mademoiselle* Ada de semelhante felicidade: de uma criança gordinha e de faces rosadas, ela transformou-se em uma moça empalidecida, de pulmões fracos e nervos abalados. O número de fãs de Varvára Pávlovna reduziu-se, mas eles não desapareceram; alguns, com certeza, ela vai conservar até o final da vida. Nos últimos tempos, o mais zeloso de todos tem sido um tal Zakurdalo-Skubírnikov, aposentado, ex-integrante dos bigodudos oficiais da guarda, homem de uns trinta e oito anos, extraordinário, uma fortaleza de compleição física. Os frequentadores franceses do salão da senhora Lavriétski chamam-no "*le gros taureau de l'Ukraine*[52]"; Varvára Pávlovna nunca o convida para as suas festas da moda, mas ele aproveita inteiramente as boas relações dela.

Pois bem... Passaram-se oito anos. De novo soprava do céu a felicidade cintilante da primavera; de novo ela sorria à Terra e às pessoas; de novo sob os seus afagos tudo começava a florescer, a apaixonar-se, a cantar. A cidade de O... pouco mudara no decorrer desses oito anos; mas a casa de Maria Dmítrievna parecia rejuvenescida: as paredes recém-pintadas branquejavam amistosamente e os vidros das janelas abertas se roseavam e brilhavam sob o sol poente; das janelas chegavam à rua sons leves e animados de sonoras vozes juvenis, de risos ininterruptos; parecia que toda a casa fervilhava de vida e transbordava alegria por toda a região. A dona da casa

---

52. O touro selvagem da Ucrânia. Em francês no original. (N.T.)

há muito fora para o túmulo: Maria Dmítrievna falecera dois anos depois da consagração de Liza; e Marfa Timoféievna não sobreviveu muito tempo à sobrinha; as duas estão lado a lado no cemitério da cidade. Também não há mais Nastassia Kárpovna; durante alguns anos, a fiel velhinha visitou semanalmente o cemitério para rezar aos restos mortais da amiga... E chegou o tempo de também os seus ossinhos descansarem sob sete palmos de terra. Mas a casa de Maria Dmítrievna não caiu em mãos estranhas, nem saiu das mãos de sua estirpe, o ninho não se desfez. Eis a juventude que inundava as paredes da casa dos Kalitin de risos e conversas: Lénotchka, que se transformara em uma moça forte e bonita, e o seu noivo, um rapaz loiro, oficial hussardo; o filho de Maria Dmítrievna, recém-casado em Petersburgo e que chegara a O... na primavera, juntamente com a jovem esposa; a irmã da esposa dele, uma estudante de dezesseis anos de idade, faces alvas e olhos claros; Chúrotchka, também já crescida e bonitinha. Tudo na casa mudara, tudo estava de acordo com os novos moradores. Uma criadagem de rapazes imberbes, gracejadores e galhofeiros substituiu os antigos e graves velhotes; lá, onde certa época a gordalhona Roska perambulava com ares de importância, dois perdigueiros correm loucamente e saltam pelos sofás; na estrebaria, apareceram esquipadores aprumados, animais de troica – garbosos cavalos da frente e zelosos cavalos laterais, de crina trançada – e cavalos de sela da região do Don; o horário do café, do almoço e do jantar confundia-se e misturava-se; corria, segundo a expressão usada pelos vizinhos, "um arranjo nunca visto antes".

Naquele final de tarde de que falávamos, os habitantes da casa dos Kalitin (o mais velho deles, o noivo de Lénotchka, tinha apenas vinte e quatro anos), ocupavam-se de um jogo bem simples, mas, a julgar pelo riso geral, extremamente divertido: todos corriam pelos cômodos, brincando de pegador; os cães também corriam e latiam, e os canários presos em gaiolas penduradas sob as janelas esgoelavam-se atropeladamente, fortalecendo a escala geral com o estridular sonoro de seu potente gorjeio. No auge dessa diversão ensurdecedora, aproximou-se do portão uma sege enlameada e dela desceu um homem de uns quarenta anos de idade, usando roupa de viagem. Ele parou, surpreso, e permaneceu imóvel durante algum tempo, depois lançou à casa um olhar atento, passou pela cancela e galgou lentamente os degraus da entrada. Na antessala ele não encontrou ninguém, mas logo a porta do salão abriu-se de par em par e, por ela, saltou Chúrotchka, toda afogueada; um instante depois, com um grito sonoro, saiu correndo atrás dela uma menina bem novinha. Esta parou por um minuto e quedou-se diante do desconhecido; mas os olhos claros, fitos nele, continuavam expressando carinho e as faces juvenis não paravam de sorrir. O filho de Maria Dmítrievna aproximou-se do visitante e perguntou-lhe gentilmente o que queria.

– Eu sou Lavriétski – respondeu-lhe o visitante.

Um grito amistoso secundou-lhe, mas não porque todos aqueles jovens se alegrassem intensamente com a chegada do parente distante, quase esquecido; eles apenas estavam prontos a fazer barulho e animar-se diante de qualquer acontecimento. Cercaram Lavriétski no mesmo instante: Lénotchka, na qualidade de velha conhecida, foi a primeira a apresentar-se, garantindo-lhe que por pouco não o reconhecera antes que ele dissesse o próprio nome, e então apresentou-lhe todo o resto da família, chamando cada um, inclusive o noivo, pelo apelido. A multidão moveu-se inteira da sala de jantar para a sala de visitas. O papel de parede dos dois cômodos era outro, mas a mobília permanecera intacta; Lavriétski reconheceu o piano; inclusive os bastidores junto à janela eram os mesmos, encontravam-se na mesma posição de antes e pareciam ter o mesmo bordado inacabado de oito anos atrás. Fizeram-no sentar-se na poltrona da falecida; todos se sentaram em volta dele, oficialmente. Perguntas, exclamações, histórias atropelavam-se.

– Fazia tanto tempo que não o víamos – comentou Lénotchka, com inocência –, e também Varvára Pávlovna não temos visto.

– É claro! – apressou-se a completar o irmão. – Eu a levei a Petersburgo, enquanto Fiódor Ivánitch estava o tempo todo no interior.

– Sim, e nesse tempo mãezinha faleceu.

– Marfa Timoféievna também – disse Chúrotchka.

– Nastassia Kárpovna também – continuou Liénotcha –, e o *monsier* Lemm...

– Como? Lemm também faleceu? – perguntou Lavriétski.

– Sim – respondeu o jovem Kalitin –, partiu daqui para Odessa; dizem que alguém o convenceu a ir para lá, e lá ele morreu.

– O senhor sabe me dizer se as músicas dele ficaram aqui?

– Não sei; provavelmente não.

Todos se calaram, trocaram olhares. Uma nuvenzinha de tristeza sobrevooou aqueles rostos jovens.

– Mas Matroska está vivo – disse Lénotchka de repente.

– E Guedeónovski também – acrescentou o irmão.

Logo após o nome de Guedeónovski, soou em uníssono um riso amistoso.

– Sim, ele está vivo e continua mentindo como antes – continuou o filho de Maria Dmítrievna –, e, imagine só, ontem esta travessa (ele apontou na direção da estudante, irmã de sua esposa) colocou pimenta na tabaqueira dele.

– Como ele espirrou! – exclamou Lénotchka e de novo deu uma risada incontida.

– Há pouco tivemos notícias de Liza – disse o jovem Kalitin, e de novo todos se calaram –, ela está bem, vai melhorando de saúde aos poucos.

– Continua no mesmo convento? – perguntou Lavriétski, não sem esforço.

– Sim, no mesmo.

– Ela costuma escrever para vocês?

– Não, nunca escreve; as notícias chegam por outras pessoas.

Fez-se um silêncio súbito e profundo; eis que "paira sobre nós o anjo silencioso", pensaram todos.

– O senhor não quer passear no jardim? – dirigiu-se Kalitin a Lavriétski –, ele está muito bem cuidado agora, embora não nos ocupemos muito dele.

Lavriétski saiu para o jardim e o que primeiro lhe saltou aos olhos foi aquele banquinho, em que ele certa vez partilhara com Liza instantes felizes, que não voltavam mais; o banquinho escurecera, entortara; mas ele o reconheceu e a sua alma foi tomada por um sentimento sem igual em doçura e amargura, um sentimento de tristeza viva pela juventude perdida, pela felicidade que o dominara então. Junto com os jovens, Lavriétski percorreu as aleias; as tílias envelheceram e cresceram pouco nos últimos oito anos, mas a sua sombra tornou-se mais densa; em compensação, todos os arbustos, os pezinhos de framboesa ganharam corpo, a castanheira mirrou completamente e por toda parte sentia-se um frescor de mato, de bosque, de madeira, de lilases.

– Vejam que bom lugar para brincar de "quadrado" – gritou de repente Lénotchka, ao entrar em uma pequena clareira verdejante, cercada de tílias. – A propósito, estamos em cinco.

– E Fiódor Ivánovitch, se esqueceu dele? – observou o irmão. – Ou não contou você mesma?

Lénotcha enrubesceu levemente.

– E será que Fiódor Ivánovitch, nesta idade, pode... – começou ela.

– Por favor, brinquem, brinquem – apressou-se a replicar Lavriétski –, não se incomodem comigo. Ficarei mais à vontade se souber que não atrapalho vocês. Não precisam se preocupar em entreter; este seu parente, um velho, tem uma ocupação que vocês ainda desconhecem e que nenhuma outra diversão pode substituir: as lembranças.

Os jovens ouviram Lavriétski com atenção e um respeito quase zombeteiro – como se um professor tivesse acabado de ensinar-lhes uma lição – e, de repente, afastaram-se e entraram correndo na clareira; quatro ficaram em volta das árvores e um no meio: assim começou a brincadeira.

Enquanto isso, Lavriétski voltou para a casa, entrou na sala de jantar, aproximou-se do piano e tocou uma das teclas; escapou um som fraco, mas limpo, e o seu coração estremeceu secretamente: com essa nota começava aquela melodia inspiradora com que, muito tempo atrás, naquela noite feliz, Lemm, o falecido Lemm, tinha levado Lavriétski ao êxtase. Depois ele passou à sala de visitas, mas quedou-se longamente junto à porta: nesse cômodo, onde ele tantas vezes encontrara Liza, mais vivamente lhe surgiu a imagem dela; parecia-lhe sentir em torno de si os rastros da presença dela; mas a tristeza evocada era aterradora e pesada: nela não havia a quietude despertada pela morte. Liza ainda estava viva em algum lugar bem distante, afastado; ele pensava nela como alguém vivo e não reconhecia a jovem pela qual certa vez se apaixonara naquele fantasma vago, pálido, vestido em trajes monásticos, cercado das ondas enfumaçadas do benjoim. Lavriétski não reconheceria nem a si próprio se pudesse olhar agora para si, como olhava mentalmente para Liza. No decorrer desses oito anos, acontecera, finalmente, uma reviravolta em sua vida, aquela reviravolta que muitos não experimentam, mas sem a qual não é possível se tornar um homem de princípios até o fim; ele realmente parou de pensar na própria felicidade, em seus objetivos egoístas. Acalmou-se – para que esconder a verdade? –, envelheceu não apenas no rosto e no corpo, mas também na alma; conservar até a velhice um coração jovem, como costumam dizer, é tão difícil quanto ridículo; ele podia ficar satisfeito por não ter perdido a fé na bondade, a constância da vontade, o desejo de agir. Lavriétski tinha direito de sentir-se satisfeito: tinha se transformado realmente em um bom proprietário, tinha aprendido realmente a cultivar a terra e a trabalhar não apenas para si; na medida do possível, garantia e facilitava a vida de seus camponeses.

Da casa, Lavriétski saiu para o jardim e sentou-se naquele conhecido banco; nesse lugar querido, em face daquela casa, onde ele pela última vez estendera em vão as próprias mãos à taça prometida em que borbulha e cintila o vinho dourado do prazer, ele, um peregrino solitário, sem lar, sob os gritos alegres que lhe chegavam da geração jovem que já o substituía, examinava a própria vida. A tristeza encheu-lhe o coração, mas não como um peso, nem acompanhada de vergonha: havia motivo para sentir pesar, mas não para sentir vergonha. "Brinquem, divirtam-se, cresçam, forças juvenis", pensava ele, e não havia amargura em seus pensamentos, "a vida está por vir e será mais fácil para vocês: vocês não terão, como nós, de abrir o próprio caminho, de lutar, cair e levantar-se no meio das trevas; nós lutamos para nos mantermos

233

inteiros e quantos de nós não o conseguiram! Mas vocês precisam agir, trabalhar, e a bênção deste parente, deste velho, estará com vocês. A mim, depois do dia de hoje, depois dessas sensações, resta fazer-lhes uma última reverência e, embora com pesar, mas sem inveja, sem qualquer tipo de sentimento sombrio, dizer, diante do fim, diante do Deus que me espera: 'Viva a velhice solitária! Extinga-se, vida inútil!'" Lavriétski ergueu-se em silêncio e foi embora em silêncio; ninguém reparou nele, ninguém o deteve; os gritos animados soavam ainda mais alto do que antes no jardim, além da parede sólida e verde das altas tílias. Ele entrou na sege e ordenou ao cocheiro que o levasse para casa e não açodasse os cavalos.

"E o fim?", pode ser que pergunte o leitor insatisfeito. "O que aconteceu depois com Lavriétski? E com Liza?" Mas o que dizer sobre pessoas ainda vivas, mas que já abandonaram o palco da vida, para que voltar a elas? Dizem que Lavriétski visitou aquele mosteiro distante, onde se escondeu Liza, encontrou-se com ela. Ao atravessar o coro, ela passou à frente dele sem se deter, no caminhar regular e silenciosamente apressado das freiras, sem nem olhar para ele; assim que a pálpebra do olho visível a ele estremeceu, ela abaixou ainda mais o rosto emagrecido e os dedos das mãos cruzadas, segurando o rosário, apertaram-se ainda mais fortemente uns contra os outros. O que pensaram, o que sentiram ambos? Quem saberá? Quem dirá? Há certos instantes na vida, certos sentimentos... É possível apenas mencioná-los – e seguir adiante.

Coleção **L&PM** POCKET (Lançamentos mais recentes)

786. A extravagância do morto – Agatha Christie
787. (13). Cézanne – Bernard Fauconnier
788. A identidade Bourne – Robert Ludlum
789. Da tranquilidade da alma – Sêneca
790. Um artista da fome *seguido de* Na colônia penal e outras histórias – Kafka
791. Histórias de fantasmas – Charles Dickens
796. O Uraguai – Basílio da Gama
797. A mão misteriosa – Agatha Christie
798. Testemunha ocular do crime – Agatha Christie
799. Crepúsculo dos ídolos – Friedrich Nietzsche
802. O grande golpe – Dashiell Hammett
803. Humor barra pesada – Nani
804. Vinho – Jean-François Gautier
805. Egito Antigo – Sophie Desplancques
806. (14). Baudelaire – Jean-Baptiste Baronian
807. Caminho da sabedoria, caminho da paz – Dalai Lama e Felizitas von Schönborn
808. Senhor e servo e outras histórias – Tolstói
809. Os cadernos de Malte Laurids Brigge – Rilke
810. Dilbert (5) – Scott Adams
811. Big Sur – Jack Kerouac
812. Seguindo a correnteza – Agatha Christie
813. O álibi – Sandra Brown
814. Montanha-russa – Martha Medeiros
815. Coisas da vida – Martha Medeiros
816. A cantada infalível *seguido de* A mulher do centroavante – David Coimbra
819. Snoopy: Pausa para a soneca (9) – Charles Schulz
820. De pernas pro ar – Eduardo Galeano
821. Tragédias gregas – Pascal Thiercy
822. Existencialismo – Jacques Colette
823. Nietzsche – Jean Granier
824. Amar ou depender? – Walter Riso
825. Darmapada: a doutrina budista em versos
826. J'Accuse...! – a verdade em marcha – Zola
827. Os crimes ABC – Agatha Christie
828. Um gato entre os pombos – Agatha Christie
831. Dicionário de teatro – Luiz Paulo Vasconcellos
832. Cartas extraviadas – Martha Medeiros
833. A longa viagem de prazer – J. J. Morosoli
834. Receitas fáceis – J. A. Pinheiro Machado
835. (14). Mais fatos & mitos – Dr. Fernando Lucchese
836. (15). Boa viagem! – Dr. Fernando Lucchese
837. Aline: Finalmente nua!!! (4) – Adão Iturrusgarai
838. Mônica tem uma novidade! – Maurício de Sousa
839. Cebolinha em apuros! – Maurício de Sousa
840. Sócios no crime – Agatha Christie
841. Bocas do tempo – Eduardo Galeano
842. Orgulho e preconceito – Jane Austen
843. Impressionismo – Dominique Lobstein
844. Escrita chinesa – Viviane Alleton
845. Paris: uma história – Yvan Combeau
846. (15). Van Gogh – David Haziot
848. Portal do destino – Agatha Christie
849. O futuro de uma ilusão – Freud
850. O mal-estar na cultura – Freud
853. Um crime adormecido – Agatha Christie
854. Satori em Paris – Jack Kerouac
855. Medo e delírio em Las Vegas – Hunter Thompson
856. Um negócio fracassado e outros contos de humor – Tchékhov
857. Mônica está de férias! – Maurício de Sousa
858. De quem é esse coelho? – Maurício de Sousa
860. O mistério Sittaford – Agatha Christie
861. Manhã transfigurada – L. A. de Assis Brasil
862. Alexandre, o Grande – Pierre Briant
863. Jesus – Charles Perrot
864. Islã – Paul Balta
865. Guerra da Secessão – Farid Ameur
866. Um rio que vem da Grécia – Cláudio Moreno
868. Assassinato na casa do pastor – Agatha Christie
869. Manual do líder – Napoleão Bonaparte
870. (16). Billie Holiday – Sylvia Fol
871. Bidu arrasando! – Maurício de Sousa
872. Os Sousa: Desventuras em família – Maurício de Sousa
874. E no final a morte – Agatha Christie
875. Guia prático do Português correto – vol. 4 – Cláudio Moreno
876. Dilbert (6) – Scott Adams
877. (17). Leonardo da Vinci – Sophie Chauveau
878. Bella Toscana – Frances Mayes
879. A arte da ficção – David Lodge
880. Striptiras (4) – Laerte
881. Skrotinhos – Angeli
882. Depois do funeral – Agatha Christie
883. Radicci 7 – Iotti
884. Walden – H. D. Thoreau
885. Lincoln – Allen C. Guelzo
886. Primeira Guerra Mundial – Michael Howard
887. A linha de sombra – Joseph Conrad
888. O amor é um cão dos diabos – Bukowski
890. Despertar: uma vida de Buda – Jack Kerouac
891. (18). Albert Einstein – Laurent Seksik
892. Hell's Angels – Hunter Thompson
893. Ausência na primavera – Agatha Christie
894. Dilbert (7) – Scott Adams
895. Ao sul do lugar nenhum – Bukowski
896. Maquiavel – Quentin Skinner
897. Sócrates – C.C.W. Taylor
899. O Natal de Poirot – Agatha Christie
900. As veias abertas da América Latina – Eduardo Galeano
901. Snoopy: Sempre alerta! (10) – Charles Schulz
902. Chico Bento: Plantando confusão – Maurício de Sousa
903. Penadinho: Quem é morto sempre aparece – Maurício de Sousa
904. A vida sexual da mulher feia – Claudia Tajes
905. 100 segredos de liquidificador – José Antonio Pinheiro Machado

906. Sexo muito prazer 2 – Laura Meyer da Silva
907. Os nascimentos – Eduardo Galeano
908. As caras e as máscaras – Eduardo Galeano
909. O século do vento – Eduardo Galeano
910. Poirot perde uma cliente – Agatha Christie
911. Cérebro – Michael O'Shea
912. O escaravelho de ouro e outras histórias – Edgar Allan Poe
913. Piadas para sempre (4) – Visconde da Casa Verde
914. 100 receitas de massas light – Helena Tonetto
915. (19). Oscar Wilde – Daniel Salvatore Schiffer
916. Uma breve história do mundo – H. G. Wells
917. A Casa do Penhasco – Agatha Christie
919. John M. Keynes – Bernard Gazier
920. (20). Virginia Woolf – Alexandra Lemasson
921. Peter e Wendy *seguido de* Peter Pan em Kensington Gardens – J. M. Barrie
922. Aline: numas de colegial (5) – Adão Iturrusgarai
923. Uma dose mortal – Agatha Christie
924. Os trabalhos de Hércules – Agatha Christie
926. Kant – Roger Scruton
927. A inocência do Padre Brown – G.K. Chesterton
928. Casa Velha – Machado de Assis
929. Marcas de nascença – Nancy Huston
930. Aulete de bolso
931. Hora Zero – Agatha Christie
932. Morte na Mesopotâmia – Agatha Christie
934. Nem te conto, João – Dalton Trevisan
935. As aventuras de Huckleberry Finn – Mark Twain
936. (21). Marilyn Monroe – Anne Plantagenet
937. China moderna – Rana Mitter
938. Dinossauros – David Norman
939. Louca por homem – Claudia Tajes
940. Amores de alto risco – Walter Riso
941. Jogo de damas – David Coimbra
942. Filha é filha – Agatha Christie
943. M ou N? – Agatha Christie
945. Bidu: diversão em dobro! – Mauricio de Sousa
946. Fogo – Anaïs Nin
947. Rum: diário de um jornalista bêbado – Hunter Thompson
948. Persuasão – Jane Austen
949. Lágrimas na chuva – Sergio Faraco
950. Mulheres – Bukowski
951. Um pressentimento funesto – Agatha Christie
952. Cartas na mesa – Agatha Christie
954. O lobo do mar – Jack London
955. Os gatos – Patricia Highsmith
956. (22). Jesus – Christiane Rancé
957. História da medicina – William Bynum
958. O Morro dos Ventos Uivantes – Emily Brontë
959. A filosofia na era trágica dos gregos – Nietzsche
960. Os treze problemas – Agatha Christie
961. A massagista japonesa – Moacyr Scliar
963. Humor do miserê – Nani
964. Todo o mundo tem dúvida, inclusive você – Édison de Oliveira
965. A dama do Bar Nevada – Sergio Faraco
969. O psicopata americano – Bret Easton Ellis
970. Ensaios de amor – Alain de Botton
971. O grande Gatsby – F. Scott Fitzgerald
972. Por que não sou cristão – Bertrand Russell
973. A Casa Torta – Agatha Christie
974. Encontro com a morte – Agatha Christie
975. (23). Rimbaud – Jean-Baptiste Baronian
976. Cartas na rua – Bukowski
977. Memória – Jonathan K. Foster
978. A abadia de Northanger – Jane Austen
979. As pernas de Úrsula – Claudia Tajes
980. Retrato inacabado – Agatha Christie
981. Solanin (1) – Inio Asano
982. Solanin (2) – Inio Asano
983. Aventuras de menino – Mitsuru Adachi
984. (16). Fatos & mitos sobre sua alimentação – Dr. Fernando Lucchese
985. Teoria quântica – John Polkinghorne
986. O eterno marido – Fiódor Dostoiévski
987. Um safado em Dublin – J. P. Donleavy
988. Mirinha – Dalton Trevisan
989. Akhenaton e Nefertiti – Carmen Seganfredo e A. S. Franchini
990. On the Road – o manuscrito original – Jack Kerouac
991. Relatividade – Russell Stannard
992. Abaixo de zero – Bret Easton Ellis
993. (24). Andy Warhol – Mériam Korichi
995. Os últimos casos de Miss Marple – Agatha Christie
996. Nico Demo: Aí vem encrenca – Mauricio de Sousa
998. Rousseau – Robert Wokler
999. Noite sem fim – Agatha Christie
1000. Diários de Andy Warhol (1) – Editado por Pat Hackett
1001. Diários de Andy Warhol (2) – Editado por Pat Hackett
1002. Cartier-Bresson: o olhar do século – Pierre Assouline
1003. As melhores histórias da mitologia: vol. 1 – A.S. Franchini e Carmen Seganfredo
1004. As melhores histórias da mitologia: vol. 2 – A.S. Franchini e Carmen Seganfredo
1005. Assassinato no beco – Agatha Christie
1006. Convite para um homicídio – Agatha Christie
1008. História da vida – Michael J. Benton
1009. Jung – Anthony Stevens
1010. Arsène Lupin, ladrão de casaca – Maurice Leblanc
1011. Dublinenses – James Joyce
1012. 120 tirinhas da Turma da Mônica – Mauricio de Sousa
1013. Antologia poética – Fernando Pessoa
1014. A aventura de um cliente ilustre *seguido de* O último adeus de Sherlock Holmes – Sir Arthur Conan Doyle
1015. Cenas de Nova York – Jack Kerouac
1016. A corista – Anton Tchékhov

1017. **O diabo** – Leon Tolstói
1018. **Fábulas chinesas** – Sérgio Capparelli e Márcia Schmaltz
1019. **O gato do Brasil** – Sir Arthur Conan Doyle
1020. **Missa do Galo** – Machado de Assis
1021. **O mistério de Marie Rogêt** – Edgar Allan Poe
1022. **A mulher mais linda da cidade** – Bukowski
1023. **O retrato** – Nicolai Gogol
1024. **O conflito** – Agatha Christie
1025. **Os primeiros casos de Poirot** – Agatha Christie
1027(25). **Beethoven** – Bernard Fauconnier
1028. **Platão** – Julia Annas
1029. **Cleo e Daniel** – Roberto Freire
1030. **Til** – José de Alencar
1031. **Viagens na minha terra** – Almeida Garrett
1032. **Profissões para mulheres e outros artigos feministas** – Virginia Woolf
1033. **Mrs. Dalloway** – Virginia Woolf
1034. **O cão da morte** – Agatha Christie
1035. **Tragédia em três atos** – Agatha Christie
1037. **O fantasma da Ópera** – Gaston Leroux
1038. **Evolução** – Brian e Deborah Charlesworth
1039. **Medida por medida** – Shakespeare
1040. **Razão e sentimento** – Jane Austen
1041. **A obra-prima ignorada** *seguido de* **Um episódio durante o Terror** – Balzac
1042. **A fugitiva** – Anaïs Nin
1043. **As grandes histórias da mitologia greco-romana** – A. S. Franchini
1044. **O corno de si mesmo & outras historietas** – Marquês de Sade
1045. **Da felicidade** *seguido de* **Da vida retirada** – Sêneca
1046. **O horror em Red Hook e outras histórias** – H. P. Lovecraft
1047. **Noite em claro** – Martha Medeiros
1048. **Poemas clássicos chineses** – Li Bai, Du Fu e Wang Wei
1049. **A terceira moça** – Agatha Christie
1050. **Um destino ignorado** – Agatha Christie
1051(26). **Buda** – Sophie Royer
1052. **Guerra Fria** – Robert J. McMahon
1053. **Simons's Cat: as aventuras de um gato travesso e comilão – vol. 1** – Simon Tofield
1054. **Simons's Cat: as aventuras de um gato travesso e comilão – vol. 2** – Simon Tofield
1055. **Só as mulheres e as baratas sobreviverão** – Claudia Tajes
1057. **Pré-história** – Chris Gosden
1058. **Pintou sujeira!** – Mauricio de Sousa
1059. **Contos de Mamãe Gansa** – Charles Perrault
1060. **A interpretação dos sonhos: vol. 1** – Freud
1061. **A interpretação dos sonhos: vol. 2** – Freud
1062. **Frufru Rataplã Dolores** – Dalton Trevisan
1063. **As melhores histórias da mitologia egípcia** – Carmem Seganfredo e A.S. Franchini
1064. **Infância. Adolescência. Juventude** – Tolstói
1065. **As consolações da filosofia** – Alain de Botton
1066. **Diários de Jack Kerouac – 1947-1954**
1067. **Revolução Francesa – vol. 1** – Max Gallo
1068. **Revolução Francesa – vol. 2** – Max Gallo
1069. **O detetive Parker Pyne** – Agatha Christie
1070. **Memórias do esquecimento** – Flávio Tavares
1071. **Drogas** – Leslie Iversen
1072. **Manual de ecologia (vol.2)** – J. Lutzenberger
1073. **Como andar no labirinto** – Affonso Romano de Sant'Anna
1074. **A orquídea e o serial killer** – Juremir Machado da Silva
1075. **Amor nos tempos de fúria** – Lawrence Ferlinghetti
1076. **A aventura do pudim de Natal** – Agatha Christie
1078. **Amores que matam** – Patricia Faur
1079. **Histórias de pescador** – Mauricio de Sousa
1080. **Pedaços de um caderno manchado de vinho** – Bukowski
1081. **A ferro e fogo: tempo de solidão (vol.1)** – Josué Guimarães
1082. **A ferro e fogo: tempo de guerra (vol.2)** – Josué Guimarães
1084(17). **Desembarcando o Alzheimer** – Dr. Fernando Lucchese e Dra. Ana Hartmann
1085. **A maldição do espelho** – Agatha Christie
1086. **Uma breve história da filosofia** – Nigel Warburton
1088. **Heróis da História** – Will Durant
1089. **Concerto campestre** – L. A. de Assis Brasil
1090. **Morte nas nuvens** – Agatha Christie
1092. **Aventura em Bagdá** – Agatha Christie
1093. **O cavalo amarelo** – Agatha Christie
1094. **O método de interpretação dos sonhos** – Freud
1095. **Sonetos de amor e desamor** – Vários
1096. **120 tirinhas do Dilbert** – Scott Adams
1097. **200 fábulas de Esopo**
1098. **O curioso caso de Benjamin Button** – F. Scott Fitzgerald
1099. **Piadas para sempre: uma antologia para morrer de rir** – Visconde da Casa Verde
1100. **Hamlet (Mangá)** – Shakespeare
1101. **A arte da guerra (Mangá)** – Sun Tzu
1104. **As melhores histórias da Bíblia (vol.1)** – A. S. Franchini e Carmen Seganfredo
1105. **As melhores histórias da Bíblia (vol.2)** – A. S. Franchini e Carmen Seganfredo
1106. **Psicologia das massas e análise do eu** – Freud
1107. **Guerra Civil Espanhola** – Helen Graham
1108. **A autoestrada do sul e outras histórias** – Julio Cortázar
1109. **O mistério dos sete relógios** – Agatha Christie
1110. **Peanuts: Ninguém gosta de mim... (amor)** – Charles Schulz
1111. **Cadê o bolo?** – Mauricio de Sousa
1112. **O filósofo ignorante** – Voltaire
1113. **Totem e tabu** – Freud
1114. **Filosofia pré-socrática** – Catherine Osborne
1115. **Desejo de status** – Alain de Botton
1118. **Passageiro para Frankfurt** – Agatha Christie
1120. **Kill All Enemies** – Melvin Burgess

1121. A morte da sra. McGinty – Agatha Christie
1122. Revolução Russa – S. A. Smith
1123. Até você, Capitu? – Dalton Trevisan
1124. O grande Gatsby (Mangá) – F. S. Fitzgerald
1125. Assim falou Zaratustra (Mangá) – Nietzsche
1126. Peanuts: É para isso que servem os amigos (amizade) – Charles Schulz
1127. (27). Nietzsche – Dorian Astor
1128. Bidu: Hora do banho – Mauricio de Sousa
1129. O melhor do Macanudo Taurino – Santiago
1130. Radicci 30 anos – Iotti
1131. Show de sabores – J.A. Pinheiro Machado
1132. O prazer das palavras – vol. 3 – Cláudio Moreno
1133. Morte na praia – Agatha Christie
1134. O fardo – Agatha Christie
1135. Manifesto do Partido Comunista (Mangá) – Marx & Engels
1136. A metamorfose (Mangá) – Franz Kafka
1137. Por que você não se casou... ainda – Tracy McMillan
1138. Textos autobiográficos – Bukowski
1139. A importância de ser prudente – Oscar Wilde
1140. Sobre a vontade na natureza – Arthur Schopenhauer
1141. Dilbert (8) – Scott Adams
1142. Entre dois amores – Agatha Christie
1143. Cipreste triste – Agatha Christie
1144. Alguém viu uma assombração? – Mauricio de Sousa
1145. Mandela – Elleke Boehmer
1146. Retrato do artista quando jovem – James Joyce
1147. Zadig ou o destino – Voltaire
1148. O contrato social (Mangá) – J.-J. Rousseau
1149. Garfield fenomenal – Jim Davis
1150. A queda da América – Allen Ginsberg
1151. Música na noite & outros ensaios – Aldous Huxley
1152. Poesias inéditas & Poemas dramáticos – Fernando Pessoa
1153. Peanuts: Felicidade é... – Charles M. Schulz
1154. Mate-me por favor – Legs McNeil e Gillian McCain
1155. Assassinato no Expresso Oriente – Agatha Christie
1156. Um punhado de centeio – Agatha Christie
1157. A interpretação dos sonhos (Mangá) – Freud
1158. Peanuts: Você não entende o sentido da vida – Charles M. Schulz
1159. A dinastia Rothschild – Herbert R. Lottman
1160. A Mansão Hollow – Agatha Christie
1161. Nas montanhas da loucura – H.P. Lovecraft
1162. (28). Napoleão Bonaparte – Pascale Fautrier
1163. Um corpo na biblioteca – Agatha Christie
1164. Inovação – Mark Dodgson e David Gann
1165. O que toda mulher deve saber sobre os homens: a afetividade masculina – Walter Riso
1166. O amor está no ar – Mauricio de Sousa
1167. Testemunha de acusação & outras histórias – Agatha Christie
1168. Etiqueta de bolso – Celia Ribeiro
1169. Poesia reunida (volume 3) – Affonso Romano de Sant'Anna
1170. Emma – Jane Austen
1171. Que seja em segredo – Ana Miranda
1172. Garfield sem apetite – Jim Davis
1173. Garfield: Foi mal... – Jim Davis
1174. Os irmãos Karamázov (Mangá) – Dostoiévski
1175. O Pequeno Príncipe – Antoine de Saint-Exupéry
1176. Peanuts: Ninguém mais tem o espírito aventureiro – Charles M. Schulz
1177. Assim falou Zaratustra – Nietzsche
1178. Morte no Nilo – Agatha Christie
1179. Ê, soneca boa – Mauricio de Sousa
1180. Garfield a todo o vapor – Jim Davis
1181. Em busca do tempo perdido (Mangá) – Proust
1182. Cai o pano: o último caso de Poirot – Agatha Christie
1183. Livro para colorir e relaxar – Livro 1
1184. Para colorir sem parar
1185. Os elefantes não esquecem – Agatha Christie
1186. Teoria da relatividade – Albert Einstein
1187. Compêndio da psicanálise – Freud
1188. Visões de Gerard – Jack Kerouac
1189. Fim de verão – Mohiro Kitoh
1190. Procurando diversão – Mauricio de Sousa
1191. E não sobrou nenhum e outras peças – Agatha Christie
1192. Ansiedade – Daniel Freeman & Jason Freeman
1193. Garfield: pausa para o almoço – Jim Davis
1194. Contos do dia e da noite – Guy de Maupassant
1195. O melhor de Hagar 7 – Dik Browne
1196. (29). Lou Andreas-Salomé – Dorian Astor
1197. (30). Pasolini – René de Ceccatty
1198. O caso do Hotel Bertram – Agatha Christie
1199. Crônicas de motel – Sam Shepard
1200. Pequena filosofia da paz interior – Catherine Rambert
1201. Os sertões – Euclides da Cunha
1202. Treze à mesa – Agatha Christie
1203. Bíblia – John Riches
1204. Anjos – David Albert Jones
1205. As tirinhas do Guri de Uruguaiana 1 – Jair Kobe
1206. Entre aspas (vol. 1) – Fernando Eichenberg
1207. Escrita – Andrew Robinson
1208. O spleen de Paris: pequenos poemas em prosa – Charles Baudelaire
1209. Satíricon – Petrônio
1210. O avarento – Molière
1211. Queimando na água, afogando-se na chama – Bukowski
1212. Miscelânea septuagenária: contos e poemas – Bukowski
1213. Que filosofar é aprender a morrer e outros ensaios – Montaigne
1214. Da amizade e outros ensaios – Montaigne

1215. **O medo à espreita e outras histórias** – H.P. Lovecraft
1216. **A obra de arte na era de sua reprodutibilidade técnica** – Walter Benjamin
1217. **Sobre a liberdade** – John Stuart Mill
1218. **O segredo de Chimneys** – Agatha Christie
1219. **Morte na rua Hickory** – Agatha Christie
1220. **Ulisses (Mangá)** – James Joyce
1221. **Ateísmo** – Julian Baggini
1222. **Os melhores contos de Katherine Mansfield** – Katherine Mansfied
1223(31). **Martin Luther King** – Alain Foix
1224. **Millôr Definitivo: uma antologia de *A Bíblia do Caos*** – Millôr Fernandes
1225. **O Clube das Terças-Feiras e outras histórias** – Agatha Christie
1226. **Por que você tão sábio** – Nietzsche
1227. **Sobre a mentira** – Platão
1228. **Sobre a leitura *seguido do* Depoimento de Céleste Albaret** – Proust
1229. **O homem do terno marrom** – Agatha Christie
1230(32). **Jimi Hendrix** – Franck Médioni
1231. **Amor e amizade e outras histórias** – Jane Austen
1232. **Lady Susan, Os Watson e Sanditon** – Jane Austen
1233. **Uma breve história da ciência** – William Bynum
1234. **Macunaíma: o herói sem nenhum caráter** – Mário de Andrade
1235. **A máquina do tempo** – H.G. Wells
1236. **O homem invisível** – H.G. Wells
1237. **Os 36 estratagemas: manual secreto da arte da guerra** – Anônimo
1238. **A mina de ouro e outras histórias** – Agatha Christie
1239. **Pic** – Jack Kerouac
1240. **O habitante da escuridão e outros contos** – H.P. Lovecraft
1241. **O chamado de Cthulhu e outros contos** – H.P. Lovecraft
1242. **O melhor de Meu reino por um cavalo!** – Edição de Ivan Pinheiro Machado
1243. **A guerra dos mundos** – H.G. Wells
1244. **O caso da criada perfeita e outras histórias** – Agatha Christie
1245. **Morte por afogamento e outras histórias** – Agatha Christie
1246. **Assassinato no Comitê Central** – Manuel Vázquez Montalbán
1247. **O papai é pop** – Marcos Piangers
1248. **O papai é pop 2** – Marcos Piangers
1249. **A mamãe é rock** – Ana Cardoso
1250. **Paris boêmia** – Dan Franck
1251. **Paris libertária** – Dan Franck
1252. **Paris ocupada** – Dan Franck
1253. **Uma anedota infame** – Dostoiévski
1254. **O último dia de um condenado** – Victor Hugo
1255. **Nem só de caviar vive o homem** – J.M. Simmel
1256. **Amanhã é outro dia** – J.M. Simmel
1257. **Mulherzinhas** – Louisa May Alcott
1258. **Reforma Protestante** – Peter Marshall
1259. **História econômica global** – Robert C. Allen
1260(33). **Che Guevara** – Alain Foix
1261. **Câncer** – Nicholas James
1262. **Akhenaton** – Agatha Christie
1263. **Aforismos para a sabedoria de vida** – Arthur Schopenhauer
1264. **Uma história do mundo** – David Coimbra
1265. **Ame e não sofra** – Walter Riso
1266. **Desapegue-se!** – Walter Riso
1267. **Os Sousa: Uma família do barulho** – Maurício de Sousa
1268. **Nico Demo: O rei da travessura** – Maurício de Sousa
1269. **Testemunha de acusação e outras peças** – Agatha Christie
1270(34). **Dostoiévski** – Virgil Tanase
1271. **O melhor de Hagar 8** – Dik Browne
1272. **O melhor de Hagar 9** – Dik Browne
1273. **O melhor de Hagar 10** – Dik e Chris Browne
1274. **Considerações sobre o governo representativo** – John Stuart Mill
1275. **O homem Moisés e a religião monoteísta** – Freud
1276. **Inibição, sintoma e medo** – Freud
1277. **Além do princípio de prazer** – Freud
1278. **O direito de dizer não!** – Walter Riso
1279. **A arte de ser flexível** – Walter Riso
1280. **Casados e descasados** – August Strindberg
1281. **Da Terra à Lua** – Júlio Verne
1282. **Minhas galerias e meus pintores** – Kahnweiler
1283. **A arte do romance** – Virginia Woolf
1284. **Teatro completo v. 1: As aves da noite *seguido de* O visitante** – Hilda Hilst
1285. **Teatro completo v. 2: O verdugo *seguido de* A morte do patriarca** – Hilda Hilst
1286. **Teatro completo v. 3: O rato no muro *seguido de* Auto da barca de Camiri** – Hilda Hilst
1287. **Teatro completo v. 4: A empresa *seguido de* O novo sistema** – Hilda Hilst
1288. **Sapiens: Uma breve história da humanidade** – Yuval Noah Harari
1289. **Fora de mim** – Martha Medeiros
1290. **Divã** – Martha Medeiros
1291. **Sobre a genealogia da moral: um escrito polêmico** – Nietzsche
1292. **A consciência de Zeno** – Italo Svevo
1293. **Células-tronco** – Jonathan Slack
1294. **O fim do ciúme e outros contos** – Proust
1295. **A jangada** – Júlio Verne
1296. **A ilha do dr. Moreau** – H.G. Wells
1297. **Ninho de fidalgos** – Ivan Turguêniev

lepmeditores
www.lpm.com.br
o site que conta tudo

IMPRESSÃO:

PALLOTTI
GRÁFICA

Santa Maria - RS | Fone: (55) 3220.4500
www.graficapallotti.com.br